KB018399

데프 보이스

DEAF VOICE:
Houtei no Shuwa Tsuuyaku-shi
by MARUYAMA Masaki

데프 보이스

デフ・ヴォイス

법정의 수화 통역사

마루야마 마사키
최은지 옮김

황금가지

일러두기

1. 우리나라는 1977년 특수교육법 제정으로 청각장애자라는 표현을 사용하다가 1989년 장애인 복지법이 개정되면서 청각장애인이라는 용어를 일반적으로 쓰게 되었다. 그러나 실제로 수화를 사용하는 문화에서는 장애라는 인식이 강하게 나타나는 청각장애인이라는 표현보다는 농인(농아인)이라는 표현을 선호하기 때문에 두 표현을 구별해서 사용하였다. 또 국내에서는 ‘수어’와 ‘수화’에 관한 논쟁이 오랜 시간 이어져 왔지만 본 도서에서는 ‘수화’를 사용하였다.

2. 본문 중 수화로 대화가 이루어지는 부분은, 일본에서 사용되는 수화의 종류에 따라서 ‘일본수화’는〈 〉, ‘일본어대응수화’는《 》로 구분하였다. 또, 청각장애인의 음성을 비장애인의 음성과 구별 짓기 위해 원문에서 히라가나로만 서술된 부분은 이탤릭체로 표시하였다.

3. 본문의 각주는 옮긴이 주이다.

차례

제1장 통역사 9

제2장 두 가지 수화 34

제3장 소녀의 눈 61

제4장 흠이 있는 아이 91

제5장 코다 124

제6장 데프 보이스 147

제7장 재회 181

제8장 사라진 소녀 215

제9장 배신 250

제10장 가족 275

제11장 최후의 수화 291

작가의 말 323

문고판 작가의 말 327

옮긴이의 말 330

데프 보이스, 그 한없이 반짝이는 세계 335

참고문헌 340

그 목소리는 등 뒤에서 불현듯 들렸다.

뒤돌아보니 혼잡한 거리 사이로 초등학생쯤 되어 보이는 남자 아이가 엄마인 듯한 여성 쪽으로 달려가는 모습이 보였다. 방금 전 목소리는 달려 나간 아이를 불러 세우기 위함일 것이다. 품으로 돌아온 아이에게 엄마는 "뛰어 다니지 마." 하고 타이르고 있다.

어디서나 흔히 있을 법한 광경일 터였다.

그러나 모자의 주위로 기묘한 분위기가 흘렀고 그들을 스쳐 지나가는 사람들의 얼굴에는 보지 말아야 하는 것, 듣지 말아야 하는 것을 보고 들어 버린 듯한 당혹스러움이 묻어났다.

자신의 얼굴에는 어떤 표정이 묻어 있을까. 사람들의 당혹스러움과는 다른 다양한 감정이 한순간 찾아왔다 이내 사라지기를 반복했다.

그 목소리를 들은 것이, 그들의 대화를 눈앞에서 본 것이 몇 년 만일까…….

마지막에 찾아온 감정을 무어라 설명해야 할지 모른 채 그저 그 자리에 가만히 서 있었다.

제1장

통역사

작은 회의실 정도 크기의 방에는 한 사람만 서 있을 만한 공간이 칸막이로 구분된 채 몇 개인가 늘어섰고 각 공간마다 정면에 비디오카메라가 설치되어 있었다. 줄 맞춰 들어온 몇 명의 남녀가 경주마 게이트처럼 생긴 그 공간으로 아무 말 없이 들어갔다. 담당자로 보이는 남성이 모두가 정해진 위치에 도착한 것을 확인하고는 기계의 스위치를 눌렀다. 방에 설치된 스피커에서 목소리가 흘러나왔다.

"지금부터 시험을 시작하겠습니다. 출제 문제는 두 문제입니다. 음성이 나오면 동시 통역을 진행해 주시기 바랍니다."

아무래도 이곳은 통역 자격을 취득하기 위한 시험 장소로 이제 실기 시험이 시작하려는 모양이었다.

"저는 지금 간호 케어 매니저 일을 하고 있습니다. 이 일은 간호가 필요한 사람이나 요양을 원하는 사람, 또 그 가족과 만나서 상황이나 요청 사항을 듣고 상담을 통해 '케어 플랜'이라는 간호 서비스 기획을 작성하는 일로……."

음성이 흘러나옴과 동시에 수험생들은 아무런 목소리도 내지 않고 눈앞에 놓인 카메라를 향해 일제히 손을 움직이기 시작했다.

그렇다, 그들의 손동작은 수화이고 여기에서 이뤄지는 것은 수화 통역사 자격을 취득하기 위한 기능 시험이다.

아라이 나오토도 수험생 중 한 사람으로 이 방 안에 있다. 마흔셋이라는 그의 나이가 조금도 이상해 보이지 않을 만큼 수험생들의 연령은 제각각이었다. 누가 봐도 학생처럼 보이는 여자도 있었고, 이미 정년퇴직한 듯한 중년 남성도 있었다. 그들의 손동작은 언뜻 똑같아 보이지만 세세한 부분에서 조금씩 달랐고, 그중에서도 아라이는 단 한 번의 주저함도 없이 누구보다 부드러운 움직임으로 스피커에서 흘러나오는 말을 동시 통역하고 있었다.

"……끝까지 노력하고 곤란한 일이 생기더라도 하나하나 해결해 나가면서 언제나 밝은 분이셨어요. 그런 사사키 씨를 보면 우리 일에 대한 좋은 에너지를 느꼈습니다."

스피커에서 흘러나오는 목소리가 멈추고 조금 뒤 수험자들의 손도 멈췄다. 이어진 두 번째 문제도 똑같이 진행되었고 두 번째 문제를 끝으로 청취 통역 시험도 끝이 났다. 긴장이 풀린 사람, 이해가 되지 않는 사람 등 모두가 다양한 표정을 짓고 있는 가운데 지체 없이 바로 다음 시험이 치러지는 독해 시험장으로 이동했다.

이번에는 한 사람씩 개별실로 들어가 마이크 앞에서 모니터 속 수화 표현을 보고 음성일본어로 동시 통역을 했다. 독해 시험 역시 두 문제가 출제되었고 이것으로 모든 실기시험은 완료되었다.

방을 나오는데 누군가가 뒤에서 아라이의 어깨를 톡톡 쳤다.

뒤를 돌자 앞서 시험장에서 스태프로 있던 중년 여성이 미소 띤 얼굴로 서 있었다.

여성은 아라이를 가리켰고(=당신), 다음으로 자신을 가리켰다(=나). 그리고 팔꿈치를 세운 오른손을 어깨 위에서 뒤로 움직이고(=이전에), 양쪽 검지를 세워서 좌우에서 가깝게 한 후 위를 향해 세운 양 손가락을 오므리면서 팔꿈치를 내렸다(=만났다).

전체적으로 〈당신과는 만난 적이 있다.〉라는 수화 표현이었다.

여성은 수화를 이어 갔다.

〈사에지마 선생님〉 〈일로.〉

친근한 미소로 대답을 기다리는 그녀에게 아라이는 "그렇습니까."라고 무미건조하게 대답했다.

무뚝뚝한 대답에도 상대는 머쓱해진 기미 없이 〈수화 통역사 시험은〉〈처음이죠?〉〈어땠어요?〉라고 수화를 이어 갔다.

"글쎄요." 아라이는 애매하게 고개를 갸웃거렸다. "조금 당황하긴 했습니다만."

그녀는 '그렇죠.'라고 대답하듯 고개를 끄덕였다.

〈처음인 사람은〉〈조금 어려울〉〈수도 있어요.〉〈다들 몇 번씩 도전해요.〉〈그런데도 합격률은〉〈16% 전후.〉〈어려운 관문이죠.〉〈그러니까〉〈한 번으로는 포기하지 마요.〉

마지막으로 양 팔꿈치를 뻗었다가 두 주먹을 위아래로 움직였다(=힘내).

그녀의 무엇이 비위를 거슬렀는지는 모른다. 의식하지 못하는 사이 아라이의 손이 움직이고 있었다.

〈특별히 문제가 어려워서 당황했던 게 아닙니다. 문제 가운데 수화의 종류가 섞여 있었죠? 그런 데다 너무 교과서적인 문제라 답을 한다고 해서 실전에 제대로 쓰이기 힘들 것 같다고 생각했습니다.〉

눈을 동그랗게 뜨고 그의 손을 보고 있던 여성은 "미안해요." 하고 처음으로 목소리를 냈다.

"수화가 너무 빨라서 따라갈 수 없었어요. 당신, 혹시……."

"아아, 그쪽에게는 조금 어려울 수도 있겠군요."

아라이는 그녀의 말을 가로막았다.

"그래도 포기하지 마세요. 힘내요."

아라이는 양 팔꿈치를 뻗었다가 두 주먹을 쥐고 위아래로 움직인 후, 놀란 얼굴을 한 여성을 남겨 두고 그 자리를 떠났다.

아직 낮이었지만 전철 안은 생각보다 혼잡했다. 손잡이를 잡고 뉴스나 CM 등이 나오는 작은 액정화면을 멍하니 바라봤다. 화면에는 오늘의 토픽 다음으로 '국제 채리티 상, 일본 NPO 대표 데즈카 루미 씨에게 돌아가다'라는 뉴스가 흘러나왔다. '장애인 지원 등 오랜 기간 펼쳐 온 자선 활동을 인정받았다.'라는 해설이 이어졌다.

'세상에는 이렇게 선한 사람도 있구나.' 하고 아라이는 생각했다. 시험장에서 만난 여성도 분명 비슷한 유형일 것이다. 그런데도……. 어린애 같았던 자신의 태도에 이제야 괴로운 마음이 들었다.

시험장에 있던 수험생들은 대부분 복지를 공부하는 학생이나 지역 모임에서 수화를 접하고 실력 향상을 위해 수화 통역사가 되고자 하는 사람들일 것이다. 사정은 조금씩 다를지라도 시험 감독관이나 센터 직원들도 마찬가지일 것이다.

청각장애인의 사회 참여를 돕고 싶다든가 그들과 비장애인 사이의 징검다리가 되고 싶다는 순수한 동기로 맺어진 '동지'.

그러나 아라이는 달랐다. 스스로 수화를 배우고 싶다고 생각한 적은 단 한 번도 없었고 봉사 정신도, 복지에 관한 관심도 전혀 없었다. 그가 수화 통역사 시험을 치른 건 그저 실리적인 이유에서였다.

—아라이 씨의 경우 훌륭한 경력이 오히려 마이너스네요.

고용 지원 센터 직원의 동정 어린 목소리를 들은 것은 본격적으로 이직 활동을 시작했던 3개월 전의 일이었다.

희망은 경리를 포함한 사무직이었다. 그렇게까지 자랑할 만한 경력은 아니지만 고등학교를 졸업하고 약 20년간 사무직 공무원으로 일했다. 편한 일만 고집하지 않으면 재취업은 어렵지 않으리라고 생각했었다.

그러나 고용 지원 센터에 드나들기 시작하면서 자신의 생각이 얼마나 안일했는지 알게 되었다. 불황으로 인한 고용 위기는 아라이의 상상을 훨씬 뛰어넘었다. 이전 직장을 그만둔 후 얼마 동안 쉬었던 것도 마이너스 요인이 되었다.

경비원 아르바이트로 돈을 벌면서 정직원 자리를 찾았지만 아무리 조건을 낮춰도 재취업 자리를 찾을 수 없었다.

"뭔가 특별한 기술이라도 있으면……." 상담 창구 직원이 아라이의 이력과 희망 직종을 보면서 중얼거렸다. "MOS라든가 영어 능력 2급 이상이라든가……. 그런 게 아니더라도 뭔가 숙련된 기술이라든지, 다른 사람은 잘 못하는데 눈에 띌 만한, 뭐 그런 건 없나요?"

무시하는 말투에 무심코 말이 먼저 튀어나와 버렸다.

"수화를 할 수 있습니다."

"수화……." 직원의 얼굴에 호오, 하는 표정이 떠올랐다. "얼마나 가능한가요?"

그렇게 물어도 대답할 수가 없었다.

"……꽤."

"꽤라면, 그러니까 어느 정도인지……." 그러다 문답이 귀찮아졌다는 듯 직원이 말했다. "수화에 자신이 있으면 수화 통역사 자격 검정 시험이 있으니까 응시해 보는 건 어떠세요?"

국가자격증이 아니라 후생노동성의 인가를 받은 시험이라고 직원이 설명했다.

"물론 자격을 딴다고 해서 바로 일자리가 생기지는 않지만 최근에는 관공서 쪽에서도 수요가 있다고 들었습니다. 어쨌든 수화가 '꽤' 가능하시다면 자격을 취득하시라고 권하고 싶네요. 힘내십시오."

직원은 내치듯 말하고는 "다음 분." 하고 아라이의 시선을 그냥 지나쳤다.

수화 통역사의 존재는 알고 있었지만 정규 자격이 있는지는 처음 알았다. 아파트에 돌아와서 인터넷으로 알아보니 확실히 고용 지원 센터 직원의 말처럼 검정 시험이 있었다. 정확하게는 '수화 통역 기능 인정 시험'이라고 하여 1년에 한 번밖에 시행되지 않는 이 시험은 3개월 뒤에 시행 예정이었고 신청 마감일은 불과 며칠 밖에 남지 않은 상태였다.

고민할 여유가 없었다. 일단 신청만이라도 하자는 생각에 수속을 밟았다. 그 후 시험에 대해서 자세하게 알아본 뒤에 필기시험에 이어 오늘 실기시험장까지 발을 옮기기에 이르렀다.

그러나 시험장에 들어선 시점부터 시험이 끝날 때까지 아라이는 계속 불편함을 느꼈다.

역시 이곳은 자신이 올 장소가 아니다. 이런 마음이 시험장에서 만난 여성의 선의에 야유의 태도를 취하게 했다.

터미널 역에 도착하자 지하철 문이 열렸다.

아라이는 자신의 행동에 대한 씁쓸한 뒷맛으로부터 도망치듯 빠르게 개찰구로 향했다.

인기척에 눈을 떴다.

머리맡에 놓인 자명종은 오후 2시를 가리키고 있었다. 아르바이트가 끝나고 돌아온 시간이 오전 9시 전이었으니 다섯 시간 정도 잔 셈이었다. 시급이 조금이라도 높은 일을 하자고 시작한 심야 경비는 예상보다 피로가 축적되는 일이어서 아무리 자도 수면 부족에서 벗어나지 못했다.

그래도 몸을 일으키고 부엌을 향해 말을 걸었다.

"미유키? 왔어?"

"미안, 내가 깨웠나?"

안자이 미유키의 밝은 목소리가 들려왔다.

"아니, 괜찮아. 슬슬 일어날 시간이니까."

무거운 몸을 침대에서 떼어 냈다. 일어난 김에 방 안을 둘러봤다. 이사 왔을 때만 해도 작은 텔레비전에 냉장고밖에 없던 살풍경한 방이었지만 조금씩 가구가 늘어났고 커튼도 밝은 색으로 바뀌었다. 모두 미유키가 사 왔거나 고른 것이었다. 아라이는 불만을 말하지도 그렇다고 감사의 말도 입에 올린 적이 없었는데, 그녀도 그다지 신경 쓰지 않는 듯했다.

세면대 앞에 서 있는데 열려 있는 창문을 통해 건너편 유치원에서 아이들의 떠드는 목소리가 흘러 들어왔다. 거울 속에는 생기 없는 중년 남자의 얼굴이 있었다. 수면 부족 탓인지 눈 밑에는 다크서클이 내려와 있었다. 자세히 보면 목 언저리의 흰머리도 늘었고 얼굴 주름이나 검버섯도 눈에 띈다. 마흔셋이나 되었으니 어쩔 수 없다고 생각하면서도 평소보다 꼼꼼하게 얼굴을 문질렀다.

욕실에서 나왔을 무렵, 미유키가 영양을 생각해서 만들어 준 요리가 테이블에 놓여 있었다.

“잘 먹겠습니다.”

가볍게 손을 모았다가 젓가락을 들었다.

“된장이 조금 부족한가?”

조린 생선을 입에 가져간 미유키가 고개를 갸웃했다.

“아니, 딱 좋아.”

“그래? 다행이다.”

그녀의 직장에서 있었던 일이라든지 하는 시시한 이야기에 귀를 기울이면서 젓가락을 움직였다.

미유키와는 예전 직장에서 만났다. 아라이가 7년 정도 선배였지만 각자의 결혼이 실패한 후 관계가 깊어지면서 지금 같은 사이가 된 지는 아직 2년이 채 되지 않았다.

“아, 그러고 보니.”

미유키가 갑자기 일어서더니 부엌 쪽으로 무언가를 가지러 갔다 와서는 이쪽으로 내밀었다.

“빌린 책에 꽂혀 있었던 거…… 중요한 거지?”

그녀가 내민 것은 세피아 색으로 바랜 한 장의 사진이었다.

“……아아.”

잊고 있었는데 아마 책갈피 대신에 끼워 뒀을 것이다. 사진을 슬쩍 보기만 하고 아무렇게나 두는 아라이를 미유키가 탐색하듯 쳐다봤다.

"가족사진이지, 그거?"

아라이가 아무 말 없이 고개를 끄덕이자 미유키가 말했다.

"나, 나오토 씨 어린 시절 사진 본 거, 처음이야. 어머니 닮았네. 가운데 있는 사람이 당신이지? 옆이 형님?" 쿡 하고 미유키가 웃었다. "다들 웃고 있는데 당신만 뾰로통한 표정이야."

아무런 대답을 하지 않는 아라이를 보고 미유키의 표정이 흐려졌다.

"가족 이야기 하는 거 싫어했지……. 미안해."

아라이는 어쩔 수 없이 입을 열었다.

"그런 거 아니야. 아직 잠이 덜 깨서 멍해 있는 것뿐이야."

"괜찮아, 억지로 말 안 해도……. 특별히 그런 사이도 아니고."

미유키는 딱딱한 표정으로 젓가락을 들었다. 즐거워야 할 식사 시간이 갑자기 불편해졌다.

식사 뒷정리를 끝내고 돌아온 미유키에게 사과했다.

"아까는 미안했어."

다섯 살 아이를 키우면서 일도 하는 그녀와 느긋하게 만날 수 있는 시간은 한 달에 한두 번 정도로, 이렇게 식사를 차려 주러 올 때뿐이었다. 식사를 끝내고 미유키가 나가기까지의 몇 시간이 둘이서 보낼 수 있는 유일한 시간이었다. 그 귀중한 시간을 불편한 채 보내고 싶지 않았다.

"내가 미안해."

미유키도 고개를 저으며 말했다. 그 옆모습에 입을 맞추고 침대로 이끌었다.

커튼을 닫아도 아직은 밝은 서쪽 태양 빛이 미유키의 하얀 나신을 부각시켰다. 30대를 훌쩍 지났고 아이도 한 명 낳은 몸이라고는 생각할 수 없을 정도로 탄탄한 몸매였다.

정사가 시작될 무렵은 "이렇게 밝은데." 하며 저항하던 그녀도 지금은 아무런 말을 하지 않는다. 그녀는 흘러나오는 목소리를 적어도 방 밖으로 새어 나가지 않도록 애쓰는 데 온 힘을 다하는 듯했다.

안고 있는 동안 미유키의 몸이 뜨거워지며 분홍빛으로 물들어 가는 것이 보였다. 아라이도 다시 몸 안쪽부터 끓어오르는 흥분을 느꼈다.

"당신을 알고 싶어……. 더 알고 싶어……."

미유키가 잠꼬대처럼 반복했다.

지난 2년간 사귀면서 서로의 성격이나 기호는 이미 파악한 터였다. 살갗을 맞대면서 상대가 바라는 것은 말하지 않아도 알게 되었다. 어디를 만지면 어떤 반응이 오는지조차도.

그럼에도 불구하고 아라이는 그녀에게 가족에 대해서는 물론이고 자신의 성장 과정에 관해 일절 이야기하는 법이 없었다. 조금 전 그 사진은 좋은 계기였을지도 모른다. 그러나 이미 기회는 떠나 버렸다.

함께 쓰러져 침대 안에서 깜박 잠든 시간은 얼마 되지 않았다. 문득 시계를 본 그녀가 "벌써 시간이." 하며 튀어 올라 침대 밖으로 빠져나갔다.

일요일과 휴일에도 운영하는 보육원에 아이를 맡겼지만 그마저도 5시에는 데리러 가야 했다.

"또 다음 달이 오니까."

서둘러 이 말을 남기고 미유키는 나갔다.

문이 닫힌 후 아라이는 테이블 위에 놓인 채로 방치되어 있던 사진을 들었다.

일고여덟 살 즈음 가족끼리 찍은 사진이었다. 장소는 도내 유원지였을 것이다. 지나가던 사람에게 부탁해서 찍은 것으로 가족 모두가 함께 찍은 몇 장 없는 사진이다.

사진 오른쪽에 옷깃이 넓은 셔츠를 입고 자랑스러운 듯이 턱을 든 사람이 아버지, 그 옆에서 큰 모자를 쓰고 부끄러운 듯 미소 짓고 있는 사람이 어머니. 그 어머니 손을 잡고 들뜬 얼굴로 카메라를 마주한 사람이 두 살 터울의 형. 그리고 그 옆에 아라이가 있었다. 미유키가 말한 대로 가족 모두가 웃는 얼굴인데 그 사이에서 아라이 혼자만 웃는 얼굴이 아니었다.

혼자 지루한 표정으로 카메라를 보고 있는 그 이유를 아라이는 기억하고 있었다.

지나가던 사람에게 사진을 찍어 달라고 부탁한 사람은 아라이였다. 왜 가장 어린 자신이 그런 일을 해야 했던 걸까. 아라이는 자신이 그런 '역할'을 해야 하는 것이 싫었다.

수화 통역 기능 인정 시험의 합격 통지를 받은 것은 해가 바뀐 1월 말이었다.

떨어질 일은 없다고 생각했지만 막상 붙으니 당혹감이 먼저 들었다. 앞으로 어떻게 해야 할지, 우선은 사에지마 모토코에게 보고하러 가기로 했다.

아파트에서 버스와 지하철을 갈아타고 서쪽으로 한 시간 반, 관공서나 병원이 모여 있는 한 구획에 장애인 리허빌리테이션 센터, 통칭 '리허센'이 있다. 의료 기관이나 재활 훈련소뿐 아니라 연구개발 시설이나 전문 직원 양성·연수 시설도 아울러 갖춰진 이곳은 부지 면적 자체도 광대해서 입구를 잘못 찾으면 구내를 방황하게 된다. 실제로 처음 방문했을 때는 목적지까지 30분이나 넘게 걸렸다.

이후 몇 번 더 방문하면서 헤매는 일은 없어졌다. 버스 정류장에서 가장 가까운 남문으로 들어가면 바로 학원동이 있는데 그 건물 엘리베이터를 타고 6층으로 올라갔다.

수화 통역학과 교수실 문은 언제나 열려 있다. 교수실은 노크는 물론 들어가기 전에 양해를 구할 필요가 없다.

들어가자 바로 정면에 모토코가 보였다. 오렌지색 스웨터가 잘 어울렸다. 생기발랄한 표정으로 학생처럼 보이는 여성과 이야기에 열중하고 있는 모습은 변함없이 활력이 넘쳤고 환갑을 앞둔 나이로는 보이지 않았다.

아라이는 아무 말 없이 모토코의 시야 안으로 들어가기 위해 발을 옮겼다. 이쪽을 알아차린 그녀가 잠깐 기다리라는 듯 손을 들었다. 근처에 있는 의자에 앉아 용무가 끝나기를 기다렸다.

5분도 지나지 않아 모토코가 이쪽으로 걸어왔다.

얼굴에 큼지막한 웃음을 띠고 양손을 가볍게 쥐었다가 위로 향해서 펼쳐 보였다(=축하해). 그리고 수화를 이어 갔다.

〈들었어. 합격했다고.〉

아라이는 왼 손등에 모로 세운 오른손을 올렸다(=고마워요). 그리고 똑같이 수화로 대화를 이어 갔다.

〈덕분에요.〉

모토코는 그의 표정을 들여다보듯 하더니 손을 움직였다.

〈어머, 그다지 기뻐 보이지 않네.〉

아라이는 서둘러 〈그렇지 않습니다.〉 하고 대답했다.

〈알고 있어.〉 모토코는 뭐든 다 꿰뚫어 보는 듯 미소를 보였다. 〈사실은 통역사 같은 거 되고 싶지 않았지?〉

그녀를 상대로 마음에도 없는 소리를 계속할 수는 없었다. 어깨를 움츠리는 동작으로 대답을 대신했다.

〈괜찮아.〉 모토코는 그의 어깨를 탁탁 두들겼다. 〈너는 훌륭한 통역사가 될 거야. 내가 보증하지.〉

아라이는 깊게 생각하지 않고 대답했다.

〈뭐, 아이일 때부터 싫을 만큼 통역을 해 왔으니까요.〉

모토코의 흐려지는 표정을 보고 자신이 해서는 안 되는 말을 해 버렸다는 사실을 알아차렸다. 그러나 모토코는 바로 웃는 얼굴로 돌아와 화제를 바꿨다.

〈그런데 어머니의 건강은 어떠니?〉

아라이는 고개를 저었다.

〈한동안 만나지 못했습니다. 만나도 어차피 알아보지 못하시는 걸요.〉

〈그렇구나.〉

모토코는 위로하는 표정으로 손을 움직였다.

〈그래도 가끔은 다녀오렴. 설령 알아보지 못해도 누군가와 대화를 하면 기쁠 테니까.〉

〈……그렇죠.〉

모토코의 눈에는 자신이 언제나 초등학생으로밖에 보이지 않을 것이라며 아라이는 속으로 쓴웃음을 지었다. 그녀와 빈번하게 만났을 때가 그 무렵이었다.

모토코는 부모님의 오랜 지인이었다. 어린 아라이에게는 친절한 이모로, 자주 아라이의 집에 놀러왔었다. 모토코가 찾아오면 좁고 낡은 집이 확 밝아지는 기분이 들어서 아라이는 항상 그녀가 들고 오는 선물과 함께 그녀의 방문을 목이 빠져라 기다렸다.

그 후로도 얼마 동안은 교류가 이어지는 듯했지만 아라이가 성장하면서 가족과 함께하는 일이 적어지자 그녀와 만나는 일도 없어져 갔다.

그런데 수화 통역사 시험을 치기로 결정하고 관련 자료를 수집하던 중 리허센 수화 통역학과 강사 명단에서 사에지마 모토코의 이름을 발견했다.

혹시 기억하고 있냐며 리허빌리테이션 센터 앞으로 메일을 보내 연락을 해 보았다.

'당연히 기억하고 있지. 연락 잘 주었구나.'

따뜻한 답장이 돌아왔다. 그뿐 아니라 시험 문제에 대해서도 유용한 조언을 해 주었다. 실기는 차치하고 복지 전반에 관한 지식을 요구하는 필기시험에 관해서 모토코가 조언해 주지 않았더라면 아마 한 번에 통과하기란 무리였을지도 모른다.

그러나 이렇게 모토코와 이야기를 하고 있으면 '그 시절'의 기억이 되살아났다. 가슴속에서 까슬까슬한 감정이 끓어 올라오는 것을 느끼고 일어날 때란 사실을 깨달았다.

〈그러면 오늘은 이걸로 실례하겠습니다.〉

가볍게 인사를 하고 등을 돌렸다.

모토코가 책상을 통통 치면서 그를 불러 세웠다.

뒤돌아보자 그녀의 손이 움직였다.

엄지를 제외한 네 손가락을 모아 펼친 오른손을 앞쪽에서 가슴을 향해 대각선으로 내리면서 손가락 끝을 모았다. 이어서 주먹 쥔 오른손으로 똑같이 주먹 쥔 왼 손목 근처를 톡톡 치며 빙그레 웃었다.

이는 〈잘 돌아왔어.〉라는 수화였다.

한 달이나 지나갔다. 설을 맞이하기 전 아라이는 도쿄 수화 통역사 파견 센터에 등록하기로 했다.

고용 지원 센터 직원의 말대로 자격을 땄다고 해서 모두가 바로 수화를 활용한 일자리에 취직할 수 있는 것은 아니었다. 주부나 회사원이 남는 시간을 활용해 병원 통역이나 PTA Personal Translation Assistant라고 하는 개인적 용건을 통역하는 케이스가

가장 많고 그 외에는 자치 단체나 지역 서클이 주최하는 수화 강습회의 강사 통역 등이 있다. 그러나 여유가 없는 아라이에게 봉사 활동은 선택지에 없었다.

남은 선택지 중에서 등록 통역사를 선택한 이유는 파견 센터에 의뢰되는 일의 종류가 다양하고 수도 많기 때문이었다. 무엇보다 단가가 좋다는 점이 첫 번째 이유였다. 의뢰는 주간 근무가 대부분이었기 때문에 경비 일과 겸업이 가능했다.

"실례지만 아라이 씨는 실제로 농인과 커뮤니케이션한 경험이 어느 정도 있습니까?"

등록에 앞서 면접을 보던 중에, 다부치라는 20대 후반으로 보이는 파견 센터 직원이 그렇게 물었다.

"무례한 질문이라 죄송합니다. 통역사들 중에 청인과 대화해 본 경험밖에 없는 분들이 계셔서요."

다부치의 걱정은 이해할 수 있었다. 지역 수화 서클이나 수화 강습회에서는 청인이 강사를 맡는 경우가 많다. 영어 회화를 일본인이 가르치는 경우라고 보면 된다. 따라서 현장 경험 없이 수화 통역사 자격을 딴 사람 중에는 수화 기술은 훌륭하지만 들리지 않는 사람과 만난 경험이 없거나 있다고 하더라도 극단적으로 적은 사람도 있을 것이다.

"그건 걱정 마세요."

아라이는 자신이 어디서 수화를 배우고 어떻게 사용해 왔는지 이야기했다.

"그렇군요." 다부치의 얼굴이 밝아졌다. "그렇다면 마음이 든든하네요. 의외라고 생각하실 수 있지만 사실 아라이 씨 같은 통역사는 드문 편이에요."

다부치와 이야기를 하면서 아라이는 이 청년에게 호감을 갖기 시작했다. 다부치가 처음부터 '청각장애인·비장애인'이라는 말을 사용하지 않고 '농인·청인'이라는 표현을 썼기 때문이다.

몇 년 전부터 공식적인 자리나 문서에서는 '들리지 않는 사람'을 지칭하는 '청각장애인'이라는 표현을 사용하기 시작했다. 이전에는 '농아인'이라는 말을 사용했다. 들리는 사람을 지칭할 때는 '비장애인' 혹은 '건청인'이라는 표현을 쓰는 경우가 많았다.

이에 대해 들리지 않는 사람들은 스스로를 '농인'이라 표현하기를 좋아하고 계속 그렇게 써 왔다. 기존의 농아인聾啞人에서 '아(=말하지 못하는 것을 의미)'를 뺀 것은 자신들은 들리지 않지만 말할 수 있다는 의지를 표명한 것이다. 그리고 그 반대는 '건청인'이라고 하지 않고 '청인'이라고 말한다. 단순히 '들리는 사람'이라는 의미이다.

농인들은 당연하게 사용하는 두 단어이지만 일반적으로 그다지 사용되고 있지 않다. 농인이라는 표현을 차별어로 알고 있는 사람도 아직 많다. 파견 센터에서도 아마 문서나 공공장소에서는 '청각장애인·건청인'이라는 표현을 사용할 것이다. 그러나 이 청년은 농인의 사고방식을 제대로 이해한 뒤 스스로 자신의 언어로서 '농인·청인'을 사용하고 있었다. 그런 점에서 아라이는 호감을 느꼈다.

등록 절차를 마치고 일주일 뒤, 다부치로부터 전화가 왔다.

"이르긴 하지만 다음 주 월요일 오전에 시간 괜찮으신가요?"

고령의 농인이 은행 업무를 하러 갈 때 통역을 해 줬으면 한다는 의뢰였다. 아라이는 마스오카라는 남성에 대한 정보를 머리에 넣고 약속 당일 만나기로 한 장소로 향했다.

나타난 사람은 다부치에게 들은 대로 체구가 작은 노인이었다. 상대방도 아라이를 알아차린 듯 웃으며 다가왔다.

농인과 직접적으로 대화하는 건 오랜만이었다. 아라이는 자신이 예상과 달리 긴장하고 있다는 사실을 느꼈다.

가까이 다가온 마스오카의 얼굴을 똑바로 보고 자기 소개를 했다.

〈처음 뵙겠습니다. 아라이라고 합니다.〉

〈마스오카입니다. 기다리게 해서 미안합니다.〉

〈오늘 통역을 맡게 되었습니다. 잘 부탁드립니다.〉

아라이의 말이 끝나자 바로 노인은 의아해하는 표정을 지었다.

〈신입이라고 들었습니다만.〉

〈네, 사실은 통역사로서 일하는 건 오늘이 처음입니다.〉

마스오카는 호오, 하고 입술을 동그랗게 모았다.

은행에서 볼 용건은 만기가 다가오는 정기예금을 다른 계좌로 옮기는 상담이었는데 고작 10분 만에 끝났다. 수화 통역 보수는 시급으로 계산하는 게 아니라 작업 단가로 치기에 이렇게 단시간 만에 끝나도 괜찮은지 미안한 마음이 들 정도였다.

그러나 마스오카는 시종일관 싱글벙글 웃으며 〈오늘은 좋은 사람이 와 주었어.〉 하고 왼 손등에 올린 오른손을 몇 번이고 위아래로 움직였다.

다부치에게 들은 의뢰인 정보는 연령이나 외견만이 아니라 '들리지 않는 정도'나 특성도 포함되어 있다. 농인이라고 해도 소리가 완전히 들리지 않는 사람은 사실 흔치 않고, 사람마다 정도가 다양하다. 소리가 들리지 않게 된 시기나 원인에 따라 커뮤니케이션 방법도 달라진다.

"마스오카 씨의 평균 청력은 100데시벨이라고 합니다. 난청자나 중도실청자가 아니라 선천적 농인이에요."

"70세 이상이면 구화 교육은……."

"아마 받지 못했을 거예요. 독화도 발어도 거의 하질 못하시니까요."

구화 교육이란 정확하게는 청각구화법*이라고 하는데, 패전 이후부터 현재에 이르기까지 농인 교육 현장에서 주로 사용되어 온 교육법이다. 실질적으로 농인학교 등에서 수화가 사용된 사례는 최근까지 거의 없었다. 보청기를 사용하면서 입술의 움직임을 파악(독화)하고 발성연습(발어)으로 음성일본어를 배우는 청각구화법이 주된 교육법이고, 수화는 오히려 음성일본어를 획득하는 데 장애가 된다며 피해 왔다.

심지어 전쟁 전에는 농인학교 자체가 적었다. 마스오카 세대에서는 가족이나 주위 농인들에게 자연스레 배운 수화로 커뮤니케이션을 해 온 사람이 많을 것이다.

아라이는 그런 정보를 기초로 수화를 선택했고, 나아가 연령대가 높은 사람들이 주로 사용하는 표현을 마음속으로 되새겼다. 마스오카는 아마 그런 배려에 기뻤던 것이다.

〈다음번에도 당신에게 부탁하지요.〉

마지막으로 다시 한 번 감사의 말을 건네고 뒤돌아서 가는 노인의 모습이 보이지 않을 때까지 배웅했다.

노인의 작은 뒷모습이 보이지 않게 되었을 때 가슴 깊은 곳에서

* 현재 우리나라에서는 구화법이라고 표현한다.

끓어오르는 어떤 감정을 느꼈다. 작게 켜진 등불의 따스한 무언가를. 그러나 이내 아라이는 스스로 등불을 꺼 버렸다.

첫 일을 끝내서 드는 단순한 안도감에 지나지 않아…….

다부치에게 전화를 걸어 일이 마무리되었음을 사무적으로 보고하고 역을 향해 걸어갔다.

전철 안은 한산했다. 비어 있는 좌석에 앉은 김에 이전 승객이 남기고 간 신문을 집어 들었다. 시간도 죽일 겸 한 장씩 넘겨 봤다. 생활비를 조금이라도 아낄 요량으로 몇 개월 전부터는 구독하던 신문도 해지했다.

눈으로 슥 훑어봤지만 흥미를 끌 만한 기사는 없었다. 신문을 접으려다가 자연스레 지면 끝에 게재된 기사의 작은 제목에 시선이 갔다.

사이타마 현내 공원에서 남성이 흉기에 찔려 사망

4월 3일 오전 6시 45분경 사이타마 현 사야마 시의 현립 보행자 전용 공원에서 피를 흘리고 쓰러져 있는 남성을 조깅 중이던 회사원(46세)이 발견, 110에 신고했다. 남성은 흉기에 복부를 찔려 사망했으며 이에 사이타마 현 수사1과는 살인사건으로 보고 수사본부를 설치하여 남성의 신분 등을 조사하고 있다.

조사에 의하면 남성은 30대로 사망 원인은 예리한 칼에 복부를 찔려 발생한 출혈성 쇼크로 보고 있다. 현장 공원은 서부 신주쿠선 신사야마 역에서 북쪽으로 약 300미터 떨어진 곳이다.

고작 몇 줄 정도에 불과한 짤막한 기사에, 읽고 나서도 금방 잊어버릴 만한 흔한 사건이었다. 그런데도 아라이가 시선을 멈춘 이유는 시체가 발견된 '장소' 때문이었다.

사이타마 현 사야마 시의 보행자 전용 공원. 안으로 들어가 본 적은 없지만 그 근처를 몇 번이나 지나간 적이 있다. 예전 직장의 관할 구역이었다.

'지금쯤.' 하며 아라이는 상상했다. 사야마 서署는 사이타마 현 경찰수사1과의 수사원들을 맞이할 준비로 야단법석을 떨 것이다…….

문득 아라이는 자신이 이런 상상을 하고 있다는 데 혀를 찼다. 자신은 이미 퇴직한 사람이다. 이제 그곳과는 아무런 관계도 없었다. 그런 일에 신경을 써서 어쩌자는 건지……. 생각을 닫아 버리듯 신문을 접어 옆자리로 던져 버렸다.

제2장

두 가지 수화

〈밥이라도 같이 먹게나.〉

세 번째 의뢰였던 병원 수행 통역이 끝난 후 마스오카가 말했다. 의뢰가 아니라서 거절할 수도 있었지만, 아라이는 노인의 제안에 응하기로 했다.

이전에 들었던 마스오카의 말이 빈말이 아니라는 사실은 금세 증명되었다. 첫 의뢰를 마친 날로부터 며칠도 되지 않아 마스오카에게서 두 번째 의뢰가 왔을 뿐 아니라 '마스오카 씨에게 들었다'며 아라이를 지명한 통역 의뢰가 연이어 들어왔다.

"그들 사회는 좁으니까요. 아라이 씨의 성실함이 꽤 알려졌지 뭐예요."

몇 번의 의뢰 전화로 다부치는 들뜬 듯한 목소리를 냈다.

다부치가 한 말은 어쩌면 절반은 맞는 말이라고 할 수 있다. 농인 사회는 확실히 넓지 않다. 자신들과 같은 말을 구사하는 수화 통역가가 있다는 소문은 눈 깜짝할 새에 전해졌을 것이다.

그러나 그것만이 아닌 것 같았다. '어쩌면.' 하는 생각이 머릿속에 떠올랐다.

모토코가 소개를 해 줬을지도 모른다. 그렇지 않으면 알지도 못하는 상대를 지명해서 의뢰하는 일이 이렇게까지 계속되기란 쉽지 않을 터였다.

그러나 구태여 모토코에게 확인할 마음은 없었다. 자신은 그저 의뢰받은 일을 묵묵히 해 나가기만 하면 된다. 그렇게 생각했고, 또 그렇게 행동했다. 성실하고 정직한 태도가 한층 더 평가를 높였는지 이후에도 의뢰는 끊이지 않았다.

몇 번인가 마스오카와 어울리면서 그가 상당한 수다쟁이라는 사실을 알았다. 오늘만 해도 패밀리 레스토랑에서 요리를 기다리는 동안, 그리고 먹고 있는 사이에조차 그는 계속 이야기했다.

내용은 병원이나 관공서 창구 등에 수화를 할 줄 아는 자가 없어서 얼마나 불편한지 토로하는 불만 비슷한 내용인데 그 말투가 어찌나 재미있던지 아라이는 몇 번이나 소리까지 내면서 웃었다.

〈아아, 오랜만이네. 이렇게 이야기한 게.〉

식사를 끝내고 한바탕 이야기한 것이 만족스러웠는지 마스오카는 앞으로 기울인 몸을 천천히 의자에 기댔다.

〈자네랑은 대화하기 편해서 좋네. 언제나 신세를 지고 있는 입장에서 이런 말을 하는 건 미안한 말이지만 지금까지 겪은 통역사들의 말은 말이야, 그거 참 알아보기 힘들고 피곤해.〉

그의 말을 이해할 수 있었다.

한마디로 하면 수화라고 해도 사실은 몇 가지 종류가 있다.

일반적으로 알려진 수화는 음성일본어에 손의 움직임을 하나하나 맞춰 끼워 가는 수법으로 정확하게는 '일본어대응수화'라고 한다. 청인은 수화 서클이나 강습회 등에서 대부분 이 수화를 배우며, 자연히 수화 통역사가 사용하는 것도 일본어대응수화이다.

이와는 달리 농인이 오랜 기간 사용해 온 수화는 '일본수화'라고 하며 음성일본어 문법과는 전혀 다른 독자 언어 체계가 있다. 따라서 태어났을 때부터 사용해 온 농인이 아니면 이 수화를 습득하는 일은 상당히 어려우며, 청인은 물론 난청자나 중도실청자 중에서도 제대로 사용하는 사람은 드물었다.*

반대로 농인이 일본어대응수화를 이해하려면 하나하나 그것을 머릿속에서 일본수화로 바꿔야 하기 때문에 이해는 할 수 있지만 피곤한 것이 본심이다.

---

* 한국의 경우 한국수화와 수지한국어가 존재한다.

두 가지 수화의 차이 중 하나로 일본수화에서는 NMS(비수지동작)라고 불리는 얼굴 표정이나 눈썹 위치, 입 모양이나 고개를 끄덕이거나 흔드는 움직임 등이 중요한 의미를 갖는다는 것을 들 수 있다. 이런 표현을 통해서 단순히 단어를 나열하는 데 그치는 것이 아니라 의문형이나 명령형, 사역형 등 문법적 의미를 갖게 할 수 있다. 나아가 시선이나 중간 틈을 두는 방식, 동작의 강약이나 완급 등을 사용해서 실제로 풍부한 표현을 할 수 있다.

조금 전부터 마스오카가 하는 수다가 꼭 그러해서, 정황이나 사람의 태도, 표정까지도 생생하게 재현하는 모습은 '말재주'라고 표현하고 싶을 정도였다.

다시 움직이기 시작하는 노인의 손을 감탄하면서 보고 있는데 옆 테이블에서 천진난만한 목소리가 들렸다.

"아빠, 저 사람들 아까부터 뭐하고 있는 거야?"

이어서 아빠라는 남성이 대답하는 목소리.

"아, 저 사람들은 귀머거리야."

깜짝 놀라 마스오카를 봤지만 여전히 이야기하고 있는 노인의 표정은 변화가 없었다.

"여보!"

엄마일 터인 여성이 나무라는 소리가 들렸다.

"괜찮아, 어차피 안 들리잖아."

"아빠, 귀머거리가 뭐야?"

"귀가 안 들리는 거야."

"그만해. 다카도 그만 쳐다보고."

그러는 동안에도 마스오카는 변함없이 풍부한 표정을 지으며 손을 움직이고 있었다.

"그나저나 재미있네, 수화. 좀 웃기다."

"아빠."

"대체 뭐라고 하는 걸까?"

"그만해, 좀."

"안 들리잖아."

아라이의 뇌리에 어떤 광경이 되살아났다.

웃고 있는 아버지. 즐거운 어머니. 들떠 있는 형. 혼자만 고개 숙여 테이블 아래에서 주먹 쥐고 있던 어린 자신…….

정신을 차렸을 때는 이미 일어나서 옆 테이블로 가고 있었다.

가족끼리 외식 중인 테이블 앞에 선 아라이는 맹렬한 기세로 손을 움직였다. 외식을 즐기던 가족은 무슨 일이 일어나고 있는지 모른 채 멍하니 입을 열고 이쪽을 보고 있었다.

말하고 싶은 말을 전부 끝내고 등 뒤에 있는 테이블에 앉아 있는 마스오카를 향해 큰 소리를 냈다.

"괜찮아요, 어차피 무슨 말을 하는지 알지 못할 테니까요."

어안이 벙벙해 있는 마스오카에게 〈돌아갑시다. 오늘은 제가 내겠습니다.〉라고 이번에는 수화로 이야기하고 전표를 집었다.

〈이야, 놀랐네.〉

가게를 나와서까지 마스오카는 아직도 눈을 동그랗게 뜨고 있었다.

〈대체 무슨 일이 있었던 겐가? 그렇게 심한 말을 하다니.〉

그가 놀란 것도 당연했다. 아라이가 가족 앞에서 보인 수화는 이른바 방송 불가용 단어가 가득했고 알고 있는 '더러운' 표현을 끌어 모은 말들이었다.

〈죄송합니다, 약간 기분 나쁜 일이 있어서.〉

아라이가 대답하자 노인은 재미있다는 듯 웃었다.

〈보통내기가 아니군. 자네, 어른스러운 얼굴을 하고 말이야.〉

이어서 손을 움직였다.

〈뭐, 어느 정도 무슨 일이 있었는지는 상상이 가네. 그렇게나 화를 내다니, 자네도 역시 농인이군.〉

아라이는 무심결에 마스오카를 봤다.

〈모를 거라고 생각했는가?〉 그는 즐거운 얼굴로 말했다. 〈처음 이야기를 나눴을 때부터 알고 있었다네.〉

마스오카는 아라이를 가리키고, 다음으로 자신을 가리켰고, 그리고 양손을 마주 잡고 빙 돌렸다.

〈자네는 우리의 동료란 걸 말이야.〉

그 수화를 직접 보는 건 몇십 년 만이었다.

통역 의뢰가 늘어나자 야근을 겸하기가 힘들어져서 경비 아르바이트를 그만뒀다. 드물기는 하지만 야간이나 축제 통역 의뢰도 있어서 아르바이트 이상의 수입이 들어올 것 같았다.

이런 상황을 아라이보다 기뻐한 사람이 미유키였다. 생활 시간대가 같아지면 만날 수 있는 시간도 늘어난다. 물론 그녀에게 수화 통역사 이야기는 하지 않았다. 괜찮은 파견 자리를 찾았다고만 말해 뒀다.

미유키는 그의 말에 의심 없이 "가끔은 아이를 엄마에게 맡기고 둘이서 느긋하게 시간을 보낼 수 있겠네." 하고 기쁘게 말했다.

그날도 아이는 그녀의 어머니에게 맡기고 퇴근 후 두 사람이서 몇 개월 만에 영화를 보러 갔다가 돌아오는 길이었다. 전부터 주목을 받던 아일랜드 출신 여성 감독의 신작은 예상보다 잘 만든 작품이었다. 그 여운을 안은 채 식사 장소를 고민하던 차에 핸드폰이 울렸다. 핸드폰 화면에 센터명이 떴다.

"미안, 일 전화야."

미유키에게 양해를 구하고 조금 떨어져서 통화 버튼을 눌렀다.

"아, 아라이 씨? 다행이다."

다부치답지 않게 급한 목소리가 들렸다.

"또 의뢰이긴 합니다만……."

"언제인가요?"

"아, 그게요. 이제까지와는 조금 달리…… 재판 관련 일입니다."

"재판? 수행 통역인가요?"

농인이 재판을 방청하러 갈 때 동행하는 일인가 싶어 물었다.

"아니요, 그런 게 아니라 공판에서…… 법정 통역을 하는 의뢰입니다."

"법정 통역?"

무심코 되묻고 말았다. 법정 통역이란 경찰이나 검찰, 법원 등 사법 현장에서 사용되는 법률 통역의 하나로 농인이 피고인이나 배심원이 된 경우 공판에서 판사, 검사, 변호사, 피고인의 대화를 통역하는 일이다. 법률 용어 같은 전문적인 지식도 필요하다 보니 아무나 할 수 있는 일이 아니었다.

"네. 실은 항상 부탁하는 분이 다치셔서요." 다부치가 미안해 어쩔 줄 모르는 목소리로 말했다. "한동안 일을 할 수 없다고 하시더라고요. 물론 대리인을 찾고 있습니다만……. 날짜가 급하다 보니 찾을 수가 없어서요……. 일의 성격상 아무에게나 맡길 수 있는 일이 아니기도 하고……."

그렇다. 아무나 맡을 수 없는 일이다. 그런데 왜 나에게?

“저도 법정 통역 경험은 없습니다.”

미유키에게 들리지 않도록 목소리를 죽였다.

“네, 그건 물론 알고 있습니다만, 혹시 이전에 일하시면서 법률 통역 경험이 전혀 없으셨나 싶어서…….”

순간 말이 막혔다. 이력서에 쓰여 있었으니 다부치가 자신의 예전 직장에 대해서 알고 있는 것은 당연했다.

“예전에 경찰 사무 일을 하셨죠?” 다부치가 말했다. “경찰서에서 취조 당시 전문 통역사가 없을 때 수화가 가능한 직원이 통역을 하는 일도 있다고 들었습니다만……. 아라이 씨는 그런 경험이 없으셨나요?”

“……한 번.” 겨우 목소리가 나왔다. “말씀하신 취조 통역을 한 경험은 딱 한 번 있었습니다.”

그렇다, 16~17년 전의 일이었다.

—아라이, 자네 수화 할 수 있지?

불려간 상사 앞에 서자, 사야마 서 경리과장은 무뚝뚝하게 말했다.

—몰라서 창피했다고. 형사과장이 말이야, 인사과에서 들었다고 하더군.

—아니, 특별히 할 수 있다고 말할 만큼은…….

왜 갑자기 그런 이야기가 나왔는지 몰라 당혹스러워하고 있자 과장은 설명했다.

—취조 때 수화 통역을 해 줬으면 하나 봐. 할 수 있는 놈이 다른 과에는 없다고.

물론 자신의 일이 아니라고 거절했다. 그러나 이것도 업무라는 상사의 말에 더는 거부할 수가 없었다. 그리고 취조실에 들어서자마자 수락한 것을 후회하게 되었다…….

"역시. 아, 다행이다."

전화기 너머에서 안도하는 다부치의 목소리가 들리자 아라이는 현실로 돌아왔다.

"아니요, 한 번이라고 해도 이미 10년이나 더 지난 일입니다. 법정 통역과는 성격도 다르고요……."

서둘러 변명했다.

"전혀 경험이 없는 것보다야 낫지요. 법률 지식도 있으시고요. 어떠세요? 무리인 줄은 알면서 부탁드립니다. 이번만 좀 어떻게 안 되겠습니까? 사실 이 건, 다른 분들에게 많이 거절당한 끝에 드린 전화예요."

다부치가 이렇게까지 부탁하니 딱 잘라 거절하기 어려웠다.

"그럼 일단 공판 자료를 보내 주시겠습니까? 자료를 보고 나서 대답 드리죠. 제게 너무 버거운 사안이라면……."

"네. 그건 그렇죠. 바로 보내겠습니다. 감사합니다. 정말 살았습니다."

자료를 읽고 나서 정하겠다고 했는데도 다부치의 목소리는 완전히 기쁨에 차 있었다.

전화를 끊고 "미안." 하며 돌아온 아라이의 얼굴색을 미유키가 살폈다.

"왜 그래? 어려운 일이야?"

"아니야, 아무것도."

미유키도 더 이상 묻지 않고 "뭘 먹을까?" 하며 기분 좋게 걸어 나갔다. 아라이는 그녀가 걸어오는 말에 맞장구를 치고는 있었지만 대부분 건성이었다.

법정 통역. 설마 그런 의뢰가 들어올 것이라고는 생각도 하지 못했다. 딱 한 번의 경험으로 이미 그런 유의 통역은 하지 않겠다고 결심했었다. 그렇다, 그때의 기억을 떠올리는 것조차 두 번 다시 하고 싶지 않았다.

괴로운 기억과 함께 되살아나는 것은 쏘아보는 듯한 시선으로 자신을 바라보던 소녀의 눈동자였다.

공판 자료는 다음 날 바로 택배로 도착했다.

스가와라라는 63세의 농인 남성이 절도미수죄로 기소된 사안.

대략적인 내용은 이렇다.

도내 단독주택에 살던 30대 부부가 외출했다가 돌아왔는데 집 안에서 모르는 남자가 방을 뒤지고 있었다. 놀란 부부가 소리를 질렀지만 남자는 알아차리지 못한 듯 도망치지 않았다. 부부가 서둘러 경찰에 신고하던 차에 남자는 그제야 그들의 존재를 알아차리고 도망쳤다. 달려온 경찰관이 부부에게 들은 남자의 용모나 차림새를 기초로 근처를 탐색한 결과 증언과 동일한 풍모의 남성인 스가와라를 찾았다. 집 안에는 스가와라의 지문이 남아 있었고, 그는 서둘러 도망치는 바람에 신발 한 쪽도 놓고 가는 실수를 저질렀다. 증거는 갖춰졌고 경찰 취조 후 검찰이 한 취조에서도 스가와라는 혐의를 전부 인정했다고 한다.

사건 자체는 그다지 복잡해 보이지 않았다. 고민 끝에 의뢰를 받아들이기로 했다.

"감사합니다, 그렇게 말하실 줄 알았습니다."

전화기 너머에서 붙임성 있게 말하는 다부치에게 아라이는 한마디 덧붙였다.

"다만 한 가지 조건이 있습니다."

"어떤 조건인가요?"

조심히 묻는 다부치에게 말했다.

"재판 전에 피고 남성을 면회할 수 있습니까? 이 남성이 어떤 수화를 사용하는지 확인해 두고 싶습니다."

"예, 그건 문제없습니다. 서둘러 준비해 두지요."

다부치는 면회 일정이 전해지면 바로 연락한다는 말을 하고 전화를 끊었다.

사철私鐵인 고스게 역에서 내린 아라이는 활짝 핀 벚꽃이 늘어선 아라카와 강을 따라 걸었다. 원래는 국선변호사 접견 때 동행할 예정이었으나 어제 갑자기 변호사의 상황이 바뀌어 단독으로 면회를 하기로 했다. 도쿄 구치소에는 경찰서 근무 당시 몇 번인가 간 적이 있었기 때문에 아라이는 문제없었다.

접수대에서 수속을 하고 수하물 검사를 끝내고 면회장으로 들어섰다.

담당자에게 이끌려 나타난 스가와라 고로는 실제 연령보다도 꽤 늙어 보였다.

유리 너머를 향해 수화로 인사를 했다.

〈처음 뵙겠습니다. 이번 법정 통역을 맡은 아라이라고 합니다.〉

서 있는 담당자도 알 수 있도록 수화와 동시에 같은 말을 음성일본어로 말했다. 스가와라는 작게 끄덕이는 동작을 보였지만 손은 움직이지 않았다.

문법 구조가 다른 일본수화와 음성일본어를 동시에 사용하는 것은 사실 굉장히 곤란한 일이다. 정확히 하기 위해, 또 상대의 커뮤니케이션 능력을 알기 위해 우선 음성일본어로 말했고 다음으로 일본수화를 하는 방법으로 바꿨다.

"제가 하는 말을 아시겠습니까?"

여기에는 전혀 반응이 없다.

〈제가 하는 말을 아시겠습니까?〉

스가와라는 조금 고개를 갸우뚱하더니 작게 끄덕였다. 반응은 있었지만 여전히 아는지 모르는지 확실히 판단할 수 없었다.

"스가와라 씨는 수화를 하실 수 있습니까?"

〈스가와라 씨는 수화를 하실 수 있습니까?〉

이 말은 통했는지 스가와라가 처음으로 손을 움직였다.

(조금) (사용한다.)

간신히 의미를 알아차렸다. 그의 동작은 일본수화도 일본어대응수화도 아니었다. 고령자가 사용하는 오래된 표현도 아라이는 꽤 알고 있었지만 거기에도 속하지 않은 동작이었다.

함께 들어온 담당자가 상대의 수화도 통역해 달라고 요청했다.

"조금 사용한다고 말한 것 같습니다."

아라이는 담당자에게 대답한 후 다시 스가와라를 바라봤다.

"일본수화나 일본어대응수화는 사용하지 않습니까? 아니면 구화법은?"

〈일본수화나 일본어대응수화는 사용하지 않습니까? 아니면 구화법은?〉

음성일본어를 사용할 때는 입을 크게 벌리고 천천히 말해 봤지만 스가와라는 애매하게 고개를 갸우뚱거렸고 죄송하다는 듯 손을 움직였다.

(죄송합니다.) (잘 모르겠다.)

담당자에게도 통역을 하면서 다시 몇 가지 질문을 시험해 봤다. 출신지나 가족, 오늘 일어나서부터 무엇을 했는지 등의 간단한 사항이었다.

그 결과 알게 된 것은 스가와라가 구화법은 물론, 일본수화도 일본어대응수화도 사용하지 않는다는 사실이었다.

다룰 줄 아는 건 제스처에 가까운 단순한 동작으로, 농인의 세계에서 말하는 홈사인home sign뿐이었다. 아마 태어나서 지금까지 농인 교육을 받지 못한 것은 물론 체계적인 수화 습득을 하지 못하고, 가족끼리나 가까운 마을에서만 통용되는 수화만으로 살아왔던 것이 틀림없었다.

그의 수화 실력이 확실해진 시점에 면회 시간이 끝났다. 스가와라는 몇 번이나 머리를 숙였고 이내 담당자에게 이끌려 면회실을 나갔다.

아라이는 면회실을 뒤로하면서 이 일을 받아들인 것을 후회했다. 이런 상황이라면 공판에서 얼마나 정확하게 피고인의 말을 전할 수 있을지 확실하지 않았다. 하물며 법률 용어가 섞인 판사나 검사, 변호사의 말을 스가와라가 어느 정도 이해할 수 있을지 불안감이 커져 갔다.

아니, 그 전에 커다란 의문이 끓어올랐다.

경검찰 취조에서 스가와라는 죄를 인정했다고 했다. 그러나 정말 그들은 커뮤니케이션이 제대로 이뤄졌던 걸까? 물론 취조 당시 수화 통역사가 있었을 것이다. 아라이보다도 더 우수한 통역사였을지도 모른다. 그러나 지금 같은 간단한 대화조차 곤란한 상황인데, 범죄 사실 진술이란 복잡한 이야기에 관해서 정말 서로의 말을 이해했을지 의심스러웠다.

아라이는 면회 성과를 속이지 않고 다부치에게 말했다. 얼마나 정확하게 통역을 할 수 있을지 자신이 없다며 자신은 적임자가 아니라고 강조했다. 그러나 다부치의 대답은 단호했다.

"그래도 그건 상대의 커뮤니케이션 능력 문제이지 통역 기술의 문제는 아니니까요. 다른 통역가로 바꾼다고 해서 아라이 씨보다 잘할 수 있다고 생각하지는 않습니다."

이런 말을 들으면 반론의 여지가 없다. 불안감을 안은 채 공판의 날을 맞이하게 되었다.

재판은 아라이가 법정 통역사로서 선정 수속을 밟는 것부터 시작되었다. 그는 증언대에 서서 "양심에 따라 성실히 통역할 것을 맹세합니다."라고 선서를 하고 통역석으로 돌아왔다.

"피고인 앞으로."

재판장의 말을 스가와라에게 수화로 전했다. 스가와라는 고개를 끄덕이고 증언대 앞으로 걸어갔다.

초반 인정신문은 피고인이 본인임을 확인하기 위한 절차로 성명, 생년월일, 직업, 주소, 본적 등을 간단히 체크하는 단계일 뿐이어서 문제는 없었다.

검사의 기소장 낭독이 이어졌다. 낭독이 상당히 빠른 속도로 진행되어서 통역이 따라가지 못하는 부분이 자주 있었다. 몇 번이나 천천히 읽어 달라고 요청했고 그때마다 검사가 눈썹을 찡그렸지만 아라이는 끈질기게 부탁했다. 기소장이 낭독되는 동안 스가와라는 멍하니 아라이의 수화를 보고 있었다.

불안이 적중한 것은 '재판관에 의한 묵비권 등 권리 고지' 단계로 들어섰을 때부터였다.

재판장이 천천히 읊었다.

"지금부터 낭독하는 사실에 대해서 심리를 진행하는데, 심리에 앞서 피고인에게 주의를 주겠습니다. 피고인에게는 묵비권이 있습니다. 따라서 피고인은 대답하고 싶지 않은 질문에 대해서는 대답을 거부할 수 있고 또 처음부터 끝날 때까지 대답을 하지 않을 수도 있습니다. 물론 질문에 대답하고 싶을 때는 대답해도 상관없지만 피고인이 이 법정에서 말하는 모든 내용은 피고인에게 유리 혹은 불리함을 상관하지 않고 증거로서 사용될 수 있기 때문에 그 점을 염두에 두고 대답하시길 바랍니다."

피의자·피고인에게 처음으로 고해지는 중요한 권리인 묵비권. 아라이는 진지하게 재판장의 말을 스가와라를 향해 전했다.

우선 스가와라를 지목하고(=당신), 위를 향해 펼친 오른손 바닥을 올리면서 주먹을 쥐었다(=가지다). 그리고 검지를 입에 대고(=침묵하다) 다음으로 왼손으로 만든 알통을 오른 손가락으로 그리듯 가리켰다(=권리).

전체적으로 〈당신은 '침묵할 권리'를 갖고 있다.〉는 수화 표현이었다.

그러나 스가와라는 모르겠다는 듯 고개를 갸우뚱거렸다. '침묵하다'가 전해지지 않았다고 생각해서 가볍게 쥔 오른 손바닥을 입 앞에 가지고 가는(=입을 닫다) 수화 표현으로 바꿔 봤다. 그러나 통하지 않았다. 이어서 입에 지퍼를 채우는 수화를 사용해 봤지만 역시 스가와라는 미안하다는 듯 고개를 저을 뿐이었다.

그러나 있을 수 없는 일이다. 경검찰이 취조할 당시에도 같은 대화가 있었을 터였다. 묵비권을 고하지 않고 취조를 진행할 리가 없었다.

다시 한 번 처음부터 더 천천히 같은 표현을 반복했다. 그러나 스가와라의 얼굴에는 곤혹스러움만이 떠올랐다.

할 수 없이 아라이는 재판관을 향해 돌아섰다.

"재판장님, 피고인은 묵비권을 이해할 수 없는 것 같습니다."

재판장은 이해가 되지 않는 얼굴이었다.

"어디부터가 이해가 되지 않는 겁니까. 모르는 단어를 확실하게 전달해 주십시오. 천천히 해도 괜찮습니다."

"알겠습니다."

다시 한 번 스가와라 쪽으로 몸을 돌려세웠다.

〈단어를 하나하나 말하겠습니다. 아시겠으면 고개를 끄덕여 주세요.〉

의미가 전해진 듯 스가와라는 끄덕였다. 아라이는 수화를 시작했다.

〈당신은, 갖고 있다.〉

스가와라는 끄덕였다.

〈침묵하다.〉

스가와라는 끄덕였다.

〈권리.〉

이번에도 끄덕였다.

단어를 문장으로 연결했다.

〈당신에게는 침묵할 권리가 있다.〉

그러자 역시 여기에서 스가와라는 갸우뚱거렸다. 그리고 미안하다는 듯이 고개를 저었다.

아라이는 재판장 쪽으로 몸을 다시 돌렸다.

"개별 단어의 의미는 알고 있지만 '침묵할 권리가 있다'는 개념을 알지 못하는 것 같습니다."

흠, 하고 재판장은 끄덕였다. 그리고 양쪽 재판관과 얼굴을 마주하고 무언가 말을 주고받았다. 그러더니 검사와 변호사를 앞으로 불렀다.

협의가 시작되었다. 아라이가 있는 곳까지 목소리가 닿지 않았지만 아마 이대로 공판을 계속할지 협의하고 있을 터였다.

반쯤 예상한 사태였다. 원래 수화에 의한 커뮤니케이션으로는 구체적으로 영상이 떠오르기 쉬운 사항을 전달하기는 어렵지 않지만 개념적, 추상적인 것을 전달하는 일은 어렵다. 더구나 스가와라처럼 홈사인밖에 하지 못하는 사람이 '말하고 싶지 않은 것은 말하지 않아도 괜찮다', 그러나 '말하고 싶은 것은 말해도 된다', 하지만 '말한 것은 불리한 증거가 되기도 한다' 등의 말이 이어지면 무슨 뜻인지 알 수 없는 것도 당연했다.

그러나 다시 의문이 떠올랐다.

그렇다면 경찰 취조관은, 검사는, 어떻게 그에게 묵비권을 전달했던 걸까.

여태 그들은 이 상태 그대로 계속 엉터리 취조를 해 왔던 걸까.

이윽고 협의가 끝난 듯 검사와 변호사가 원래 자리로 돌아갔고, 재판장이 앞을 봤다.

"묵비권조차 전해지지 않는다면 이 재판은 진행할 수가 없습니다. 또한 이 개념을 이해할 수 없다는 점으로 보아 피고인의 소송능력에도 의문이 있는 것으로 판단됩니다."

그렇게 해서 공판의 일시중지가 선언되었고 재판은 폐정됐다.

아라이는 안도의 한숨을 쉬었다. 중책에서 벗어난 해방감도 있었지만 스가와라에게 최선의 결과가 나왔다는 안도감이 더 컸다. 재판을 계속 이어 가더라도 그가 판사나 검사의 말을 대부분 이해할 수 없으리란 것은 자명한 사실이었다. 원래 기소 자체에 무리가 있었다.

퇴정하려고 몸을 돌렸을 때 무심코 방청석에 눈이 갔다. 평범한 사안이라 방청인도 많지 않았는데 가장 앞줄에서 일어선 여성과 순간 시선이 맞닿았다. 여성은 목례를 하듯 시선을 내리고 그대로 퇴정했다.

20대 중반 정도일까. 정갈하게 뒤로 묶은 검고 긴 그녀의 머리칼은 작게 흔들리고 있었고 등을 곧게 펴고 걸어 나가는 모습이 인상에 남았다.

생각지 못한 방문자가 있었던 날은 유례없이 오래 피었던 벚꽃이 드디어 서서히 지기 시작한 즈음이었다.

그날은 오후에 통역 업무 한 건만 있을 뿐이라 10시 넘어서까지 침대 위를 뒹굴고 있던 참에 벨이 울렸다.

방문판매 사원일 것 같아서 부재중인 척해야겠다고 마음먹었더니 벨이 두세 번 더 울렸다. 택배라도 온 건가 싶어 천천히 침대에서 일어나 트레이닝복 차림에 부스스한 머리로 문을 열었다.

"아직 자고 있었나? 무사태평하군."

눈앞에 서 있는 작은 키에 다부진 체격의 남자가 이쪽을 슬쩍 보고 비웃듯이 말했다. 아라이는 너무 놀라서 목소리가 나오지 않았다.

"무슨 유령이라도 봤나. 뭐 좀 물을 게 있네. 여기에서 말해도 상관없지만 안으로 좀 들어가게 해 주지?"

"아, 네."

아라이가 뒤로 물러나자 사내는 슥 안으로 들어오더니 문을 닫았다.

"오랜만이군."

사내가 말한 대로 만난 지는 10년 정도 됐을까. 사야마 서에서 근무했을 당시 형사과 강력계 형사였던 이즈모리 미노루. 언제나 누구를 대하든 지루한 얼굴에 퉁명스러운 말투는 변함이 없었다.

"…… 무슨 일입니까. 이즈모리 씨."

"말했잖아. 물어볼 게 좀 있어서 왔다고."

현관 앞에서 더 발을 옮길 생각도 하지 않고 이즈모리는 이상한 듯 집 안을 둘러보고 있었다.

"지금, 어디 서에?"

경찰청에서 나오기라도 한 건가 싶어 물었다.

"다시 돌아왔어. 사야마 서."

자신과 엇갈려 옛집으로 돌아온 모양이군. 이미 쉰은 됐을 터였다. 그 나이로 아직 관할서 사이를 이동했다니, 이상했다. 어차피 도쿄의 서쪽인 이 지역은 사야마 서의 관할 밖이었다.

"……그래서 일부러 여기까지?"

"아, 자네, 몬나라는 남자 기억하나?"

"몬나?"

이름을 입에 올린 순간 기억이 팍 떠올랐다.

"문門자에 나라할 때 나奈. 몬나 데쓰로. 17년 전, 사야마 서 시절. 자네가 취조 통역을 하지 않았나? 귀가 들리지 않던 남자였어."

이즈모리의 설명을 듣기도 전에 떠올랐다. 동시에 왜 지금 그 남자의 이름이 나왔는지, 형사의 갑작스런 방문보다 그 점에 더 놀랐다.

바로 얼마 전 스가와라의 통역을 하면서 17년 만에 생각난 그 사건. 과거, 유일하게 수화 통역을 했을 당시의 괴로운 기억. 자신을 찌르는 듯한 소녀의 눈동자…….

"기억나나 보군."

아라이의 모습을 보고 이즈모리가 단정적인 말투로 말했다.

"몬나가 왜요?"

물었지만 형사는 대답하지 않고 아라이의 얼굴을 가만히 쳐다봤다. 사야마 서에 재직할 당시, 그가 저 눈빛으로 쏘아보면 그 어떤 피의자라도 자백한다던 그 눈으로.

아라이는 그의 얼굴을 마주 보고 다시 물었다.

"그래서 제게는 무슨 일입니까?"

이즈모리도 시선을 고정한 채 말했다.

"사야마에서 남자의 시체가 발견된 사건, 모르나?"

"…… 아아."

한 박자 늦게 생각났다.

이번 달 초였을까, 지하철 안에서 읽은 신문기사. 현 경찰이 수사본부를 설치했다던 살인사건.

"알고 있습니다. 그건 왜……?"

몬나 데쓰로와 무슨 관련이?

"속보는 읽지 않은 듯하군."

"신문을 구독하지 않습니다."

"피해자 신원이 판명됐어. 노미 가즈히코, 34세. 농아시설 '해마의 집' 이사장. 이렇게 말하면 알겠지?"

순간 머리가 혼란스러워졌다.

해마의 집 노미 이사장이라면 죽었을 터였다. 17년 전, 자신은 그 남자가 살해당한 사건의 취조 통역을 했었다. 그 노미가 다시 살해당했다?

아니, 생각났다. 노미에게는 당시 10대 후반의 아들이 있었다. 이번 피해자는 서른네 살이라고 했다. 그렇다면 계산은 맞는다. 그러면 노미의 아들이…….

"맞아." 이즈모리가 고개를 끄덕였다. "17년이 지나 아버지에 이어서 아들도 살해당한 거야. 이제 알겠어? 내가 자네를 찾아온 이유를."

이즈모리의 입에서 몬나의 이름이 나온 이유는 알았다. 몬나 데쓰로는 17년 전 사건의 가해자였다. 상해치사죄로 실형을 받고 복역했다.

"아들의 사건에도 몬나가 관계 있다는 겁니까?"

"참고인으로 얘기 좀 하려는데 이상한 일도 아니잖아."

"그럼 몬나를 만나러 가면 되지 않습니까. 왜 제게?"

"행방을 알 수 없어. 자네, 놈이 있는 곳을 알지 않아?"

알 리가 없다.

"모릅니다. 이미 출소했습니까?"

"이미 예전에 출소했어. 몰랐나? 형은 5년이었어."

"5년?"

재판 결과까지는 몰랐지만 상해치사치고는 형이 짧다.

"그때는 아직 40조가 있었어. 적용된 거지."

"그렇군요."

이즈모리의 말을 듣고 나서야 이해가 됐다.

'농아자 불처벌 또는 형 감경'을 정하는 형법 40조.

농아자란 농인을 가리킨다. 농교육 발달이 되지 않은 시대에는 농인을 정신적으로도 미발달된 자라고 여겼다. 그로 인해 범법 행위는 처벌하지 않거나 형을 감경시켜 주었다. 그러나 지금은 농인도 충분한 의사소통 능력을 갖고 있다고 판단하여 특별 취급에 대한 의문을 갖기 시작했다. 당사자인 농인들 사이에서도 책임 능력을 묻지 않는 것은 역차별에 해당한다는 의견이 잇따랐고 1995년 형법 개정으로 40조는 삭제되었다. 17년 전이면 아직 그 조항이 살아 있을 때였다.

이즈모리는 노려보듯 이쪽을 바라보고 있었다. 아라이가 정말로 아무것도 모르는지 아니면 알고 있지만 모르는 척을 하고 있는지 파악하기 위해서일 것이다.

눈을 피해야 하는 걸까. 아라이도 고집을 부리듯 그 시선을 받아냈다.

"……아무래도 정말 모르나 보군."

먼저 시선을 거둔 쪽은 이즈모리였다.

"형기도 몰랐습니다. 왜 제가 알고 있다고 생각하셨죠? 17년 전, 딱 한 번 만났을 뿐인 남자인데."

"너도 그들의 동료잖아."

내뱉듯 말하는 이즈모리의 얼굴에 처음으로 감정이라고 할 만한 것이 떠올랐다.

'아아, 그랬군.' 뒤늦게나마 알아차렸다.

"또 오지."

그 말을 남기고 이즈모리는 나갔다.

이 남자도 자신을 원망하고 있다. 자신은 모든 경찰관에게 미움받고 있었다.

제3장

소녀의 눈

일요일, 아라이는 도내 유원지에 있었다. 오랜만에 풀린 봄다운 날씨 탓에 아침부터 가족 단위의 입장객이 많아 아주 북적였다. 회전목마의 난간에 기대고 있는 아라이의 앞에 목마에 올라탄 미유키와 딸 미와가 보였다. 손을 흔드는 미유키에게 아라이도 대답하듯 손을 흔들자 그녀는 앞에 앉은 딸에게 무어라 속삭였다. '너도 손을 흔들렴.'이라는 말이라도 했던 것인지 미와는 쑥스러운 듯 고개를 흔들며 앞을 지나쳐 갔다.

미와와 만나는 건 이번이 네 번째였다. 낯가림이 심한 아이라 만나고 익숙해지기까지 언제나 꽤 시간이 필요했다.

"여자 친구들과는 딱히 그렇지도 않아. 남자 어른이 무서운 것 같아."

언젠가 미유키가 심각한 얼굴로 조용히 이야기한 적이 있다. 전 남편과 헤어졌을 당시 미와는 아직 어렸기 때문에 상황을 인식하지 못했겠지만, 그래도 만에 하나 심각한 가정폭력을 목격한 일이 아이에게 트라우마가 된 것은 아닌지 걱정이라고 했다. 그런 미유키의 불안을 조금이라도 완화시켜 주고 싶은 마음에 아라이는 미와에게 나름대로 최대한 다정하게 대하려고 노력하고 있다.

이날도 같이 탈 수 있는 놀이기구는 가능하면 함께 타려고 하고 미와의 반응이 미지근해도 적극적으로 말을 걸었다. 그의 노력에 보람이 있던 건지 유원지 게임센터에서 두더지 게임으로 겨루면서 미와도 마음을 열기 시작했고, 미와가 가장 좋아하는 무당벌레를 본뜬 놀이기구에 단둘이 탈 무렵에는 천진난만한 목소리로 웃기 시작했다.

지칠 줄 모른 채 반나절을 이리 뛰고 저리 뛰며 놀던 미와도 유원지 레스토랑에서 이른 저녁을 먹고 나서는 연신 하품을 하더니 엄마의 무릎에 머리를 대자마자 바로 잠에 빠져들었다.

“정말 피곤했나 보네.”

멋쩍게 웃는 미유키를 바라보고 있자 그녀는 고개를 숙이고 말했다.

“당신도 피곤하지? 미안해, 같이 와 달라고 해서.”

“미와가 즐거웠다면 됐어.”

"얘, 당신을 아주 좋아해."

미유키는 딸의 머리를 쓰다듬으면서 말했다.

"그런 것치고 처음에는 눈도 안 마주쳐 주던데."

쓴웃음으로 대답했다.

"쑥스러워하는 거야. 오늘 만나는 것도 엄청 기대했었어. 월말에 있을 운동회도 아라이 아저씨 와 주실까, 하더라고. 오늘도 자기가 직접 말할 거라고 그랬었는데……."

"잊어버렸겠지, 그런 거."

아라이가 말을 끊자 그녀는 슬쩍 이쪽을 보더니 중얼거리듯 말했다.

"냉정해."

화제를 바꾸고 싶었던 마음도 있었다. 장소와 어울리지 않다고는 생각했지만 물어볼 기회라고 여겨서 말을 꺼냈다.

"그러고 보니, 이번 달 초에 사야마 서 관할에서 일어난 살인사건에 대해서 알고 있어?"

미유키는 무슨 이야기인지 모르겠다며 미간을 찌푸렸다.

"농아시설 이사장이 공원에서 시체로 발견된 사건."

"아아, 그거……. 알고 있긴 한데."

"수사 상황에 대해서 뭐 아는 거 있어?"

"몰라. 나는 교통과잖아." 미유키는 쌀쌀맞게 대답하더니 바로 이어서 물었다. "그 사건에 무슨 문제 있어?"

"어……."

이즈모리가 찾아왔던 일을 말해야 할지 망설였다. 말하면 왜 그 사람이 왔는지 물어볼 것이다. 그러면 말하고 싶지 않은 부분까지 다 말해야 한다.

"아니, 좀. 우연히 신문에서 봐서. 옛날 직장 일이기도 하고 해서 조금 신경이 쓰였어."

미유키가 의심스럽게 이쪽을 봤다. 그가 옛 직장을 그리워한다고는 생각할 수 없을 것이다.

"시간 날 때 언제든 괜찮으니까 뭔가 알게 되면 알려 줄 수 있을까?"

미유키는 승낙도 거절도 하지 않았다.

"……운동회, 와 줄 거야?"

갑자기 그렇게 말했다. 예상 밖의 말을 꺼낸 미유키를 바라봤는데 그녀의 표정은 진지했다. 아라이는 승낙할 수밖에 없었다.

"알았어. 갈게."

바로 그 타이밍에 미와가 눈을 떴다.

"미와, 잘됐다. 아저씨가 운동회 온대. 미와가 달릴 때 응원해 준대."

달라붙어 장난치는 엄마에게 장난스런 목소리를 내면서 딸은

살피듯 이쪽을 몇 번이나 쳐다봤다.

다부치에게 신규 의뢰 전화가 온 것은 다음 날이었다.

"오랫동안 거래해 온 NPO에서 의뢰한 건입니다만, 이제까지처럼 간단한 일이 아니라서요. 소위 '전속 통역'을 맡아 주셨으면 한다고 얘기하더군요."

"네."

아라이는 맞장구를 치며 다음 말을 재촉했다.

"NPO는 '펠로십'이라는 단체입니다. 장애인 등 사회적 약자를 지원하는 활동을 하는 단체입니다. 그곳 대표께서 지난번 아라이 씨가 법정 통역을 했던 재판을 방청하신 것 같아요. 그래서 꼭 아라이 씨로 부탁한다고 하셨습니다."

"그렇습니까?"

대답하면서도 이상했다. 그 당시 자신은 거의 통역다운 통역을 하지 않았다. 더 정확하게는 통역을 할 수 없었기 때문에 공판이 중지되었다. 그 모습을 보고 자신을 지명한다는 자체가 이해되지 않았다.

"구체적인 업무 내용에 대해서 전화로는 설명하기 어려우니, 한 번 이쪽으로 오셔서 NPO 직원과 만나 이야기를 듣는 게 어떠신가요?"

알았다고 대답하고는 전화를 끊었다.

약속한 일시에 파견 센터를 방문했다. 다부치와 함께 회의 장소에 나타난 사람은 체격이 큰 30대 여성과 정장 차림의 아주 마른 중년 남성이었다.

"신도라고 합니다. 죄송합니다, 대표님도 곧 오신다고 하니 조금만 기다려 주세요."

이어서 남성이 앞으로 나와 손을 움직였다.

《저는》《가타가이입니다.》《펠로십의》《고문변호사입니다.》

그가 쓴 수화는 일본어대응수화였다.

"가타가이 씨는 농인으로서는 일본에서 세 번째로 변호사 자격을 따신 분이에요."

신도가 자랑스러운 듯이 가슴을 폈다.

"*첫 번째였으면 멋있었을 텐데 말이죠.*"

가타가이는 이번에는 음성일본어로 얘기했다. 물론 청인 같은 명료한 발음은 아니었지만 알아듣기 쉬운 말투였다.

《아라이입니다.》《잘 부탁드립니다.》

그도 가타가이에 맞춰 일본어대응수화로 인사했다.

"가타가이 씨는 구화법이 가능하세요. 음성일본어로 말씀하셔도 괜찮습니다. 그쵸, 가타가이 씨, 괜찮죠?"

다부치가 가타가이를 보며 말했다.

"*다부치 씨를 따돌릴 수야, 없지요.*"

선천적 농인이라면 아무리 구화 교육을 받았다고 해도 이렇게까지 회화를 하기란 불가능하다. 아마 난청자이거나 중도실청자일 것이라고 추측했다.

"그럼 업무는 어떤 내용입니까?"

아라이는 다부치의 말대로 음성일본어로 말했다.

"*네.*" 가타가이는 고개를 끄덕이고 천천히 이야기하기 시작했다. "*지난번 아라이 씨가, 통역을 한 재판의 피고인, 스가와라 씨는 아직 구류되어 있습니다.*"

"그렇습니까?"

의외였다. 공판중지라서 바로 석방되지 못하는 건가.

"*네. '앞으로, 언어 능력이 갖춰질 가능성도 있고, 추이를 관찰할 필요가 있다.'라는 이유입니다.*"

그렇게까지만 말하고 가타가이는 옆자리의 신도에게 눈길을 주었다.

"사실은." 신도가 이야기를 이었다. "이제까지 스가와라 씨의 재판처럼 공판이 중지된 채로 몇 년이나 경과하는 사례가 꽤 있었습니다. '모리모토 사건'에 대해서 혹시 알고 계신가요?"

"아니요."

아라이는 고개를 저었고 신도는 이야기를 이어 갔다.

"30년 전, 모리모토 씨라는 당시 45세 농인 남성이 근무처인 철공소에서 겨우 600엔을 훔쳤다는 죄로 체포되어 재판에 휘말린 사건입니다. 1심에서 공소기각 판결이 내려졌지만 검찰이 항소를 해서……, 그 후에도 항소심과 특별항고를 반복하면서 모리모토 씨에게 이해 능력이 있는지가 문제가 되었는데 언제나 어중간한 결론이 내려졌습니다. 모리모토 씨는 그동안 계속 피고인 상태 그대로 19년이 지나 병으로 입원하였고 그제야 겨우 상황을 받아들인 검찰이 공소를 취하했습니다."

담담하게 설명해 나가던 신도의 목소리가 문득 슬픔에 잠겼다.

"……모리모토 씨는 그리고 3개월 뒤 돌아가셨습니다."

그녀를 보니 눈에 희미하게 눈물이 맺혀 있었다. 가타가이가 그녀의 손등을 톡톡 두들기며 그 뒤를 이어 말했다.

"*우리들은 스가와라 씨를, 제2의 모리모토 씨로 만들고 싶지 않습니다.*"

아라이는 고개를 끄덕였다. 그들의 마음을 이해할 수 있었다. 지금까지의 상황을 봤을 때 스가와라도 같은 길을 가지 않는다고 확실하게 말할 수 없다.

"다행히 우리 대표님이 아시는 분 중에 정치인이 계셔서……."

신도는 조금 전 자신의 행동이 창피했는지 일부러 더 밝은 목소리를 냈다. "탄원서뿐 아니라 그쪽에서도 손을 써 주시기도 하셔서 요전에 겨우 공소기각 결정이 내려졌어요."

"그렇습니까. 그거 아주 잘됐군요."

아라이의 말에 담겨 있는 빈정거림을 알아차렸는지 신도가 눈썹을 찡그렸다.

"뭔가 잘못됐나요?"

"아니요……."

잘못됐다고까지 말할 생각은 없지만 정치인을 움직였다는 부분이 마음에 들지 않았다.

그가 일했던 경찰서만이 아니라 어떤 관공서에나 '정치 안건'이 존재한다. 정치인의 입김이라는 놈이다. 모든 정치 안건이 불합리하다는 것은 아니지만 사람들의 절실한 상담 사항이 산처럼 쌓여 있는데 그쪽을 우선적으로 처리하라는 상사의 지시에 납득이 가지 않았던 적이 한두 번이 아니었다.

"아, 오셨네요." 신도가 아라이의 뒤를 보고 태도를 싹 바꿔 밝은 목소리를 냈다. "대표님입니다."

뒤돌아보자 트레이닝복 상의에 청바지 차림을 하고 빠른 걸음으로 걸어오는 젊은 여성의 모습이 보였다. NPO 대표 자리에 어울리는 인상과는 상당한 괴리가 있는 인상이었다.

"늦어서 죄송합니다."

숨을 헐떡거리며 회의석 앞에 선 여성의 얼굴을 보고 아라이는 순간 깜짝 놀랐다.

스가와라의 재판 때 방청석에서 눈이 마주쳤던 그 여성이었다.

“NPO 펠로십의 대표인 데즈카입니다.”

‘데즈카 루미’라고 적힌 명함을 받으면서 놀랄 일이 아니라며 속으로 쓴웃음을 지었다. 이 여성은 스가와라의 후원자로서 그 자리에 있었던 것이다.

“이야기는 어디까지 진행됐나요?”

루미가 신도에게 물었다.

“스가와라 씨의 공판기각이 정해졌다고까지요. 아라이 씨에게 부탁드릴 의뢰에 대한 상세한 내용은 아직입니다.”

“그래요.”

끄덕이고 루미는 아라이 쪽으로 다시 몸을 향했다. 코끝에 밴 땀을 닦으려고도 하지 않고 진지한 표정으로 이야기를 시작했다.

“들으신 대로 스가와라 씨의 석방은 정해졌습니다. 하지만 그걸로 끝났다고 저희들은 생각하고 않아요. 모리모토 사건에 대해서는 들으셨는지요?”

“이야기했습니다.”

신도가 대답했다. 루미는 고개를 끄덕이고 이어 갔다.

“모리모토 씨의 경우도 보석 중에 지원하는 단체는 있었습니다.

하지만 그 단체는 금전적인 관리를 할 뿐이었고 결국 모리모토 씨는 사회와 아무런 접점도 갖지 못한 채 고립되어 갔습니다. 그래서는 안 된다는 것이 저희들의 생각이에요. 취직을 포함해서 스가와라 씨와 사회의 연결고리를 만들어 가기 위한 지원을 해 갈 생각입니다. 따라서 다양한 면에서 통역이 필요해졌습니다. 그 통역 업무를 아라이 씨에게 부탁드리고 싶어요. 다시 말해 스가와라 씨의 전속 통역입니다."

"그렇군요……."

사정은 이해했다. 그들의 활동도 훌륭하다고 생각했다. 그러나 업무라면 이야기는 달라진다.

"전속이라는 케이스는 사실 지금까지 없었습니다." 아라이의 걱정을 알아차린 다부치가 옆에서 말했다. "요양 도우미와는 달리 통역은 기술직이니까요. 물론 지명된 시기에 스케줄이 비어 있다면 문제는 없습니다만……. 그래서 아라이 씨의 이해를 얻은 다음 이야기를 진행해야 된다고 생각했습니다. 계약도 펠로십과 직접적으로 체결하게 됩니다."

"수화 통역은 확실히 기술도 필요하지만 마음이 통해야만 할 수 있는 일이라고 저는 생각합니다."

루미가 말했다. 말투에서 강한 신념이 느껴졌다.

"수화 통역은 외국어 통역처럼 실력이 좋다면 누구든 괜찮다는 마음으로는 안 됩니다. 실제로 우리도 몇 번인가 접견을 갔었습니다만…… 사실."

루미는 옆에 앉은 신도의 팔에 손을 얹으며 말했다.

"신도도 통역사 자격을 갖고 있고." 이어서 변호사를 바라보았다. "가타가이 씨 역시 수화가 가능합니다."

"전혀 통하지 않았어요."

신도가 괴로운 얼굴로 말했다.

"*저도, 전혀 통역이 되지 않았습니다.*"

가타가이는 익살맞게 말했다.

"저 역시 마찬가지입니다." 아라이는 말했다. "재판을 보셨다면 아시겠지만 스가와라 씨와는 거의 대화가 되지 않았습니다. 그러니까 공판중지가 되었잖습니까."

"저는 다르다고 생각해요."

루미가 아라이의 얼굴을 정면으로 바라봤다.

"아라이 씨는 스가와라 씨가 묵비권을 이해할 수 없다는 것을 제대로 판사에게 전달하셨습니다. 그건 즉 스가와라 씨와 커뮤니케이션이 됐다고 이해해도 되는 상황이죠. 모리모토 씨 경우는 그것을 판사에게 이해시키기까지 20년이나 걸렸습니다. 스가와라 씨의 통역으로 아라이 씨 말고 다른 사람은 생각할 수 없어요."

이쪽의 눈동자를 똑바로 바라보면서 이야기하는 모습에서 봉사 활동 후원자라는 입장을 넘어선 진지함이 느껴졌다. 정치인을 움직였다는 말을 들었을 때 느꼈던 나쁜 인상을 불식시키기에 충분했다. 그뿐 아니라 아라이는 루미와 이야기하면서 기묘한 안도감을 느끼고 있었다. 어딘가 정다운 편안함……. 이 감각은 도대체 어디서 오는 것일까.

이런 생각을 하는 모습을 망설인다고 받아들인 모양이다. 루미가 "저희들도 바로 대답을 해 달라고 요구하는 것은 아닙니다."라며 미소 지었다.

"잘 생각해 본 다음에 답해 주세요. 스가와라 씨 석방이 다다음주라서 그다지 시간이 많지 않습니다."

"저희들의 활동 기록을 두고 가겠습니다. 괜찮으시다면 읽어 봐 주세요."

신도가 팸플릿을 내미는 것을 계기로 모두가 일어났다.

"바쁘신 와중에 감사합니다. 일부러 오시게 하고 늦어서 실례가 많았습니다."

정중하게 인사를 하고 일행은 회의실을 나갔다.

건네받은 팸플릿을 보고 있자 다부치가 어쩐지 불만스러운 목소리로 말을 걸어왔다.

"모르셨어요? 데즈카 대표. 작년 국제 채리티 상을 수상했었어요. 오랫동안 펼친 자선 활동으로요. 텔레비전 와이드 쇼 같은 데서도 취재를 했었는데."

다부치의 말을 듣고 보니 어디선가 그런 뉴스를 본 기억이 났다.

그렇다. 통역사 시험을 끝내고 집에 가는 길, 전철 열차 내 광고 화면에 확실히 그런 뉴스가 흘러나오고 있었다.

"그 전부터 주간지 같은 데서 몇 번이나 취재를 했었어요."

다부치는 아직도 그녀의 이야기를 계속하고 있었다.

"데즈카 홀딩스라고 들어 본 적 없으세요? 루미 씨는 그 그룹 창업자인 데즈카 소이치로 씨의 따님이세요. 데즈카 소이치로 씨는 이미 은퇴해서 경영에서 손을 뗐지만 재벌가 영애인 건 틀림없습니다. 게다가 약혼자는 신진 정치인이에요. 그리고 미모 역시 화제가 되기에 부족하지 않죠."

데즈카 홀딩스. 알고 있다. 전국에서 유통업과 금융업으로 사업을 뻗어 나가는 일류 그룹사이다. 재계는 물론 정계에도 지인이 많다는 사실은 잘 알려져 있다.

"아, 하지만 부자들의 취미 활동과는 달라요. 데즈카 그룹에서 다소의 찬조금은 받고 있을지 모르지만 활동 자금의 대부분은 루미 씨가 여기저기에 머리를 숙여 가며 모은 돈이고, 체면 불고하고 언제나 저런 차림으로 여기저기 뛰어다니고 있죠."

약간 정색하면서 변호를 하는 듯했지만, 다부치의 말이 그녀의 실제 모습일 것이라고 쉽게 상상할 수 있었다.

"그래서 어떠세요? 하실 건가요?" 다부치가 물었다. "다른 일에 영향이 약간 갈 수는 있을 거예요. 그 부분에 관한 금액적인 문제는 없습니다. 그런 면에는 철저한 데니까요."

"생각할 시간을 조금 주세요."

아라이는 그렇게 말하면서도 자신이 이 의뢰를 받아들일 것이라고 느꼈다.

그날은 오후부터 비가 온다는 기상청 예보가 있었다. 미와의 운동회도 중지될 것이라고 안도하고 있던 아라이는 아침 7시에 "운동회 그대로 한다니까 준비해, 지금 데리러 갈게."라는 미유키의 전화를 받고 일어났다.

미유키가 운전하는 차에 올라타서 9시 30분쯤 운동회 장소에 도착했을 때 이미 그다지 넓지 않은 정원의 응원석은 만원이었다. 먼저 와서 자리를 확보해 둔 미유키의 어머니와 만난 건 그날이 처음이었다. 그러나 딸의 애인보다 손녀의 활약에 훨씬 관심이 있는 부인은 인사도 하는 둥 마는 둥하며 원아들의 행렬 속에서 미와를 발견하고는 손을 흔들고 큰 목소리로 이름을 불렀다.

지금이라도 쏟아질 것 같은 하늘은 겨우 오후까지 버텼고 많은 참관인이 지켜보는 가운데 원아들의 놀이와 경기는 프로그램대로 진행되었다.

점심시간에는 엄마와 할머니, 그리고 아라이라는 새로운 캐릭터의 참가로 인해 흥분한 미와까지 모두 운동장 한구석에 자리를 잡아 미유키가 만든 도시락을 가운데 두고 둘러앉았다.

일찍이 남편과 사별하고 음식점을 꾸려 나가면서 두 딸을 고등학교까지 보냈다는 미유키의 어머니는 오후가 되어서도 손녀의 응원에 열을 올렸고, 어느새 아라이를 미유키처럼 '나오토 씨'라고 부르며 "얼른 나오토 씨도 응원해.", "손 흔들어." 하고 스스럼없이 말을 걸게 되었다.

예상외의 전개는 오후에 진행된 프로그램으로 부모와 함께 달리기 시간에 시작되었다. 그 전까지 씩씩하게 응원하고 있던 미유키가 갑자기 배가 아프다는 말을 꺼내서 아라이가 대신 참가하게 되었다. 함정에 빠졌다는 것은 알았지만 보육교사가 재촉해서 투덜거릴 수도 없었다.

부모와 자식이 힘을 합쳐서 몇 가지 장해물을 피해 가는 경기였는데 대부분 부모의 실패로 늦어지는 가운데 아라이와 미와의 호흡은 딱딱 맞아, 그날 유일하게 미와에게 1등상을 안겨 준 경기였다.

"아빠가 엄청 잘하시네."

사정을 모르는 구경꾼들이 말을 걸어오자 미와는 부끄러워하면서도 기쁘게 웃었다.

운동회가 끝나고 모녀가 사는 집으로 돌아와서도 한동안 떠들기 바빴던 미와는 이른 저녁을 먹자 이내 꾸벅꾸벅 졸더니 할머니의 재촉에 그대로 침실로 들어갔다. 미와를 재운 미유키의 어머니 역시 피곤하다며 버스로 10분 거리에 있는 자택으로 돌아갔다.

"오늘은 고마웠어."

둘만 남게 되자 미유키가 새삼스레 말했다.

아라이는 말없이 고개를 저었다.

"나도 약속을 지켜야 하니까." 그렇게 서두를 떼면서 미유키는 말했다. "지난번 당신이 말한 사건 얘기 들었어. 피해자인 농인시설 이사장의 사인은 칼로 복부를 찔려서 생긴 과다출혈이래. 시신에 이동 흔적은 없고 피해 현장도 그 공원이래. 흉기는 아직 발견되지 못한 상태고 체크카드가 든 지갑이 없어졌다고는 하지만 현금을 뺀 흔적은 없어. 돈을 노린 범죄에 대한 가능성은 일찍부터 사라졌다고 해."

"응."

고개를 끄덕이며 그다음 말을 재촉했다.

"묻지마 범죄도 아닌 것 같대. 남은 건 원한, 치정 갈등. 그쪽이 유력하대. 휴대전화도 없어졌다고 하니까 남아 있는 이력이 단서가 될 것을 두려워했을지도 몰라."

"피의자는 정해지지 않았나 보군."

"몇 명인가 사정 청취를 하고 있기는 하지만 모두 확증은 없나 봐. 하지만 참고인 리스트 중에 주소가 불분명한 대상자가 한 명 있어. 그 대상자가 청각장애인이라고 하더라고."

잠시 말을 멈추고 미유키는 아라이를 쳐다봤다.

"이번 피해자 말이야. 예전에 우리 관할에서 일어난 사건 피해자 아들 아니야? 17년 전 그 사건……."

미유키의 말에 아라이도 마지못해 떠올리게 되었다.

17년 전 그 사건…….

이번 사건의 피해자 노미 가즈히코의 아버지인 노미 다카아키가, 이사장으로 있던 농아시설 해마의 집의 한 교실에서 등에 피를 흘리고 쓰러져 있는 모습을 숙직 경비원이 발견한 사건이다.

바로 구급차를 불렀지만 다카아키는 이동 중에 사망했다. 원인은 예리한 칼에 등을 찔려 생긴 상처에서 비롯된 과다출혈성 쇼크였다. 살인사건으로 간주되어 그날 바로 사야마 서에 수사본부가 설치되었다.

경비원은 발견 한 시간 전에도 순찰을 돌았지만 다카아키가 교실 안에 있다는 사실을 알지 못했고, 교실의 불도 꺼져 있었다고 했다. 순찰 당시 잠겨 있던 뒷문 자물쇠가 사건 후에는 열려 있었다. 자물쇠를 부순 흔적이 없었기 때문에 범인은 다카아키와 함께 안으로 들어왔거나, 안에서 그를 교실 안으로 들어오게 했을 가능성이 높았다. 범인은 면식범이고 시설 관계자라는 것이 수사원들의 대체적인 견해였다. 게다가 돈을 훔친 흔적은 없다고 판명되어서 동기는 원한이나 치정에 의한 갈등으로 범위가 좁혀졌다.

문제는 생전 피해자의 평판이 좋지 못해서 동기가 있는 자가 넘쳐났다는 점이었다. 가족과 친척을 시작으로 시설 직원, 출입업자……. 참고인 리스트는 방대했고 수사는 장기화가 예상되었다. 그러나 그들의 사정을 청취하여 수사원 각자 자료를 가지고 모인 2차 수사회의가 열릴 예정이었던 아침, 사건은 어이없게도 수습되는 방향으로 바뀌었다.

자신이 범행을 저질렀다고 밝힌 사내가 흉기인 과도를 손에 들고 자수한 것이다.

몬나 데쓰로라는 사내는 농인이었고 시설 이용자의 아버지였다. 사야마 서에서 농인이 피의자로 검거된 적은 과거 10년간 유례가 없었고 당연히 전담 수화 통역사도 없었다. 그래서 화살이 아라이에게 돌아갔다.

당시 경찰서 근무도 9년째를 맞이하려는 참이었지만 신분은 어디까지나 경찰 사무직원이었지 경찰관은 아니었다. 채용시 경찰학교에서 한 달간 연수는 받았지만 수사 노하우 등을 배운 적은 없었고 당연히 취조에 동석하는 일도 처음이었다.

엄청난 불안감과 긴장감을 가슴에 안고 취조실로 향했던 그를 기다리고 있던 것은 생각지도 못한 말이었다.

"피의자 진술서는 이미 만들었으니 자넨 읽어 주기만 하면 돼."

사이타마 현 소속 경찰서에서 나온 베테랑 취조관은 아무것도 아니라는 말투로 그렇게 말했다.

아무래도 취조관이 필적이나 손짓발짓으로 피의자에게 질문을 하고 필기로 답한 대답 등을 기초로 한 진술서는 이미 작성되어 있는 것 같았다. 그러나 조서에 피의자의 서명이나 날인이 필요할 때는 그 내용을 들려줘야 한다. 그때 수화 통역이 필요해진 것이었다.

김빠진 기분으로 아라이는 진술서에 눈을 돌렸다.

진술서는 몬나가 예전부터 시설 운영 방침에 대해 이용자의 보호자 입장에서 이의를 말해 왔다는 것부터 시작되어 있었는데, 전혀 개선되는 모습이 없었고 특히 다카아키가 시설을 사적으로 이용하는 것에 화가 났고 점차 원한이 커졌다는 범행 동기가 적혀 있었다. 경위는 이랬다. 사건 당일 밤 직접 만나서 이야기하기 위해 심야에 시설 안 교실에서 다카아키와 만났다. 그러나 만난 후에도 다카아키의 태도는 변함이 없었고 그때까지 쌓인 원한도 있어서 점점 말투가 격해졌다. 마지막에 심한 말로 매도당하여 머리 끝까지 화가 나서 이야기는 끝났다며 돌아서는 다카아키를 손에 든 칼로 찌르고 말았다. 죽일 생각은 전혀 없었고 칼도 호신용으로 갖고 있던 것이었다. 찌른 후 당황해서 구급차를 부르려고 했지만 말을 할 수 없었기 때문에 전화를 할 수 없었고, 게다가 다카아키가 피를 흘리고 움직이지 않는 모습에 무서워져 뒷문으로 도망쳤다……는 전말이 쓰여 있었다.

문장으로 알기 어려운 표현은 있었지만 내용 자체에 모순은 없었고 수정이 필요한 부분도 없었다.

그러나 정정 표시 하나 없는 깨끗함 때문에 오히려 신경이 쓰였다. 정말 농인이 통역도 사이에 두지 않고 필담과 몸짓만으로 이런 내용을 이야기할 수 있는 것인가.

그런 의문이 떠오른 참에 직원에게 끌려온 몬나가 들어왔다.

아라이는 처음 만났을 때 몬나의 모습을 지금도 확실히 기억하고 있다. 작은 체구를 더 작게 숙이고 시종일관 눈을 내리깔고 있었다. 가끔씩 올려다보는 시선은 어딘가 먼 곳을 바라보는 듯 맥이 없었다. 아라이가 아니라 누구든 앞에 있는 이 남자가 진술서에 적혀 있는 대로 난폭한 행위를 했는지 의문을 품을 터였다.

아라이의 의문은 통역이 시작되고 나서 더욱 커져 갔다.

〈통역을 담당한 아라이라고 합니다.〉

일본수화로 말하자 몬나의 얼굴에 깜짝 놀란 표정이 떠올랐다.

그의 손이 움직였다.

〈일본수화를 하실 수 있나요?〉

〈네. 오늘 대화는 일본수화로 괜찮으십니까?〉

몬나의 얼굴에 비로소 표정이라고 말할 수 있는 것이 떠올랐다. 안도. 혹은 희망……. 그러나 그 표정도 "이봐, 뭐하는 거야. 멋대로 말하지 마!"라는 취조관의 성난 목소리와 책상을 내리치는 행위에 금세 사라졌다.

"조서만 읽어 주라고."

그렇게 지시를 받고 그대로 수화로 통역을 시작하려고 했는데, 바로 입으로도 동시에 말하라는 지시가 떨어졌다.

아라이는 일본수화와 음성일본어를 동시에 말하기 곤란하다고 호소했지만 입으로 하는 말이 정확하면 상관없다는 대답이 돌아왔다.

"이쪽은 조서와 한 글자, 한 문장도 틀리게 하지 마. 수화는 적당히 바꿔도 괜찮으니까."

반대가 아닌가. 나오려는 말을 꾹 삼키고 가능한 한 음성일본어에 가까운 표현을 쓰기 위해 노력하면서 일본수화로 읽어 주기 시작했다.

그러나 그 일은 그저 곤란하다고 할 만한 수준이 아니었다. 일본어 의미를 이해하는 것조차 어려운 표현이 많았다. 취조관에게 의미를 확인하려고 할 때마다 "됐으니까 그냥 해."라든가 "그대로 읽으면 돼."라는 식의 답변밖에 돌아오지 않았다. 의미도 모른 채 수화로 통역할 수 있을 리가 없었다. 아라이는 어느 순간부터 자신의 수화가 지리멸렬해지는 것을 느끼고 있었다.

몇 번이나 자신의 상황을 호소해도 취조관은 "문서를 읽을 수 있으니까 문제없어. 형식일 뿐이니까."라며 쌀쌀맞게 대답했다.

진술서란 피의자의 이야기를 바탕으로 취조관이 작성하는 것이라고 알고 있었다. 그러나 아무리 문장과 문장을 엮었다고 해도 어디까지나 피의자가 한 말을 문장으로 정리해야 마땅했다.

눈앞에 놓인 진술서 첫머리에는 확실히 '본직은 사전에 피의자에 대해서 자기의 의지에 반한 진술을 할 필요가 없는 취지를 고했다.'라는 문장이 있다. 그러나 농인인 몬나는 스스로 이야기할 수 없다. 아니, 일본수화로 이야기할 수 있을 터였지만 그것을 통역하는 자는 없었다. 피의자의 직접 필기는 규정상 있을 수 없다.

즉, 이건 처음부터 끝까지 취조관이 작성한 진술서가 된다…….

그나마 유일한 위안은 용의가 살인이 아니라 상해치사였다는 점이다. 작은 체구에 힘이 약한 몬나가 거구의 다카아키와 대결하는데 호신과 위협을 겸해서 칼을 지참했다는 점은 그다지 부자연스러운 일이 아니었다. 또 흉기는 상해 능력이 부족한 칼날 길이 9센티미터짜리 과도였으며 실제로 상처도 보통이라면 자연스럽게 출혈이 멈출 정도로 깊지 않았지만, 알코올성 간경화 말기였던 다카아키의 경우 피가 멈추지 않아 출혈성 쇼크를 일으키고 사망에 이른 것이었다.

그런데도 만약 그들이 몬나에게 살의가 있었다고 미리 단정하고 취조에 임했다면 아마 몬나는 혐의를 끝까지 부정할 수 없었을 것이다.

이런 엉터리 취조가 허용돼도 괜찮은 건가……. 끓어오르는 분노를 겨우 억누르며 그럭저럭 마지막까지 진술서 내용을 전달했다.

"수정 사항이 없으면 거기에 서명, 지문."

취조관의 말을 전달하자 몬나는 작게 끄덕이고 조서에 서명을 하고 지문을 찍었다.

"당신도 거기에."

피의자 서명란 옆에 '오른쪽의 기술대로 수화, 필담, 구화에 의해 녹취된 내용에 틀림이 없음을 이해하고 서명·날인한다.'라는 문장이 있고 '통역인'이라고 적혀 있었다.

여기에 서명과 날인을 하면 문장의 의미대로 내용을 피의자가 말했다고 자신이 보증하는 것이 된다. 괜찮은 걸까, 정말 이대로…….

"뭐 하고 있어. 빨리해."

취조관이 독촉했다. 일개 사무직원인 아라이는 취조관의 독촉을 거부할 수 없었다.

펜을 들어 조서의 가장 마지막에 서명과 날인을 하면서 임무는 끝이 났다.

결국 자신은 무엇을 위해 불려왔던 걸까. 대체 무슨 도움이 됐던 걸까…….

무력감이라는 큰 타격을 받고 일어서려는 순간이었다. 몬나가 책상을 통통 두드렸다.

몬나를 바라보자 그의 손이 움직이고 있었다.

〈부탁이 있습니다.〉

〈무엇입니까?〉

자신이 할 수 있는 일이 있다면 무엇이든 할 생각으로 물었다.

"이봐, 뭐하는 거야. 멋대로 말하지 마!"

성난 고함이 날아들었지만 무시하고 손을 움직였다.

〈부탁이 무엇입니까?〉

〈가족을 보고 싶습니다. 만나게 해 줄 수 있습니까?〉

'그렇군, 그렇게 된 것이군.' 하고 납득이 갔다. 기소 전 구류 중인 상태에서 접견하는 일은 변호사 외에는 사실상 금지되어 있다. 하지만 기소 후라면 가능할 터였다. 그 사실에 근거해서 대답했다.

〈이제 곧 허가가 내려질 것입니다.〉

하지만 몬나는 그 대답에 슬픈 듯 고개를 저었다.

〈만날 수 없대. 계속 만날 수 없다고 말했습니다.〉

계속 만날 수 없다고? 무슨 일이지?

"이봐, 무슨 얘기 했어!"

아라이와 몬나의 사이를 비집고 들어온 사람은 취조관의 배후에서 기다리던 관할 형사였다. 그 사람은 아직 30대 후반이었던 이즈모리였다.

"가족과 만나고 싶다고 말했습니다. 기소 후에는 접견이 가능하지 않습니까?"

그렇게 확인하자 이즈모리는 언짢은 표정을 지었다.

"저놈 주변은 가족도 이거야."

귀를 막는 동작을 하는 이즈모리.

"대화는 전부 수화야. 면회는 말을 할 수 없으면 안 돼. 동석하는 직원이 대화 내용을 청취할 수 없으면 안 된다고."

그의 말이 맞았다. 그러나 아라이 안에서 반대 의견이 고개를 들었다. 그렇다면 외국인끼리의 접견도 마찬가지이다. 외국어로 이뤄지는 접견은 통역이 동석하면 인정된다. 그렇다면 그들도…….

"제가 통역을 하겠습니다."

자신도 모르게 그렇게 말을 했다.

"네가?"

"네. 기소 후에 가족과 접견을 원할 때는 제가 통역인으로 참석하겠습니다. 그러면 허락하실 수 있습니까?"

이즈모리는 잠시 이상한 놈이라도 보는 듯 아라이를 바라봤다.

"위에 물어볼게."

아주 귀찮다는 듯 대답하고 몬나를 끌고 갔다.

태도는 인정머리 없는 이즈모리였지만 아라이의 말은 제대로 위에 전달해 준 듯 몬나의 접견은 기소 후에 인정되었다.

그러나 아라이의 위치에 대해 구치소에서도 망설였던 것 같다. 변호사나 피고인이 의뢰한 통역 담당자가 있다면 당연히 통역인은 유리 너머에 앉게 된다. 하지만 아라이는 경찰 사무직원이라는 입장이 고려된 듯 동행 직원과 함께 유리 안쪽에 앉게 되었다.

접견실에 들어온 몬나는 아라이의 모습을 보고 왼 손등 위에 올린 오른손을 몇 번이나 위아래로 움직였다. 아라이는 끄덕이며 대답했다.

접견하러 온 사람은 몬나의 아내와 초등학교 4, 5학년쯤으로 보이는 작은딸과 중학생 정도로 보이는 큰딸로 세 명이었다. 세 사람 모두 몬나의 모습을 보자 동시에 안도의 표정을 지었다.

〈여보, 조금 마른 것 같아. 밥은 잘 먹고 있어?〉

아내가 지금이라도 눈물을 쏟을 것 같은 얼굴로 말했다.

〈괜찮아. 건강도 이상 없어. 다들 건강하지?〉

〈당신이 없는데 기운이 날 리가 없지. 그래도 매일 다 같이 당신이 무사하기를 기도하고 있어.〉

말을 나누는 사람은 처음부터 끝까지 몬나와 아내였다. 두 딸은 무언가 질문을 할 때 짧게 손을 움직이는 정도였고 계속 부모의 수화를 가만히 바라보고 있었다.

아라이의 역할은 그들의 대화를 음성일본어로 통역하는 것이었다. 하지만 부부나 부모자식 간에 오가는 사적인 대화를 하나하나 자세히 직원에게 전달할 마음은 처음부터 없었다. 몬나와 가족도 아라이의 통역에 신경을 쓸 일도 없었다. 그들에게 아라이의 목소리는 들리지 않으니까.

그렇게 생각하면서 아무렇지 않게 유리 너머로 시선을 옮기자 손을 맞잡고 어깨를 나란히 하고 있는 두 딸 중 작은 아이가 자신을 가만히 바라보고 있다는 사실을 알아차렸다. 눈이 마주쳐도 피하려고 하지 않았다.

그 모습은 마치 아라이가 직원에게 무어라 통역을 하고 있는지 확인하고 있는 듯 보이기도 했다.

"면회 시간 종료."

담당자가 고하며 몬나를 재촉했다. 몬나가 슬픈 눈동자로 일어섰다. 그와 아내가 아쉬운 듯 이별의 말을 나누고 있을 때였다.

작은 아이가 무언가 하고 싶은 말이 있다는 듯 아라이의 눈동자를 붙들었다.

쳐다보니 소녀의 손이 문득 움직이기 시작했다.

〈아저씨는 우리 편? 아니면 적?〉

무언가에 가슴을 찔린 기분이었다. 바로 대답할 수 없었다. 소녀는 쏘아보듯 아라이를 바라봤다.

몬나의 아내가 출구로 향했고 두 딸에게 손을 뻗었다. 작은 아이도 발뒤꿈치를 돌려 자신을 향해 내민 엄마의 손을 잡고 나갔다.

“아까 여자애가 뭐라고 말한 겁니까?”

담당자가 눈치 빠르게 물었다.

“아아……, 제게 아저씨도 경찰이냐고 물어보더군요.”

그렇게 대답하며 얼버무렸다. 담당자도 “그렇군요.” 하고는 더 이상 추궁하지 않았다.

몬나는 아라이를 향해서 왼 손등에 올린 오른손을 위아래로 움직이면서 담당자에게 이끌려 나갔다. 그것이 아라이가 본 그의 마지막 모습이었다.

재판 결과도 복역 후 사정도 묻지 않았다. 굳이 들으려고 하지 않았다고 해도 틀린 말은 아니었다. 그때 경험과 자신이 했던 일 모두 잊고 싶었다.

그때 몬나의 딸이 자신에게 향한 쏘아보는 듯한 시선. 그리고 수화.

〈아저씨는 우리 편? 아니면 적?〉

자신은 어느 쪽일까?

—대답을 할 수 있을 리 없었다.

그 물음은 철이 들기 시작했을 때부터 지금까지 계속 자신을 옭아매 온, 결론이 나지 않는 질문이었다.

제4장
흠이 있는 아이

도쿄에서 한참이나 떨어져 있는 그 역에서 내린 사람은 아라이를 포함해서 몇몇의 승객뿐이었다.

날이 좋았다면 근처에 있는 댐 호수에서 피크닉을 즐길 수 있지만 그날은 휴일이라고 해도 아침부터 구름이 하늘을 온통 덮고 있었다. 댐 호수와 가까웠던 유원지가 없어지면서 역 주변도 한적해졌다.

목적지로 향하기 전 간선도로 옆에 있는 편의점에 들렀다. 편의점에서 향과 라이터는 살 수 있었지만 공양용 생화는 없었다. 아마 이 편의점에는 피안회彼岸会*나 성묘가 아니라면 손님은 거의 오

* 춘분과 추분 전후 7일간 행하는 불교 행사.

지 않을 것이다.

절의 경내에 들어서도 사람들의 모습은 뜸했다. 1000엔짜리 지폐를 내밀어 꽃을 사고 물통과 국자를 빌렸다. 분지로 이어지는 완만한 언덕을 올랐다. 치자나무의 꽃향기가 바람에 실려 퍼졌다.

도착한 묘 앞에는 이미 깨끗한 생화가 올려져 있었다. 약속 시간까지는 아직 시간이 많이 남아 있었지만 형네 가족이 먼저 왔나 싶었다. 모처럼 비싸게 산 꽃을 버리기 아까워서 통에 억지로 밀어 넣었다.

선향을 올리고 모양뿐인 손은 모았지만 딱히 기도를 올릴 것도 없었다. 선향이 다 탈 때까지 멍하니 시간을 보냈다.

연기가 완전히 사라지기를 끝까지 확인하고 묘 앞을 떠났다. 걸어왔던 도로를 되돌아가면서 다음은 어떻게 할 것인지 아직 망설이고 있었다. 원래 약속 시간보다 한 시간 일찍 도착할 생각이긴 했지만 막상 갈 생각을 하니 발이 무디어졌다. 하지만 여기까지 와서 가지 않을 수도 없었다.

역 앞 간선도로까지 돌아가니 타이밍 좋게 막 도착한 버스에 올라탔다.

어머니가 사는 특별 양로원은 역에서 버스로 두 정거장밖에 떨어져 있지 않았다.

버스 정류장에서 내리면 바로 산뜻한 외견이 보이기 시작한다.

입구는 호텔 로비를 생각나게 하는 분위기로 특별 양로원으로는 보이지 않았다.

접수대에서 가르쳐 준 레크리에이션 룸으로 가 보니 풍선아트 수업이 진행되고 있었다.

"네, 그럼 우선 강아지를 만들어 볼까요. 풍선에 바람을 넣겠습니다."

남자 강사가 풍선에 공기를 넣으려고 볼을 부풀리는 모습에 둘러앉아 있는 14~15명 정도의 입소자들이 와 하고 웃음을 터트렸다. 다들 밝은 표정으로 있었지만 사실 대부분 중증 치매 환자이다.

시설로 들어가기 위한 신청과 수속 모두 아라이가 했지만 5년 동안 이곳을 방문한 것은 오늘을 포함해서 세 번밖에 되지 않는다. 그래도 시설에서 정기적으로 연락이 오기 때문에 어머니가 좋든 나쁘든 변화가 없다는 사실은 알고 있다.

강사가 야무지게 풍선으로 강아지 모양을 만들자 큰 박수가 터져 나왔다.

동그랗게 둘러앉은 대형에서 조금 떨어진 창가에는 휠체어에 앉아 멍하니 밖을 바라보고 있는 어머니가 있었다. 2년 만이지만 그다지 나이 들어 보이지 않은 것은 짧게 잘라 정돈한 머리칼과 조금 살이 찐 체형 덕일 터이다. 이미 5월이 되었지만 플란넬 셔츠

단추를 목까지 잠그고 있는 모습이 답답해 보였다.

레크리에이션 원 안에 있던 여성 직원이 방금 만든 토끼 풍선을 들고 어머니에게 걸어왔다. "다른 분들과 함께 이쪽으로 오세요." 하고 참석을 권하는 듯했지만 어머니는 아무런 대답도 하지 않고 무릎 위에 올려 둔 풍선에 시선을 옮길 뿐이었다.

가까이 다가가자 직원이 눈치를 채고 "안녕하세요." 하고 밝은 목소리로 인사를 건넸다. 아라이도 가볍게 고개를 숙여 인사를 하고 더 가까이 다가갔다.

"어머님, 아드님 오셨어요. 면회를 오셨대요."

직원이 입을 크게 벌리며 천천히 말했다. 그러나 어머니의 표정에는 변화가 없었다. 그저 입을 다물고 직원의 얼굴을 바라볼 뿐이었다.

"아, 드, 님, 아시겠어요?"

아라이는 오른손을 들어 그녀를 제지하고 어머니의 앞으로 돌아섰다. 직원은 그에게 맡기겠다는 듯 한 걸음 뒤로 물러났다.

시선을 맞추기 위해 허리를 굽히고 천천히 손을 움직였다.

손등을 마주하고 좌우로 벌렸다(=오랜만). 그리고 오른 손바닥을 가슴 쪽에 향하고 원을 그린 다음 양 주먹을 내리고 얼굴에 미소를 지어 보였다(=건강해 보이네).

그러자 이제까지 표정이 없던 어머니의 얼굴에 변화가 생겼다.

초점이 맞지 않는 눈이 아라이를 정면으로 바라보고 풍선에서 뗀 손을 놀라울 정도의 속도로 움직였다.

〈발이 아파. 많이 걷지 못하겠어.〉

아라이도 수화로 대답했다.

〈그래, 그건 힘들겠네.〉

〈그래도 휠체어가 있어서 불편하지는 않아.〉

〈그래? 멋진 휠체어네.〉

엄마는 고개를 끄덕이고 이쪽을 보며 다시 손을 움직였다.

〈너는, 건강해?〉

〈응, 건강하게 지내고 있어.〉

〈그래, 그러면 다행이네.〉

〈이거.〉 들고 왔던 포장지로 싼 선물을 건넸다. 〈파자마 사 왔어. 마음에 들면 입어요.〉

미리 시설에 전화를 걸어 필요한 물품이 있는지 물어본 후에 사 온 파자마였다.

"어머님은 체크무늬를 좋아하시는 것 같아요."

시설장의 말에 체크무늬로 골라 왔다. 어머니에게 그런 취향이 있었는지 기억나지 않았지만 확실히 지금 입고 있는 플란넬 셔츠도 체크무늬였다.

눈을 휘둥그렇게 뜨며 선물을 받아든 어머니는 아라이에게 시선을 돌리고 왼 손등에 올린 오른손을 들었다.

그리고 생각이 났다는 듯 무릎 위에 있는 풍선을 손에 들고 내밀었다.

〈보답으로 이거, 줄게.〉

반사적으로 받아든 풍선으로 시선을 떨궜다. 매직으로 빙빙 그려진 눈이 아라이를 바라보고 있었다.

어머니의 시선이 움직였기 때문에 그 시선을 좇아가자 뒤에 입소자들이 일제히 이동하기 시작했다. 풍선아트 수업이 끝난 것 같았다.

어머니가 아라이를 향해 손을 들었다.

〈간식 시간이라. 그럼 다음에 봐.〉

〈어, 응. 또 올게.〉

어머니는 고개를 갸웃거리듯 움직이었더니 싱긋 웃고 손을 움직였다.

그 수화에 〈별말씀을요.〉 하고 대답하자 어머니는 다시 한 번 더 미소 짓고 입소자들의 뒤꽁무니를 따라서 갔다.

함께 그 모습을 바라보던 직원이 빙그레 웃으며 다가왔다.

"역시 아드님이시네요."

"아니요."

그렇게 대답하며 고개를 저었지만 직원은 "역시 수화를 쓰실 때가 즐거우신 것 같아요. 어머님의 그런 얼굴 처음 봤어요."라며 태평한 얼굴을 했다.

"마지막에 뭐라고 하신 거예요? 어머님이 굉장히 기뻐 보이셨어요."

"아아……." 아라이는 어머니가 했던 마지막 말을 통역했다. "'친절히 대해 줘서 고마워. 모르는 사람인데도.'라고 하셨어요."

표정이 굳어진 직원에게 어머니를 잘 부탁드린다고 인사를 하고 시설을 뒤로했다.

버스 정류장까지 돌아가자 재齋를 올릴 시간이 되었다.

법회전의 법당 중 한 곳으로 들어서자 형네 가족이 기다리다 지친 모습으로 앉아 있었다. 아라이를 발견한 형 사토시가 화난 얼굴로 일어서서 손을 움직였다.

엄지와 검지를 내민 양손을 포물선을 그리듯 옆으로 움직이고 나서 왼 손가락을 가지런히 모아 구부리고 오른손 검지를 뻗어서 그 밑을 스쳐 냈다(=왜 늦었어?).

아라이도 수화로 대답했다.

〈미안. 엄마한테 들렀어.〉

사토시가 '어?' 하고 눈썹을 찡그렸다.

〈혼자서 갔어? 재 올리면 같이 가려고 했는데.〉

〈약속이 있어서 재 올리고 바로 돌아갈 거야.〉

형은 무언가 하고 싶은 말이 있는 표정으로 아라이를 봤는데 마침 주지스님이 들어와서 움직이려던 손을 내렸다.

"아직 다 안 오신 건가요?"

적은 인원수를 봤는지 주지스님이 물었다.

아라이가 "아닙니다. 이 인원이 다예요." 하고 대답하자 주지스님은 고개를 끄덕이고 제단 앞에 앉았다.

"그럼 지금부터 고 아라이 도시오 님의 33회기 법회를 봉행하겠습니다."

주지스님이 엄숙하게 고하고 독경을 시작했다.

사토시와 아내 에리가 합장하는 모습을 보고 그들의 하나뿐인 아들 쓰카사도 얌전한 얼굴로 손을 모았다. 아라이는 형태뿐인 합장을 하고 오랜만에 만난 형네 가족을 잠시 바라봤다.

목공소에서 창과 문을 만드는 일을 하는 형의 몸은 변함없이 다부져 보였고 손가락은 두껍게 마디마디 툭 튀어나와 있었다. 아내인 에리는 긴 머리카락을 어깨 언저리에서 싹둑 잘랐지만 그 외에는 조금도 변함이 없었다. 유일하게 큰 변화가 있는 사람은 역시 그들의 아들인 쓰카사였다. 예전에 만났을 때는 초등학교에 들어갔을 때였나. 그때보다 키가 10센티미터나 자란 것 같았다.

세 사람 모두 독경을 경청하는 모습을 하고 있지만 그들의 귀에 주지스님의 목소리는 닿지 않았다.

형네 가족은 '데프 패밀리'로 가족 전원이 선천적 농인 가족이었다.

이윽고 독경이 끝나고 주지스님이 이쪽을 향해서 몸을 다시 돌렸다.

"오늘은 평화로운 날이라 다행이네요. 어음, 그럼 오늘은 고인의 33회기인데 '자래영自來迎'이라는 말에 대해서 이야기를 해 볼까 합니다. '자'는 자연 그대로, 도리 그대로, 부처님과 함께라는 의미로……."

형네 가족이 농인이라는 사실을 주지스님도 알고 있었지만 신경 쓰지 않고 지루한 이야기를 시작했다. 따분해진 쓰카사가 꿈지럭거리자 에리가 나무랐다.

"우리들은 작은 존재이지만 크게 행동하려고 합니다. 욕망에서 태어난 허식의 모습. 그 허식의 모습을 자신이라고 믿고 허식의 자신을 연기하는 것입니다. 진정 자신의 모습은 콤플렉스로 가득한 내가 안간힘을 쓰고 이를 악물고……."

허식의 모습. 콤플렉스. 주지스님의 말이 어린 시절을 떠올리게 했다. 자신의 부모에 대한 복잡한 마음을…….

부모의 일본어 문장이 어딘가 이상하다는 것은 초등학교 시절부터 어렴풋이 알아차렸다. 아라이가 다녔던 초등학교에는 담임교사가 가정으로 보내는 편지가 있어서 부모도 그에 대하여 답장을 의무적으로 해야 했다. 어머니가 쓴 글을 제출하기 전에 읽고 이상한 표현을 살짝 고친 적이 한두 번이 아니었다. 어머니의 문장은 조사나 접속사가 빠지기 쉬운 농인의 특성이 나타나는 문장이었고, 부끄러워할 일이 아니라고 이해는 하고 있었다.

그러나 그러한 마음을 먹지 못한 적도 분명 있었다.

자신의 부모는 다른 아이들의 부모보다 지능이 부족한 것은 아닐까. 그리고 그 아이인 자신도 역시 같은 부류가 아닐까. 끓어오르는 불안함을 없애고 싶어서 필사적으로 공부에 매달렸다. 아라이의 성적은 초·중·고등학교를 지나오면서 항상 반에서 상위 5등 안에 들었다.

그렇지만 대학에는 갈 수 없었다. 그 당시 아버지는 돌아가시고 형만 일을 하고 있었는데, 장애인 세대에 모자 가정이기까지 한 집안 상황을 생각하면 고등학교를 마친 일만 해도 기적 같았다.

진로를 생각해야 했던 시기, 아라이는 사이타마 현 공무원 시험을 치르기로 정했다. 경찰을 선택한 이유는 누구에게나 인정받을 수 있는 길을 선택한 것에 지나지 않았다. 경찰관이 아니라 사무직원을 목표로 한 이유는 경찰관을 지망할 경우 가족 사항을 조사할지도 모른다는 불안감이 있었기 때문이었다.

채용 시험에 어렵지 않게 합격한 아라이는 현에서 시행되는 운전면허 시험장을 시작으로 두 개의 서에서 각각 총무과, 경리과에 배속된 후 현경 본부 근무로 순조롭게 출세의 단계를 밟아 나갔다. 그대로 계속 나아갔다면 사무직원으로서는 최고 커리어인 현경 경리과장 자리가 기다리고 있었을지도 모른다.

그러나 그 직전에 차질이 생겼다. 현경 근무 후 사야마 서의 경리과 주임이 되었을 때의 일이었다. 아라이는 그곳에서 범의 꼬리를 밟아 버렸다…….

"그러니까 '자내영'이란 본래 꾸미지 않은 자신으로 돌아갈 수 있을 때까지 기다려 주시는 부처님의 능력입니다."

법화도 드디어 끝을 향해 가고 있었다.

"'범소'한 몸이지만 부처님의 가르침에 몸을 맡기고 자연 그대로, 있는 그대로 함께 걸어가고 싶습니다."

법화를 끝내고 일어선 주지스님을 다 같이 배웅했다. 에리 혼자 보시를 하기 위해 복도로 나갔다.

아라이는 다시 조카에게 시선을 돌렸다.

〈쓰카사 많이 컸네.〉

엄마를 쏙 빼닮은 소년은 부끄러운 듯 몸을 꼬았다.

〈몇 학년이 됐지?〉

〈초등학교 5학년.〉

벌써 그렇게 됐구나 싶어 놀랐다. 그러고 보니 벌써 4년이나 만나지 못했다. 많이 컸을 시간이기도 했다.

〈아무리 바빠도 밥 정도는 함께 먹을 수 있지?〉

형이 두 사람 사이를 가르고 들어왔다. 그마저 거부할 수는 없겠단 생각에 절 공양 대신 가까운 레스토랑을 예약했다. 그렇게 말하자 〈예이!〉 하고 쓰카사가 기뻐했다.

돌아온 에리가 〈하나부터 열까지 죄송해요. 오늘도 무리해서 와 주셨는데.〉라고 머리를 숙이며 말했다.

〈무슨 말하는 거야. 형제라고. 무리는 무슨 무리.〉

코에 잔뜩 힘을 준 남편을 보며 에리는 가만히 고개를 저었다.

에리의 말대로 이번 33회기는 〈아버지 공양을 마지막으로 하는 거니까.〉라는 형의 무리한 희망 때문에 온 것이었다. 게다가 표면상의 시주는 형이었지만 절과 교섭하는 일은 전부 아라이의 역할이었다.

넷이서 법당을 나왔을 때 형이 물었다.

〈성묘하고 나서 갈까?〉

〈난 갔다 왔어.〉

아라이가 대답하자 〈뭐든 먼저 다 해치우는구나.〉 하고 형이 다시 불만 가득한 얼굴을 했다. 문득 묘 앞에 놓여 있던 꽃이 생각났다.

〈성묘 아직 안 갔어?〉

〈응, 네가 오고 나서 같이 가려고 했어. 그럼 밥 먹고 우리들만 갈까?〉

그럼 그 묘지 앞에 있던 꽃은 누가 놓은 걸까…….

두 사람밖에 떠오르지 않았다. 한 사람은 부모님을 오래전부터 알던 모토코다. 하지만 바쁜 그녀가 일부러 이곳까지 오기란 힘들 것이다. 그렇다면 한 사람밖에 없었다.

우뚝 멈춰 선 아라이를 사토시가 뒤돌아봤다.

〈무슨 일이야?〉

〈아무것도 아니야.〉

고개를 저으며 형네 가족 뒤를 따랐다.

레스토랑은 한창 점심시간이라서 혼잡했다. 목이 말랐다. 요리를 정하기 전에 먼저 맥주를 주문했다. 형이 '일이 있는 거 아니었어?'라는 눈으로 바라봤지만 신경 쓰지 않는 척했다. 아라이와 사토시는 소바와 초밥 세트를, 에리는 튀김정식을 주문했다. 쓰카사는 메뉴판을 집어삼킬 듯 노려봤는데 좀처럼 정할 수 없는 듯했다.

〈빨리 정하지 않으면 두고 가 버린다.〉

〈그치만 다 맛있어 보인단 말이야.〉

〈어린이 세트 먹어.〉

〈싫어. 아, 무슨 어린이 세트야.〉

형네 가족이 수화로 대화하는 모습을 멍하니 바라보고 있었다. 무슨 말을 하는지는 아라이도 알고 있었다. 자신만 예외인 사람처럼 행동하지는 않았다. 그럼에도 불구하고 껄끄대는 감정이 걷잡을 수 없이 아라이 안에서 퍼져 나갔다.

이런 환경 속에 있는 것은 처음이 아니었다. 아니, 아라이는 태어난 순간부터 계속 이런 환경 안에서 자라 왔다.

아버지도 어머니도 형도, 자신을 제외한 가족 모두가 선천적 농인으로, '들리는' 사람은 자신뿐이었다.

그 사실을 알아차린 것이 언제쯤이었을까. '자신 외의 가족은 들리지 않는다'는 사실을 처음 의식한 순간은?

유치원에 들어갈 즈음부터 가족 간 대화는 당연히 수화로 이루어졌다. 보육원 친구들과는 목소리를 내서 대화를 했겠지만 특별히 의식해서 구별하여 썼던 기억은 없다. 자연스러운 일이기도 했고 어떤 의문도 들지 않았다.

비로소 처음 의식하기 시작한 순간. 머릿속에 떠오른 기억은 이런 광경이다. 아라이가 초등학교에 들어갔는지 안 들어갔는지 확실하지는 않을 때. 가족이 거실에 모두 모여 담소를 나누고 있었다. 저녁 식사를 끝냈을 때였을 것이다. 가족의 단란한 한때. 물론 자신도 그 안에 함께 있었다.

그때 문득 빗소리가 들렸다. 커튼이 쳐져 있어서 밖은 보이지 않았다. 하지만 날림공사로 지은 단층 주택이었기 때문에 굵은 빗방울 소리가 또렷하게 들렸다.

아라이는 일어났다. 비가 내린다고 해서 무슨 일이 있는 건 아니었다. 그저 문득 밖을 보고 싶어졌을 정도의 격한 빗소리였다.

가족을 흘깃 바라봤지만 그 누구도 빗소리를 알아차리지 못했다. 전혀 변화가 없는 모습으로 담소를 이어 가고 있었다.

들리지 않는 거라고 그때 처음으로 아라이는 생각했다. 이 사람들에게는 밖에서 들리는 빗소리가 들리지 않는다. 그리고 나만 들린다. 나만 가족과 다르다…….

형이 어깨를 툭툭 쳐서 현실로 돌아왔다.

정신을 차리니 테이블 앞에 웨이트리스가 따분하다는 표정으로 서 있었다. 곁에는 쓰카사가 메뉴를 가리킨 채 곤란한 얼굴을 하고 있었다.

"뭐죠?"

젊은 웨이트리스에게 묻자 그녀도 곤란한 얼굴로 "일본식 드레싱과 프랑스식 드레싱 어느 쪽이 좋으신가요?" 하고 물었다.

상황을 이해하고 쓰카사에게 그 말을 통역했다. 쓰카사는 〈아무거나.〉라고 대답했다.

아라이는 멋대로 "일본식 드레싱."이라고 전했다.

"알겠습니다. 그럼 메뉴판은 치워 드릴게요."

웨이트리스가 떠나고 형네 가족은 안심하는 표정이었다.

그런 그들을 보고 다시금 그때의 감정이 되살아났다.

형네 가족이 이런 레스토랑에 오는 것이 처음은 아닐 것이다. 그때에도 지금처럼 의사소통에 부자유를 느끼는 부분은 있었을 테지만 스스로 어떻게든 해결했을 터였다.

그러나 자신이 있으면, '들리는 농인'인 아라이가 있으면, 아무런 망설임도 없이 그들은 자신에게 기댄다. 통역을 시키고 교섭을 맡긴다.

부모 역시 그랬다.

아라이는 어린 시절부터 지겨울 만큼 '가족과 세상' 사이의 '통역'을 해 왔다. 쇼핑을 하러 가거나 놀러 간 곳에서. 학부모 면담에서는 교사와 부모 사이에 있었고, 은행이나 관공서에 끌려가는 일도 자주 있었다.

'하지만 그중에서도 가장 괴로웠던 건.' 하고 기억이 떠올랐다.

어머니와 함께 병원에 아버지의 검진 결과를 들으러 갔을 때였다. 원래 의사가 필담으로 검진 결과를 어머니에게 전하려고 했지만, 그의 악필을 어머니가 좀처럼 읽지 못해서 결국 아라이가 대신 말을 전하게 되었다.

아라이는 확실히 기억하고 있었다. 의사가 곤란한 듯, 그러나 어쩔 수 없다는 얼굴로 입에 올린 말을.

아버님은 폐암 말기입니다. 앞으로 반년. 아마 올해를 넘기기는 힘드실 겁니다.

아라이는 그 말을 어머니에게 전했다. 어머니는 믿을 수 없다는 얼굴로 의사에게 다시 한 번 확인해 달라고 말했다. 그리고 결과가 틀리지 않았음을 깨닫고 얼굴을 감싼 채 그 자리에서 울음을 터뜨렸다.

아라이는 울 수 없었다.

'정신 똑바로 차려야 해. 내가 정신을 차리지 않으면 안 돼.' 그런 생각만 했다.

그때 그는 열한 살. 지금 쓰카사 정도의 나이였다…….

고스게 역을 내려서 개찰구를 나왔을 때 루미와 신도가 기다리고 있었다.

"안녕하세요."

웃는 얼굴로 아라이를 마중 나온 루미는 초여름 같은 옅은 푸른색 정장 차림이었다.

"아직 이르니까 차라도 마실까요."

신도가 조급하게 앞장서서 걸어 나갔다. 아라이는 수일 전 전화로 전속 통역을 정식으로 승낙했다. 오늘은 도쿄 구치소에서 출소하는 스가와라를 인수하기 위해 왔다. 먼저 가서 수속을 마칠 예정인 가타가이 변호사와는 구치소에서 합류하기로 했다.

“스가와라 씨가 살 곳은 정해졌습니까?”

음료 주문을 마치고 아라이는 물었다. 스가와라에게 부모와 형제는 없고 먼 친척만 있지만 그들이 받아들이기를 거부했다는 것, 그가 이미 오랫동안 일을 하지 않았고 체포 전까지 노숙 생활을 했다는 사실에 대해서 아라이도 이미 알고 있었다.

“예. 잠시 우리 ‘기숙사’에서 지내기로 했습니다.”

루미가 대표로 있는 NPO 펠로십은 작은 아파트를 한 동 빌려서 다양한 이유로 지역 복지에서 제외된 고령자나 장애인 등에게 일시적 피난 장소로서 방을 무료로 제공하고 있다. 기숙사란 아마 그곳을 가리킬 것이다.

“가족 등 받아 주는 곳이 없는 수형자의 경우는 보통 ‘갱생 보호 시설’이라는 곳에서 받아 주기는 합니다만, 스가와라 씨처럼 공판이 취소된 경우는 대상이 되지 않아요.”

신도가 어두운 얼굴로 말했다.

“아무리 갱생 보호 시설에 들어갔다고 해도 고령자나 장애인의 경우 일과 거주지 전부 찾지 못하는 케이스가 많습니다. 복지시설에서도 받아들이기에 난색을 표하는 경향이 강하니까요.”

장애를 안고 있는 출소자의 사회 복귀를 둘러싸고 다양한 문제가 제기되고 있다는 것은 아라이도 조금은 알고 있었다. 그리고 보니 각 지역 자치단체에 지원 센터 설치가 결정되지 않았던가?

그 이야기를 하자 신도가 기다렸다는 듯 "그게 제대로 진행되고 있지 않습니다."라며 현재 상황에 대한 해설을 시작했다.

아무래도 그저 시간을 죽이기 위해 카페로 들어온 것은 아닌 듯했다. 복지 사정에 어두운 그에게 강의를 해 주려는 속셈도 있는 듯했다.

"특히 스가와라 씨 같은 경우 커뮤니케이션의 벽이 가로막고 있기 때문에……."

신도의 목소리 톤이 낮아졌다.

"행정과 복지의 사각지대에 놓인 사람들은 아직도 많습니다."

지금껏 신도에게 설명을 맡겼던 루미의 입이 처음으로 열렸다.

"스가와라 씨처럼 교육을 받지 못했던 농인이나 지적 장애를 가진 사람들이 그 대표라고 할 수 있죠."

신도도 고개를 끄덕이고 이야기를 이어 갔다.

"스가와라 씨는 장애인 수첩을 갖고 있지 않았습니다. 아마 그 존재도 모를 거예요. 지적 장애를 가진 분의 경우는 요육수첩療育手帳*이라고 하죠. 하지만 대부분 갖고 있지 않아요. 그렇기 때문에 출소를 해도 결국 자립할 수 없고 무전취식이나 소매치기 같은 자

* 일본 지자체에서 지적 장애인을 대상으로 발행하는 장애인 수첩

잘한 범죄를 저지르고 다시 형무소로 돌아가기 일쑤입니다."

"애초에 스가와라 씨 같은 사람들이 범죄를 저지른 경우 올바른 대처가 무엇일지 생각해 보게 돼요."

루미가 아라이의 눈을 바라보며 말했다.

"분명 스가와라 씨의 경우 교육이 부족하고 커뮤니케이션이 되지 않는 문제가 있을 뿐이라 심신상실이나 심신미약의 분류 안에 들어가지는 않습니다. 하지만 그 행위를 청인과 똑같이 판단하고 똑같은 형사 책임을 지게 하는 것이 과연 좋은 방법일까요?"

"데즈카 씨가 말씀하시는 것은." 아라이는 말했다. "이전에 있었던 형법 40조를 말씀하시는 건가요?"

"네." 그녀는 크게 고개를 끄덕였다. "해석은 물론 엄중히 해야 합니다만 형법 40조를 무조건 불필요하다거나 유해하다고 말할 수 없지는 않은지, 지금이라도, 아니, 지금이기 때문에 오히려 필요한 규정이 아닐까 하고 저는 생각합니다."

'농아자 불처벌 혹은 형 감경'을 정하는 형법 40조. 폐지 전 농인들 사이에 역차별이라는 의견이 많았다고 들었다. 그러나 루미의 말에도 일리가 있다.

17년 전 몬나의 취조. 잠깐 동석한 경험만으로도 그들에게 공평함이 주어지고 있다고 생각하기 어려웠다. 그러나 그때는 아직 형법 40조가 존재했다. 몬나에게도 적용되었다고 들었다. 그래서 다행이라고도 생각했다. 그것이 없는 지금, 과연 그들에게 공정한 법의 적용이 이뤄지고 있다고 말할 수 있을까…….

그때 "엄마, 저기, 저기."라며 소리치는 목소리와 함께 아라이 일행의 테이블 옆을 서너 살 정도 되어 보이는 아이가 달려갔다.

'그렇게 뛰면 위험한데.' 하고 자신도 모르게 눈으로 아이를 쫓았다.

아니나 다를까 아이가 넘어졌다. 지금까지 활발함은 어디로 가 버리고 아이는 불이 붙은 듯 큰 소리로 울기 시작했다. 바로 엄마처럼 보이는 여성이 달려와 안고 일으켜 세우려 했지만 좀처럼 울음을 그치지 않았다. 그런 아이를 엄마는 열심히 달랬다.

그 광경을 멍하니 바라보고 있는 아라이의 가슴속에서 어린 시절의 기억이 되살아났다.

저 아이와 같은 나이 즈음이었을까. 길 위에서 달리다가 아주 심하게 넘어진 적이 있었다. 앞서 걷던 엄마에게 달려가려고 했을지도 모른다. 어쨌든 엄마가 바로 앞에서 걷고 있던 것은 확실했다.

아라이는 울면서 엄마를 불렀다. 그러나 엄마는 돌아보는 일도, 멈춰 서는 일도 없었다. 아라이는 더 큰 목소리로 울며 외쳤다. 그래도 엄마는 알아차리지 못하고 걸어갈 뿐이었다.

아아, 엄마는 듣지 못하지.

멀어져 가는 뒷모습을 바라보면서 아라이는 그 사실을 뼈저리게 느꼈다. 동시에 배우기도 했다. 넘어져서 울어도 아무도 도와주지 않는다는 것을.

그 이후 그는 넘어져도 울지 않는 아이가 되었다.

울면서 도움을 요청해도 그 목소리는 누구에게도 가 닿지 않는다. 그저 참을 수밖에 없다. 그리고 일어서서 스스로 걸을 수밖에 없다…….

"왜 그러세요?"

신도의 목소리에 정신이 들었다. 보잘것없는 기억을 떠올리느라 그녀들의 이야기를 듣지 못했다. 쓴웃음을 지으며 신도를 보니 그녀가 보고 있는 사람은 아라이가 아니라 루미였다.

"죄송합니다, 어쩐지 멍해져서."

루미가 그렇게 말하고 다시 이쪽을 향했다. 그녀도 아라이처럼 방금 전 모자의 모습에 시선을 빼긴 모양이었다.

"…… 슬슬 시간이 됐네요. 갈까요?"

신도의 말에 세 사람은 일어섰다.

구치소 직원의 배웅을 받고 나온 스가와라는 생각보다 혈색이 좋았고 홀쭉했던 볼에도 조금 살이 올랐다. 비와 이슬을 피할 수 있고 세끼가 제때 나오는 구치소 생활은 그에게 이제까지의 생활보다 건강에 좋았는지도 모른다.

네리마練馬에 있는 펠로십 기숙사까지 가는 도중 스가와라는 시종일관 멍한 얼굴로 창밖을 바라보았다. 이쪽이 무언가 전할 때만 고개를 끄덕이거나 혹은 가로저을 뿐이었다. 스스로 어떤 의사 표현을 하는 일이 없었기에 통역이 거의 필요 없다는 생각도 들었지만 굳이 말은 하지 않았다.

기숙사는 3평 남짓한 공간에 부엌이 붙어 있을 뿐인 아주 간소한 방이었다. 그래도 이불에 식기류, 냉장고, 세탁기 같은 생활에 필요한 물품은 준비되어 있었다. 사고 방지를 위해 가스는 사용할 수 없도록 되어 있었지만 냉장고에는 바로 먹을 수 있는 음식과 쌀과 된장, 즉석 식품도 마련되어 있었다.

전자레인지나 압력밥솥 사용법을 알려 주자 그 후로는 더 할 것이 없었다. 전속 통역이라고 해도 물론 하루 종일 함께 있는 것은 아니다. 우선 장애인 수첩을 신청하기 위해 구청에 동행하는 일정만 정하고 가타가이와 함께 아파트를 뒤로했다.

터미널 역에 도착해서 헤어지려는 참에 가타가이가 *"아라이 씨. 다음 일정이, 혹시 있으신가요?"* 하고 물었다.

"아니요, 특별히 없습니다."

"그럼, 한잔하고 가실래요? 이렇게 더운 날, 맥주라도 마셔야, 할 것 같아요."

아직 한낮이었지만 집에 가 봤자 할 일도 없었다. 아라이는 "좋습니다." 하고 고개를 끄덕였다.

두 사람은 역 앞의 프랜차이즈 술집으로 들어갔다. 막 문을 열었는지 아직 다른 손님은 없었다. 시간 한정 할인 중이라는 생맥주를 주문하고 건배를 했다.

"스가와라 씨의 석방을 위해서."

가타가이는 겉보기와 달리 술을 꽤 하는 편인지 금세 잔을 비우고 다시 한 잔을 주문했다. 아직 반도 비우지 못한 아라이가 놀란 얼굴을 하자 빙긋 웃었다.

"*할인 중일 때, 시켜 두지, 않으면.*"

아무래도 첫인상과는 달리 꽤 장난기가 있는 남자인 것 같다.

둘이서만 이야기를 나누다 보니 대화는 오로지 일본어대응수화로 이뤄졌다. 역시 가타가이도 구화법보다 일본어대응수화가 이야기하기 편한 것 같았다.

가타가이는 스가와라의 전망에 대해서 신도보다는 낙관적으로 보고 있는 듯했다.

《일을 구하는 것은 어려울》《지도 몰라요.》《그래도》《데즈카 씨가 있으니》《그러니까 괜찮아요.》

아라이는 《데즈카 씨》《얘기가 나와서 말인데》라고 운을 떼며 오늘 하루 종일 동행하며 중 신경이 쓰인 부분을 물어봤다.

《그녀는》《수화를》《쓰지 않나요?》

통역은 아라이의 역할이라고 해도, 신도나 가타가이는 잘 되지 않으면서도 어떻게든 수화로 스가와라와 커뮤니케이션을 취하려고 노력했다. 그러나 루미는 한 번도 스스로 수화를 사용하지 않았다.

《그게 말입니다.》《전혀 할 수 없는 건 아니》《지만》《그다지 쓰지 않아요.》

《왜죠?》

가타가이는 '글쎄.'라고 말하는 듯 고개를 갸웃거리며 대답했다.

《그녀는 생각하고 있어요.》《어설프게 수화를 사용하기보다》《제대로 커뮤니케이션을 할 수 있도록》《정확하게 말할 수 있는 통역을 통하는 편이 좋다고.》 그리고 바로 이어서 놀리듯 웃으며 물었다. 《신경이 쓰이십니까?》《데즈카 씨가.》

《아니요.》 아라이는 고개를 저었다. 《그런 것이 아닙니다.》

《아니,》《신경이 쓰이는 것도 당연합니다.》

가타가이는 여전히 웃음을 띤 얼굴로 계속했다. 그 웃음에는 더 이상 놀리려는 기색은 없었다.

《그렇게 젊은 데다》《미인이고》《그리고 정말 열심히》《곤경에 처한 사람들의 힘이 되려고 하고.》《저도 신기하다고 생각합니다.》《그 원동력이 어디에 있는 걸까.》

가타가이의 손이 더욱 빨라졌다. 그러면서 점점 그의 수화도 수

다가 되어 갔다. 아라이는 오로지 청자의 역할에 충실하기로 했다.

《저는》《세 살 때 걸린 홍역 때문에》《들리지 않게 됐습니다.》

점점 취기가 오른 가타가이는 자신의 이야기를 시작했다.

《부모님은》《저에게》《모든 치료를 쏟아 부었는데》《그래도 낫지 않는다고 깨닫고》《이번에는》《어떻게 해서든 가까이 하게 하려고 했지요.》《'들리는 아이'에게.》

그는 잔에 남은 맥주를 한 번에 넘기고 다시 손을 움직였다.

《보청기》《인공와우》《청각구화법》《인티그레이션》 차례로 단어가 나왔다.

《알고 계십니까?》

아라이는 끄덕였다. 인공와우란 내이에 심은 전극을 사용해서 직접 청각신경을 자극하여 소리를 들을 수 있도록 하는 보조 장치로 중도실청자, 특히 아이들에게 수술을 하면 꽤 효과가 있다고 한다.

또 인티그레이션이란 '통합교육'이란 의미로 농인이 농아학교에 다니지 않고 지역 일반학교에서 배우는 것을 말한다. 30년 전부터 활발해진 교육법으로 가타가이는 인티그레이션을 받은 최초의 세대가 될 것이다.

《농아학교에서》《제 청각구화법 성적은》《톱클래스였습니다.》《하지만》《일반학교에서 인티그레이션을 한 후는》《상상이 가시겠

죠?》

아라이가 고개를 끄덕이는 모습을 보고 가타가이는 이어 갔다.

《아무리》《농인 사회 안에서》《'말을 잘한다'고 해도》《청인 사회에서는》《'이상하게 말하는 아이'일 수밖에 없죠.》《특히 아이들은 정직하니까.》

가타가이는 그 말을 하면서 쓸쓸한 듯 웃음 지었다.

《그때부터였습니다.》《진심으로》《죽을 만큼 필사적으로》《공부를 시작한 게.》《지고 싶지 않았습니다.》《청인 아이들에게.》《일상 회화에서는》《이길 수 없더라도》《책상 위 공부에서는》《그들을 따라잡아》《추월할 수 있다,》《아니,》《무조건 추월해 보이겠다고.》

그는 한쪽 눈을 살짝 가늘게 뜨더니 다시 이어 갔다.

《시험에서 1등을 했을 때》《부모님은 당연히 기뻐해 주셨습니다.》《하지만》《저는 알고 있었습니다.》《부모님에게 가장 기쁜 것은》《제가 성적이 우수한 것이 아니라》《'보통 아이'가 되는 것,》《'들리는 아이'가 되어 주는 것이었습니다.》《부모님이 있는 그대로의 저를 받아 준 일은》《끝끝내 없었습니다.》《수화를 배우시는 일도》《없었습니다.》《우리들은》《결국 한 번도》《제대로 대화를 나눈 일조차 없었습니다.》《저는 언제나》《'흠이 있는 아이'였습니다.》

끊임없이 움직이던 가타가이의 손이 갑자기 멈췄다.

"……*나갈까요.*"

자조적인 웃음을 지으며 가타가이가 일어섰다.

"*좀, 많이 마신 것, 같네요.*"

가타가이와 헤어지고 퇴근길 러시아워가 시작된 전철에 올라탔다. 창밖에 지나가는 풍경을 바라보면서 방금 들었던 가타가이의 고백에 대해서 생각했다.

가타가이와 똑같이 아라이도 역시 '흠이 있는 아이'였다.

가타가이의 경우는 '들리지 않는 아이'라서. 아라이의 경우는 가족 중에서 유일하게 '들리는 아이'라서.

부모님이 형을 아주 사랑했다는 것은 어린아이의 눈으로 봐도 알 수 있었다. 부모 입장에서는 '들리는' 아라이를 걱정할 필요는 없고 '들리지 않는' 형을 더 보호해야 한다고 생각하는 게 당연했을지도 모른다. 하지만 어린 아라이에게 부모의 다른 태도는 자신이 사랑받지 못한다고 느끼게 하기에 충분했다.

부모님은 형에 대해 모두 알고 있었다. 부모님에게 형은 세계의 일부였고 형에게도 역시 부모님은 세계의 일부였다.

그러나 자신은 그들 세계의 일부가 아니었다. 부모님은 '들리는' 자신을 알지 못했다. 그리고 자신도 '들리지 않는' 부모님과 형에 대해서 아는 것이 없었다.

밤바람을 좀 맞으려고 아파트까지 일부러 먼 길로 돌아서 걸었다. 평소 가지 않은 길에는 이름도 모르는 꽃이 피어 있었다. 그 꽃들을 바라보던 중 문득 기억이 났다.

아버지 법회 때 묘지에 놓여 있던 꽃…….

짐작이 가는 상대에게 인사차 전화를 해야겠다고 생각했으면서도 좋은 기회를 놓치고 있었다.

휴대전화를 꺼내 아직 남아 있는 그 번호를 화면에 띄웠다.

번호를 바꿨을지도 모른다고 생각했는데, 벨이 두 번 울리고 상대의 목소리가 들렸다.

"여보세요."

거의 4년 만에 듣는 전 부인, 지에미의 목소리였다. 설마 이렇게 수월하게 상대의 목소리를 들으리라고는 생각하지 못해서 순간 말이 막혔다.

"나오토 씨지? 오랜만이야."

휴대전화 건너편에서 먼저 말을 걸어 준 것에 안도하며 겨우 입을 열었다.

"그래, 오랜만이네."

어떤 말을 해야 좋을지 생각하지 않았다는 사실을 이제 와 알아차렸다.

"……목소리는 건강해 보이네."

스스로도 멍청한 말이었다고 생각했지만, 지에미는 개의치 않고 "당신도." 하고 대답해 줬다. 하지만 그 뒤로 이야기가 이어지지 않았다. 용건을 말할 수밖에 없었다.

"꽃, 고마워. 당신이지?"

"아아."

지에미의 대답은 '뭐야, 그거였구나.'라고 하는 듯한 어조였다.

언제나 아버지의 기일에는 아라이 대신 그녀가 꽃을 올리러 가 주었다. 역시 그 꽃의 주인은 지에미였다.

"올해는 33주기였잖아. 약간 보고도 겸해서."

보고라니? 아라이가 묻기 전에 휴대전화 너머에서 목소리가 들렸다.

보호자를 찾는 아이의 울음소리.

"미안, 시끄럽지. 아직 2개월밖에 안 돼서, 손을 놓을 수가 없어."

아무렇지 않게 하는 말에 자신도 모르게 숨을 삼켜 버렸다.

아내에게 아이가? 아니다. 전 부인이다. 이혼해서 4년이 지났다. 재혼을 하고, 또 아이가 있어도 이상하지 않았다. 하지만, 설마.

"호적에는 지난달에 올렸어. 연락해야 할지 말지 고민했는데……."

"아니……."

예상도 못 한 일에 무슨 말을 해야 좋을지 몰랐다.

"꽃 때문에 일부러 전화한 거야?"

그녀가 화제를 바꿔 주자 마음이 놓였다.

"아아, 그래, 그것뿐이야."

"친절하네. 고마워."

"아니야……."

더 이상 이야깃거리가 없었다. 전화 건너편의 아이 울음소리는 그쳤다. 끊을 타이밍이었다.

"그럼."

"응, 전화 고마워. 오랜만에 목소리 듣고 좋았어."

"아, 응……."

"잘 지내."

전화를 끊고 나서도 잠시 그 자리에 서 있었다.

지에미에게 아이가…….

아라이보다 세 살 아래니까 올해로 마흔 살이 될 것이다. 고령 출산이 늘고 있다고는 해도 분명 아슬아슬한 나이였다. 아라이와 이혼한 후에 상대를 찾았고 불과 4년 사이에 그녀는 이뤄 냈다.

잘됐네. 축하해.

왜 그렇게 말하지 못했던 걸까. 아라이는 입술을 물었다. 뒤늦게서야 깨닫는 일 투성이다. 그녀의 절실함조차 여태껏 눈치 채지 못했다.

그래, 확실히 그녀는 아이를 원했었다. 원하지 않은 사람은 자신이었다.

현청에서 일하고 있던 지에미와는 직원 모임에서 알게 되어 수년간 교제를 했고 결혼을 한 때가 아라이가 서른두 살, 그녀가 스물아홉 살 때였다. 아이에 대해서는 당분간은 필요 없다는 의견으로 합의를 해 둔 상태였다. 그녀도 업무에서 안정을 잡아 가던 시기라 임신과 출산으로 커리어를 단절시킬 계획은 없었을 것이다. 두 사람 중 어느 쪽이 원한다고 생각했을 시점에서 서로 이야기를 하자고 약속만 해 두었다.

지에미가 갑자기 그 이야기를 꺼낸 것은 그녀가 30대 중반에 다다를 즈음이었다. 더 늦어지면 힘들다는 납득 갈 만한 이유였지만 상대방에게도 이미 2세 계획은 없다고 여기고 있던 아라이는 당혹스러웠다.

그녀는 결혼 당시의 약속을 꺼내고 지금이 그 시점이라고 말했다. 아라이는 의논하는 것 자체는 거절하지 않겠지만, 자신은 아이 생각이 들지 않는다고 대답했다. 그렇지 않아도 결혼 당초에 비해 살을 맞닿는 횟수는 현격하게 감소했다. 정말 아이를 만들려고 생각했다면 기초체온도 착실히 재고, 배란일을 알아보고 맞춰서 섹스를 해야 했다. 이제 와서 그런 기계적인 행위를 할 기분은 들지 않는다고 아라이는 말했다.

그의 행동이 '도망'이라는 것은 지에미도 바로 알았을 것이다. 이 사람은 처음부터 그런 생각이 없었다. 그 사실을 알게 된 그녀는 처음으로 아라이를 불신의 눈으로 바라봤다.

그래도 지에미는 끈질기게 그를 설득하려고 했다. 하지만 아라이의 미적지근한 태도가 계속 이어졌다. 두 사람 사이에는 냉랭함이 감돌기 시작했고 피임을 하고 안 하고 이전에 침대에 함께 있는 일조차 사라졌다.

아라이가 '소동'에 휩쓸린 것이 그쯤이었다. 귀찮은 일을 피하기 위해 지에미는 처가로 몸을 피했다. 그리고 그대로 돌아오는 일 없이 1년 뒤 이혼 서류가 보내져 왔다. 그는 그녀의 의견에 동의하고 서명과 날인을 한 서류를 구청에 냈다.

그렇게 해서 두 사람의 7년간의 결혼 생활은 종말을 맞이했다. 아라이는 그녀를 소동에 휩쓸리게 한 것이 계속 마음에 걸렸다. 이혼을 당해도 어쩔 수 없다고.

그러나 그녀는 그 일이 아니었어도 이미 오래전부터 이혼을 결심하고 있었다. 배신당했다는 눈으로 아라이와 마주했던 그날부터…….

제5장

코다

그네 위에 앉아 초여름 바람을 맞고 있던 미와는 대단히 기분이 좋지 않았다.

"이제 그만할까, 아저씨 힘들어."

미유키네 아파트에서 가까운 공원. 그렇게 넓지는 않지만 유아를 위한 놀이기구가 충실히 마련되어 있어서 날씨가 좋은 날이면 오후부터 아이를 데리고 나오는 부모들로 가득하다. 그중에서도 그네는 가장 인기 있는 놀이기구로 순서를 오랫동안 기다린 끝에 겨우 타서 그런지 미와는 내리려고 하지 않았다.

"안 돼, 더 밀어 줘."

"미안, 좀만 쉬게 해 줘."

"싫어."

벤치에 앉아 있는 미유키에게 도움을 청해 봤지만 웃고 있을 뿐 일어나 주지는 않았다.

“미안, 좀만 쉴게.”

미와의 대답을 기다리지 않고 벤치에 돌아왔다.

“그럼 엄마가 밀어 줘.”

미와가 소리치고 있었지만 미유키는 움직이지 않고 “수고했어.”라는 말로 벤치에 앉은 채 아라이를 맞이했다.

“상대해 주면 끝이 없어. 적당히 응해 주면 되는데.”

“그러게.”

실제로 아라이가 벤치로 돌아온 지금, 미와는 혼자서 능숙하게 그네를 타고 있었다. 즐거운 듯 그네와 함께 움직이는 미와를 바라보면서 휴대전화 너머로 들려오던 아기 울음소리가 떠올랐다.

전처는 헤어지고 나서 아이를 낳았고 자신은 지금 다른 사람의 아이와 한가로운 시간을 보내고 있다.

대체 뭘 하고 있는 건지…….

“그러고 보니.” 미유키가 생각났다는 듯 입을 열었다. “언젠가 말했던 사건 참고인, 귀가 안 들리는 사람 말이야. 중요참고인으로 격상됐다나 봐.”

엉겁결에 미유키의 얼굴을 다시 봤다.

중요참고인이란 그냥 참고인과는 달리 사건에 깊은 관계가 있거나 혹은 중요한 정보를 가졌다고 판단되는 인물을 가리킨다. 이른바 용의자의 바로 직전 단계이다.

"왜지. 뭔가 증거라도 찾았나?"

"거기까지는 몰라."

미유키는 퉁명스럽게 대답했다. 확실히 부서가 다른 미유키 입장에서 그런 부분까지 듣기에는 한계가 있을 것이다. 그 이상의 정보는 수사본부에 속한 수사관이 아니면 알 수 없다.

수사본부에 속한 수사관……. 예전 동료의 언짢은 얼굴이 떠올랐다. 일단 한번 부딪쳐 보는 수밖에 없었다.

다음 날 사야마 서로 전화를 걸어 형사과 이즈모리를 바꿔 달라고 요청했다.

"이즈모리 씨는 부재중이신데, 누구신가요?"

귀찮은 듯한 남자의 목소리가 대답했다.

"아라이라고 합니다. 그럼 이즈모리 씨에게 전화를 해 달라고 전해 주시기 바랍니다."

상대방에게 전화번호를 전했다.

"아라이 씨라고 하셨죠? 어디 사시는." 묻는 목소리가 순간 멈추더니 어투가 변했다. "당신, 그 아라이 씨?"

"그럼 전해 주시기 바랍니다."

상대가 더 말하기 전에 전화를 끊었다.

10분도 되지 않아 아라이의 전화가 울렸다.

“이즈모리다. 전화를 했다고 하더군.”

“예, 묻고 싶은 것이 있습니다.”

“뭔가 생각이 났나?”

오만한 말투는 변함이 없었다.

“몬나 데쓰로가 중요참고인으로 격상된 이유는 뭡니까?”

한 박자 틈이 생겼다.

“누구한테 들었어?”

그의 말에 아라이는 대답 없이 다시 질문을 했다.

“어떤 증거라도 나온 겁니까?”

“녀석이 있는 곳을 알고 있나?”

이즈모리도 질문으로 대답했다. 하지만 아라이는 대답하지 않고 질문을 반복했다.

“알려 주세요. 몬나 데쓰로가 피의자라는 가능성을 제시하는 증거를 찾은 겁니까?”

“……네가 갖고 있는 정보를 보여. 그렇다면 알려 주지.”

“정보는 없습니다.”

“바쁘니까 방해하지 마.”

난폭하게 전화가 끊겼다.

분명 이즈모리는 화가 나 있었다. 조사에 진전이 없는 것이다. 그렇게 아라이는 추측했다. 몬나가 피의자로 특정될 리가 없었다. 만약 특정되었다면 이즈모리의 대응도 조금 달라졌을 터였다.

정보가 필요했다. 누군가 이 사정을 자세히 아는 자는 없을까.

곰곰이 생각하다가 문득 떠오른 얼굴이 있었다. 농인 사회 안에서 비할 데 없는 존재감을 가진 여성. 그녀라면 혹시. 그런 기대를 안고 리허빌리테이션으로 향했다.

수화 통역학과 교수실에 도착하자 모토코는 아직 수업 중인 듯 자리에 없었다.

입구에서 이름을 대고 약속이 잡혀 있다고 알리자 교관으로 보이는 여자가 〈사에지마 교수님 자리에서 기다리고 계세요.〉 하고 친절하게 의자를 빼 주었다.

감사 인사를 하고 기다릴 생각으로 의자에 앉았다. 따분하게 방 안을 둘러보고 있자 옆자리 여성이 미소 지으며 다가왔다.

〈'D컴' 분이신가요?〉

〈아닙니다. 개인적으로 아는 사이입니다.〉

〈어머, 그렇군요.〉

여성은 의외라는 얼굴을 했다. 그 뒤로도 흘끔흘끔 시선을 보내왔다. 모토코의 사무실로 '개인적으로 아는 사람'이 방문한 것은 흔치 않은 일일지도 모른다.

—당신도 D컴의 멤버인가?

수화 통역사 시험을 치르기로 결정하고 조언을 얻기 위해 모토코를 찾아왔을 때 그녀의 주위 사람들에게 몇 번이나 그런 질문을 받았다.

그것이 무엇을 의미하는지는 그 뒤 필기시험 공부를 하다가 바로 알았다. 모든 문헌의 '농인의 현상'에 대한 설명에는 반드시라고 해도 좋을 정도로 '사에지마 모토코'와 'Deaf(데프) 커뮤, 통칭 D컴'의 이름이 나온다. 그만큼 사에지마 모토코와 그녀가 설립한 독립 그룹은 현재 농인 사회에서 특별한 존재였다.

그녀라면 사건에 대해서 무언가 알고 있을지도 모른다. 아라이가 그렇게 생각한 이유는 그녀의 이러한 배경이 있기 때문이었다.

시간이 지나서 모토코가 수업을 끝내고 돌아왔다.

〈오래 기다렸어. 차라도 마실까?〉

모토코는 아라이를 별동에 있는 차실로 안내했다.

〈통역 일은 어때?〉

마주 앉은 모토코는 평소처럼 빙그레 웃으며 물었다.

〈어찌어찌 해 나가고 있습니다.〉

〈그래, 잘됐네.〉

무난한 안부를 조금 나눈 다음 화제를 꺼냈다.

〈그런데 지난달 사야마 서에서 일어난 살인사건에 대해서 혹시 아시는 것이 있으신가요?〉

모토코는 고개를 살짝 갸웃거리다 물었다.

〈해마의 집 이사장 사건?〉

〈그렇습니다.〉

〈알고 있어.〉

그럼 어디까지 알고 있는 걸까.

〈이번 피해자 아버지도 17년 전에 칼에 찔려서 죽었습니다.〉

〈그래.〉

〈그때 가해자는 농인이었어요. 몬나 데쓰로라는 인물입니다.〉

모토코는 끄덕였다.

〈아는 사람입니까?〉

〈직접적으로는 몰라. 하지만 그렇지, 알고 있다고 해도 될 거야.〉

농인사회 안에서 모토코가 모르는 것은 없다. 아라이는 다시 한 번 그 사실을 생각했다.

〈지금 그 사람이 어떻게 지내는지 알고 계신가요?〉

모토코는 이상하다는 얼굴로 이쪽을 바라봤다.

〈그런 걸 왜 묻니?〉

당연히 예상할 수 있는 질문이었다. 그러나 아라이는 그에 대한 대답을 준비하지 못한 채 이곳에 왔다. 왜 자신은 이렇게나 몬나에게 신경을 쓰는 것일까.

〈17년 전 가해자 취조 당시 제가 통역을 했었습니다. 그리고 최근 피해자 아들 사건을 알았습니다. 게다가 경찰이 몬나 씨를 찾고 있다는 것도요.〉

모토코는 아라이의 수화를 지그시 바라보고 있었다.

〈몬나 씨 취조는 엉터리였습니다. 억울하게 죄를 뒤집어썼다고까지는 말할 수 없어요. 그는 죄를 인정했습니다. 그것은 확실한 사실입니다. 하지만 그건 그거고 그때 취조는 심했습니다. 그리고 저는 그 취조 현장을 아주 가까이에서 보면서 아무것도 할 수 없었습니다.〉

아라이의 수화가 멈추는 것을 보고 모토코가 물었다.

〈책임을 느끼는 거야?〉

〈잘 모르겠습니다. 그때 저에게는…… 그때 제 입장에서는 어떤 것도 할 수 없었습니다. 하지만 지금은.〉

지금은 다를까. 지금 자신이라면 무엇이 가능할까. 생각해 봐도 대답은 나오지 않았다.

〈알았어.〉

모토코가 아라이를 바라본 채 말했다.

〈일단 몬나 씨가 지금 어떻게 지내는지 알고 싶다는 거지?〉

〈네.〉

〈안타깝지만 나는 정말 몰라. 하지만 있지.〉

모토코는 뭔가 생각하는 모습을 보였다.

〈이번 주 일요일에 소규모 농인 모임이 있어. 몬나 씨는 모르지만 해마의 집 일이라면 누군가 알고 있는 사람이 있을지도 몰라. 물어볼 테니 너도 오렴.〉

사건에 관한 증거를 잡을 수만 있다면. 아라이는 모임이 열리는 시간과 장소를 물었다.

홀의 문을 연 순간, 커다란 '웅성거림'이 덮쳐 왔고 아라이는 가벼운 어지러움을 느꼈다.

심포지엄 개막까지는 아직 몇 분 남아 있었는데 큰 홀 가득 늘어선 철제 의자에는 이미 7할 정도 청중이 자리 잡고 있었다.

아마 대부분은 농인일 것이다. 그래서 목소리를 낸 수다가 섞여 있지는 않았다. 그럼에도 수화를 할 때 손이 스치는 소리와 구형(음성을 입의 모양으로 나타내는 것)을 전달할 때 나는 입술의 접촉음, 가끔씩 들리는 음성일본어, 게다가 신호로 바닥을 밟는 소리나 의자를 치는 소리가 이곳저곳에서 들렸다. 무엇보다도 회장에 가득 날아드는 수화 자체가 파도치듯 그를 압도했다.

끝 쪽에 비어 있는 자리에 앉아 겨우 안정을 취하고 입구에서 받은 전단지로 시선을 떨궜다. 전단지에는 '포럼-농인을 생각하다'

라는 제목이 붙은 오늘의 심포지엄에 참석하는 패널들이 사진과 함께 소개되어 있었다.

필두에는 'D컴 대표'라고 직함이 적힌 모토코가 있었다. 그 외에 중도실청·난청자 대표, 장애학 연구자, 언어학자, 농인 교육 현장의 현역 교사, 농아 부모 대표 등등. 이곳에는 농인 문제를 이야기할 때 빠질 수 없는 모든 입장의 대표가 집결해 있었다.

어디가 소규모 모임인가. 아라이는 모토코의 권유를 듣고 무작정 회장에 와 버린 자신의 멍청함에 혀를 찼다. 초대를 했을 때 알아차렸어야 했다. D컴 주최의 '농인 집회'라는 사실을…….

D컴과 모토코가 왜 농문화를 이야기할 때 빠질 수 없는 존재가 되었는가.

그 이유는 수년 전 모토코가 일본수화연구회의 우쓰기 이사장과 공동으로 사상지에 게재했던 「데프 문화 선언」의 한 문장에 있다. 모토코는 "일본수화는 'Deaf=농인'의 모어이고 농인은 일본수화라는, 일본어와 다른 언어로 말하는 언어적 소수자이다."라는 선언을 했고 그와 함께 D컴을 결성하여 'Deaf=농인'과 일본수화의 존재를 세간에 알리는 운동을 시작했다.

여기서 농인을 나타내는 영어 스펠링의 첫 글자가 소문자가 아니라 대문자인 D인 것에는 의미가 있다.

모토코 일행이 본보기로 삼은 것은 1970년대 미국 농인들이 일으킨 '데프 커뮤니티를 언어적 소수자, 문화적 집단이라고 칭하는 운동'이었다. 그들은 자기 집단을 '들리지 않는 귀'에 의한 것이 아니라 언어인 수화와 문화를 공유하는 것에 의해서 설립된 사회라고 했다. 이때 영어로 귀가 들리지 않은 사람을 표현하는 deaf라는 단어의 첫 글자를 대문자로 바꾼 Deaf를 통해 새로이 그들의 커뮤니티 멤버를 지칭했다.

모토코 일행도 그 운동을 모방하여 자신들을 deaf, 단순히 귀가 들리지 않는 사람이 아니라 Deaf, 즉 농인이라고 주장했다.

그 주장의 핵심은 이제까지 '장애인'이라는 병리적 시점에서밖에 이야기되지 않았던 농인을 '독자적인 언어와 문화를 가진 집단'으로서 다시 파악하는 것이다.

다시 말해 농인의 언어란 일본수화이고 일본어는 제2언어에 지나지 않는다. 문화도 마찬가지. 따라서 일본수화와 동시에 일본어도 이해하고 일본문화도 수용한 농인은 두 가지 언어를 갖고 두 가지 문화를 아는 '바이링구얼·바이컬처럴'한 존재로서 정의된다.

그들의 주장에는 이제까지 장애인으로서 비장애인보다 부족한 존재로 취급받아 온 농인에게 자긍심과 자신감을 되찾아주는 이른바 '민족 독립 선언'으로서의 의식이 깃들어 있었다.

그러나 이러한 급진적인 주장은 청인과 농인 양자에게서 격한 이의와 비판을 불러일으키기도 했다.

가장 먼저 이의를 제기한 쪽은 같은 청각장애인인 중도실청·난청자들이었다. D컴의 주장에 의하면 농인의 언어는 일본수화만이고 일본어와 같은 문법을 가진 일본어대응수화나 수화에 일본어의 발성을 섞어서 행하는 것, 즉 '심컴simultaneous communication'이라고 불리는 것은 배제되어 있다. 일본어대응수화는 언어적으로는 수화가 아니라 '손가락일본어'로 표기하는 것이 정확하다고 말하는 사람도 있었다.

그렇게 되면 그러한 언어를 이용하는 중도실청자나 난청자는 '농인이 아니다'라는 정의가 내려지게 된다. 그들의 분노도 당연했다. 또한 장애인 운동에 관련된 다른 집단이 '자신들은 장애인이 아니다'라고 주장하는 것은 장애인 차별로 이어진다는 비판이 형성되었다.

게다가 오랜 기간 농인 교육에 종사해 온 사람들은 D컴이 거론한 '일본수화 지상주의'에 대해서 강한 불만을 표출했다. 첫 번째는 농아 부모의 대부분이 청자이고 일본수화를 할 줄 모르는 사람들이라는 사실을 근거로 부모자식 관계, 가족 사이를 단절시키는 것은 아닐까 하는 의구심. 두 번째는 청각구화법이나 토털 커뮤니케이션 가능성을 부정하여 농아의 '일본어 습득' 기회를 놓쳐버리지 않을까 하는 우려였다. 게다가 선천성 실청자 중에서도 최근에는 일본어대응수화를 사용하는 데 위화감을 느끼지 않고, 오히려 이쪽이 커뮤니케이션을 하기에 더 쉽다고 느끼는 사람도 있다는 의견도 있었다.

그런 이의와 비판에 모토코 일행은 기회가 있을 때마다 대응해 오기는 했지만 잘 어우러지지 못한 채 의론은 평행선을 걷고 있었다. 그런 상황에서 농인 문제에 관련된 사람들이 한 자리에 만나서 '농인이란 무엇인가'를 확실히 해야 하지 않겠냐는 의도로 추진된 것이 오늘 모임이었다.

이곳은 자신이 올 곳이 아니다……. 아라이가 일어서려고 할 때 사회자가 단상에 나타나 심포지엄의 개막을 알렸다.

'난청아 교육 전문가'라고 자신을 소개한 사회자는 청인이었다. 그의 음성일본어를 단상에 있는 통역 두 사람이 각각 일본수화와 일본어대응수화로 통역했다.

일어설 타이밍을 놓쳐 버린 아라이는 하는 수 없이 다시 의자에 앉았다. 이윽고 사회자의 소개에 맞춰 단상 위로 패널들이 올라왔고 논의가 시작되었다.

논의가 가장 격렬했던 순간은 데프 문화 선언을 둘러싸고 모토코와 일본 중도실청·난청자 협회 회장인 이시구로 다카유키가 벌인 논쟁이었다.

이시구로가 제기한 이의 내용은 〈지금까지 농인으로서 살아왔던 우리 중도실청자와 난청자 들의 아이덴티티를 빼앗지 말았으면 좋겠습니다.〉 〈우리들은 같은 청각장애인으로서 단결하고 공통의 문제를 함께 해결해야 하는 입장이 아닌가요?〉라는 두 가지밖에 없었다.

이에 대해 모토코는 〈단결하겠지만 그때 이야기되는 언어는 무엇입니까?〉라고 역으로 의문을 보였다.

〈중도실청자와 난청자 들이 단순히 '서로가 이해하는 언어'라는 이유로 일본어대응수화를 우리에게 강요한다면 그것은 대등한 관계라고 할 수 없습니다. 우리에게 일본어대응수화를 사용하는 것은 고통일 뿐입니다. 틀림없이 그것은 우리의 언어가 빼앗겨 가는 과정입니다. 또 중도실청자와 난청자 들은 청인의 가치관을 기준으로 때때로 우리의 행동을 비상식적이라고 비난합니다. 농문화를 이해하고 있다고 생각하기 어렵습니다. 상대의 언어와 문화를 이해하지 않은 상태에서 대등한 관계는 생겨날 수 없습니다. 대등한 관계 없이 단결이나 공동 투쟁은 없습니다.〉

정면으로 대립하는 의론 속에서 이시구로가 '농인의 정의'에 대해서 의문을 던졌다.

〈'농인이란 일본수화를 사용하는 자'로 한정하는데 선천적 농인이라도 부모가 청인이거나 중도에 일반학교에 입학하여 일본수화를 사용할 수 없는 사람도 있습니다. 그런 사람도 농인이 아니라고 배제하는 것인가요? 또 반대로 난청자나 청인이라도 일본수화를 잘하는 사람이 있습니다. 그런 사람도 농인인가요?〉

모토코가 대답했다.

〈일반학교에 입학해서 데프 커뮤니티 밖으로 나간 사람은 이미 농인이 아닙니다. 그것을 좋거나 나쁘다고 말할 생각도, 간섭을 할 생각도 없습니다. 또 난청자나 청인이면서 일본수화가 능숙한 사람도 그것을 단순히 '학습자'로서 보는 경우로 네이티브 스피커와 같지 않습니다. 아무리 영어가 뛰어나다고 해서 그것만으로 미국인이나 영국인이라고 하지 않는 것과 마찬가지입니다. 몇 번이나 말하지만 태어날 때부터 일본수화를 말하고 농문화를 습득하고 있는 자, 그것을 우리들은 대문자의 'Deaf=농인'이라고 부릅니다.〉

모토코의 주장은 명쾌했다. 그 한편에서 아라이는 이시구로가 제기한 이의도 이해할 수 있었다.

청인에게는 장애인이라고 비하당하고 농인에게는 '너희는 농인이 아니다'라며 배제당한다. 그럼 자신들은 대체 무엇이란 말인가? 그렇게 말하고 싶은 것이다.

—저는 언제나 '흠이 있는 아이'였습니다.

자조 섞인 미소를 보이던 가타가이의 얼굴이 떠올랐다.

〈그럼 끝까지 청인은 물론 중도실청자, 난청자는 농인을 이해할

수 없다는 말씀이시네요.〉

이시구로는 한층 더 물고 늘어졌다.

〈그렇습니다. 하지만 하나, 예외적인 존재가 있습니다. '코다'의 경우입니다.〉

그 말에 아라이는 깜짝 놀라서 단상 위 모토코를 바라봤다.

〈코다, 즉 부모가 모두 농인이면서 들리는 아이의 경우 음성일본어보다 먼저 일본수화를 자연히 습득합니다. 농문화도 자신들의 문화입니다. 아무리 음성일본어를 이야기하는 '청인'이라도 본질적으로 그들은 '농인'이라고 말할 수 있습니다.〉

농인 부모의 아이Children of Deaf Adults의 약자인 코다CODA라는 호칭은 14~15년 전 미국에서 들어온 단어이다.

이제까지 '농인을 부모로 둔 들리는 아이'를 가리키는 단어는 없었다. 단어가 없다는 것은 존재하지 않는다는 의미와 같다. 농인 부모에게서 태어난 아이의 대부분은 '들리는 아이'였기 때문에 그런 존재는 드물지 않았을 것이다. 그러나 아라이는 자신 외에 그런 아이와 만난 경험이 없었다.

어린 시절 자주 갔던 데프 커뮤니티에는 분명 아라이 말고도 그런 아이가 틀림없이 있었을 것이다. 그러나 아무리 음성일본어를 말할 수 있는 아이가 있다고 하더라도 그곳에서 사용되는 언어는 언제나 일본수화였다. 그렇기 때문에 그 시절 아라이는 어떤 아이가 '들리고', 어떤 아이가 '들리지 않는지' 구별할 수 없었다. 그곳에 있는 사람은 모두 '농인의 아이'였다.

어른이 되어 청인 사회로 나간 다음은 더욱더 자신과 같은 존재를 만나는 일이 없었다. 어쩌면 어딘가에 있을지도 모른다. 그러나 아라이가 그랬듯이 그들도 역시 청인 사회에 마음이 기울어 정체를 밝히는 일은 없었다.

그러니 수년 전 신문에 실린 NHK 수화 캐스터 인터뷰에서 코다라는 단어를 봤을 때 격하게 동요하는 마음을 느꼈다.

아아, 자신은 혼자가 아니었구나.

그것은 처음으로 자신의 존재를 인정받았다는 감동이었다.

그러나 이미 늦었다.

이제 와서 '우리'가 있다는 사실을 알았다고 한들, 자신들에게 이름이 주어졌다고 한들 소용없었다. 아라이는 그때 이미 그들의 사회에서 완전히 멀어져 있었다.

단상에서 패널들이 퇴장하고 주위 청중들이 삼삼오오 출구를 향하기 시작했을 때까지도 아라이는 좀처럼 일어설 수 없었다. 모토코가 〈심포지엄이 끝나면 대기실로 오렴. 소개시켜 줄 사람이 있으니까.〉라고 말은 했지만 이미 그럴 기분이 아니었다. 대기실에는 D컴 사람들을 비롯해 데프 커뮤니티 사람들이 모여 있을 것이 분명했다. 도저히 그 안에 비집고 들어갈 기분이 들지 않았다.

겨우 의자에서 몸을 떼어 내려고 일어선 순간 출구를 향하는 사람들 속에서 여성 한 명을 발견했다.

깊이 눌러 쓴 모자와 끼고 있는 선글라스 때문에 얼굴이 확실하게 보이지 않았지만 당당한 모습은 틀림이 없었다.

루미였다.

빠르게 출구를 향해 가는 모습을 눈으로 쫓았다. 펠로십 활동을 생각하면 이곳에 그녀가 있는 사실은 절대 이상한 일이 아니다. 다소 위화감이 느껴지는 이유는 마치 변장이라도 한 모습과 주위에 신도라든가 하는 직원이 보이지 않기 때문일까.

말을 걸까 잠시 망설였다. 그녀 쪽은 어찌 되었든 간에 아라이는 확실히 외부인이었다. 이곳에 있는 이유를 물어오면 설명하는데 약간 귀찮아진다.

고민하고 있는 동안 중년 여성 한 명이 그녀에게 다가가 어깨를 두들기는 모습이 보였다. 뒤돌아보는 루미에게 여성은 일본수화로 말을 걸었다. 멀리 떨어져 있었지만 아라이는 여성이 무슨 말을 하는지 알 수 있었다.

〈텔레비전에서 봤어요. 굉장한 상을 받았죠? 정말 좋으시겠어요.〉

아무래도 서로 아는 사이는 아닌 것 같다. 우연히 만난 '유명인'

에게 순수하게 말을 거는 듯했다. 흔히 보이는 태평한 농인다운 행동이었다. 그러나 여성을 바라보는 루미는 곤란할 것이다. 그녀는 일본수화를 모를 터였다.

어떻게 할지 지켜보고 있는데 루미는 조금도 움직이지 않고 온화하게 그녀의 수화에 고개를 끄덕였다.

〈나이도 젊은데 대단해. 자기들 활동 항상 응원하고 있어요.〉

허물없이 어깨를 두들기는 상대에게 곤란한 표정도, 도망치려는 기색도 보이지 않았고, 마지막에는 악수까지 응하고 살짝 목례를 한 후 루미는 그 자리를 떠났다. 그리고 아라이를 알아차리지 못하고 출구로 향했다.

아라이도 돌아가려고 발을 내딛는 순간 뒤에서 누군가가 어깨를 두들겼다.

뒤돌아보니 언젠가 모토코를 만나러 갔을 때 만난 여성이 서 있었다.

〈당신이 오지 않아서 찾아오라고 사에지마 선생님이 말했어요. '당신이 알고 싶어 하는 것을 알고 있는 사람이 있으니까'라는 사에지마 선생님의 전언. 어떡할래요?〉

그렇게 말을 했다면 이대로 돌아갈 수는 없었다. 아라이는 모토코가 기다리는 대기실로 향했다.

대기실에는 예상대로 데프 커뮤니티 사람들이 모여 있었다. 일본수화연구회의 우쓰기 이사장을 비롯해 '농인극단'을 주재하는 다테이시, 바이링구얼 교육을 실천하고 있는 프리스쿨 '태양의 아이 학원' 직원들. 물론 전원이 'Deaf=농인'이다.

모토코는 모두에게 아라이를 〈오래전부터 알고 지냈던 지인〉이라고만 소개하고 다시 다른 손님들과 나누던 간담으로 돌아갔다.

〈해마의 집에 대해서 알고 싶다고 하셨죠?〉

모토코에게 들었는지 태양의 아이 학원 직원인 고다마라는 여성이 다가왔다. 대화는 물론 일본수화로 이루어졌다.

〈네, 알고 계십니까?〉

〈당신, 저널리스트?〉

〈아니요, 아닙니다.〉

〈어머, 아니에요? 해마의 집 실태를 폭로하기 위해서 취재하는 거 아니었어요?〉

해마의 집 실태? 대체 무슨 일일까……. 아라이가 묻자 고다마는 이상하다는 표정을 지었다.

〈아니에요? 그럼 무엇에 대해서 알고 싶은 건가요?〉

〈해마의 집 이사장이 살해당한 사건에 대해서 무언가 알고 계신지 묻고 싶었습니다. 그런데 해마의 집 실태라는 건 무슨…….〉

고다마가 아라이의 수화를 가로막았다.

〈아아, 그 사건. 알고 있어요. 제 지인도 어릴 때 거기에 입소했었어요. 다들 말했어요. 그놈 죽어 마땅하다고.〉

지인이 어릴 때? 이야기가 맞아떨어지지 않는다.

〈혹시 말씀하시는 건 아버지 사건입니까? 17년 전?〉

〈아닌가요?〉

〈제가 말한 사건은 지난달에 일어난 사건입니다. 아들이 누군가에게 살해당한 사건입니다. 범인은 아직 잡히지 않았습니다.〉

〈아아, 그쪽. 그 사건은 잘 몰라요.〉

고다마는 흥미를 잃은 표정으로 바뀌었다.

〈지금 죽어 마땅하다고 말씀하셨지요, 그 아버지 이사장.〉

〈예.〉

〈그 아버지는 상해치사로 사망했습니다. 살인이 아니었죠. 아닌가요?〉

고다마는 아라이를 머뭇거리며 바라봤다. 얼굴에 문득 불안의 기색이 떠올랐다. 실언을 해 버린 듯 후회하는 표정이었다. 아라이는 다시 물었다.

〈17년 전 사건에 대해서 무언가 알고 계십니까?〉

그때 덩치가 큰 남성이 대화에 끼어들었다. 일본수화연구회 이사장 우쓰기였다.

〈알고 있으면 어쩔 건가.〉

고다마가 안심한 표정으로 우쓰기 뒤로 몸을 숨겼다.

〈알려 주셨으면 합니다.〉

〈알려 주면? 애당초 자네는 누구지?〉

〈우쓰기 씨.〉 가까이에 있던 다테이시가 도움의 손길을 내밀었다. 〈그 사람은 모토코 씨의 오랜 지인이랬어. 코다야.〉

〈코다?〉

우쓰기는 아라이를 다시 바라봤다.

〈그렇다면 다시 물어보지. 자네는 어느 입장에서 그걸 알려고 하는 거지? 청인으로서? 아니면 농인?〉

'또다.' 아라이는 생각했다. 소녀의 눈. 그리고 갑작스레 가슴을 파고드는 말.

—아저씨는 우리 편? 아니면 적?

자신을 둘러싸고 있는 사람들의 시선을 아라이는 느꼈다.

조금 전까지만 해도 호의적이었던 시선은 수상하다는 눈빛으로 바뀌었다.

커뮤니티 안에 섞여 들어온 이단자를 보는 눈동자…….

여태까지 이런 시선을 느낀 적이 도대체 몇 번인가. 지금껏 온화하게 일본수화로 이야기를 하고 있던 상대가 아라이가 '들린다'는 사실을 알았을 때 떠올리는 표정.

아아, 당신은 들리는구나.

눈빛에는 한 줌의 선망과 함께 낙담과 거절의 빛이 깃들어 있다.

어린 시절 부모에게 몇 번이나 끌려갔던 농인 모임에서 맛봤던 기분.

그래, 아버지의 장례식 때도 그랬다.

장례식에 찾아와 준 사람들은 대부분 농인들이었다. 아라이는 보지도 알지도 못하는 사람들이 많았지만 교대로 나타나서 진심이 담긴 말을 건네며 위로해 주었다.

그러나 그 사람들도 그가 '들리는 아이'라는 사실을 안 순간 한결같이 '아아, 그렇구나.'라는 표정을 드러냈다. 그리고 그들은 아라이의 곁에서 멀어졌고 어머니나 형에게로, 자신들의 '동지'에게로 옮겨 갔다.

아라이 주위에는 언제부터인가 아무도 없게 되었다.

제6장
데프 보이스

아침에 아파트에서 나오니 가랑비가 내리고 있었다. 아라이는 우산을 쓰고 역까지 서둘러 걸음을 옮겼다. 습도가 높은 탓인지 아니면 어제 일 탓인지 몸이 평소보다 무겁게 느껴졌다.

네리마의 기숙사에 도착해서 스가와라네 초인종을 눌렀다. 물론 소리는 들리지 않지만 안에 설치된 플래시가 빛나면서 내방객의 존재를 알 수 있도록 되어 있었다.

한참이 지난 다음 겨우 문이 반쯤 열렸다. 스가와라가 조심스러운 듯 이쪽을 응시하고 있었다.

〈안녕하세요.〉

인사를 하자 안심을 한 듯 문을 활짝 열었다.

방에는 그 한 사람뿐이었다. 쓸쓸히 홀로 앉아 있는 스가와라의 모습은 보기만 해도 불안해 보였다.

〈푹〉〈주무셨습니까?〉

홈사인을 섞어 가면서 묻자 스가와라는 작게 고개를 흔들었다. 아직 진정이 되지 않았을 것이다.

〈밥은〉〈드셨습니까?〉

이 질문에는 고개를 끄덕이며 냉장고를 가리켰다. 일단 생활에 불편함은 없는 것 같다.

간단하게 오늘의 일정을 설명하고 〈갑시다.〉 하고 몸을 일으켰다. 어디까지 이해했는지는 알 수 없지만 스가와라도 고개를 끄덕이고 아라이의 뒤를 따랐다.

방을 나왔을 때 편의점 봉투를 손에 든 30세 정도의 여성과 마주쳤다. 아라이는 고개만 살짝 움직였지만 여성은 머리를 숙이고 옆을 빠져나갔다.

별 생각 없이 바라보고 있자니 그녀는 스가와라의 방에서 두 번째로 떨어진 202호로 들어갔다. 순간 슬쩍 보인 옆모습이 누군가와 닮아 보였지만 그 생각은 바로 머릿속에서 사라졌다.

구청 장애인 시책과에서 장애인 수첩 신청을 끝내고 스가와라를 아파트까지 배웅했다.

방에 들어서자 냉장고에 식자재를 보급하는 루미의 모습이 보였다.

"수고하셨습니다."

바쁜 와중에 이런 사소한 일까지, 하는 놀라움 반으로 노고를 치하하자 루미는 변명하듯 말했다.

"오늘은 어떻게 시간이 나서요. 앞으로는 스가와라 씨도 혼자서 장을 볼 수 있어야 해요."

작업을 마친 그녀에게 장애인 수첩 접수가 문제없이 끝났다고 보고했다.

"첫걸음이네요." 루미는 미소 지었다. "이것도 아라이 씨 덕분이에요."

"저는 아무것도."

쓴웃음을 짓자, 루미가 진지한 표정으로 고개를 저었다.

"그렇지 않아요. 지금까지 이렇게 수월하게 이뤄진 적은 없었어요. 저도 그렇고 신도도 그렇고 아라이 씨에게 진심으로 고마워하고 있어요."

어느 순간 루미의 손이 아라이의 팔 위에 살짝 얹어져 있었다. 이쪽의 눈을 정면으로 바라보면서 이야기하는 그녀의 시선을 마주하자 깨달은 바가 있었다.

처음 그녀를 만났을 때 느낀 기묘한 감각, 어딘가 그리운 듯한 편안함. 그것은 루미의 이런 동작에서 오는 것이었다.

청인이면서 이렇게 상대를 바라보며 이야기하는 사람은 드물다. 게다가 그녀에게는 사람과 만날 때 자연스럽게 상대의 몸을 만지는 버릇이 있었다.

'상대의 눈을 바라보면서 이야기한다.' '가볍게 상대에게 스킨십을 한다.'

이런 행동은 모두 농인에게 자주 보이는 특징이었다. 평소에 농인과 만날 기회가 많아서 그들의 행동이 자연스럽게 몸에 배었을 것이다.

그때 신도가 나타나서 말을 걸었다.

"데즈카 씨, 정리 끝났습니다."

"알겠습니다. 그럼 보고 올게요."

아라이에게 "실례하겠습니다."라며 인사를 하고 루미는 신도와 교대하며 방을 나갔다.

그 뒷모습을 아무 생각 없이 바라보고 있는데 신도가 장난스러운 목소리를 냈다.

"역시 아라이 씨도 루미 씨인가요? 다들 저분의 매력에 빠져 버리지요. 여기에도 싱글 여성이 한 명 있긴 해요. 뭐, 저분만큼 가냘프고 미인도 아니긴 하지만요."

"아니……." 뭐라고 대답해야 할지 몰라 곤란한 차에 무심결에 입에서 말이 튀어나왔다. "신도 씨도 아주 매력적입니다."

"어머." 신도의 볼이 갑자기 물들었다. 자신이 꺼내 놓은 이야기면서 빨개진 얼굴에 손부채질을 했다. "매력적이라니. 아라이 씨 아첨 같은 것도 할 줄 아는 사람이었네요."

쓴웃음이 나오는 것을 막기 위해 아라이는 화제를 바꿨다.

"데즈카 씨는 어디로 가신 거죠?"

"아아." 신도도 안심한 얼굴로 말을 이었다. "아래층에 사는 분이 생활보호금 수급이 정해져서 나갔다 온다고 했어요. 살 곳도 찾아서. 오늘은 그 정리로."

"그렇습니까, 잘됐군요."

가벼운 마음으로 "방이 비워져도 금방 다른 사람이 들어오겠죠?" 하고 물었다. 그러자 "그렇지도 않아요."라는 의외의 대답이 돌아왔다.

"입주 조건에 부합하는 사람이 아니면 안 되고 게다가 스가와라 씨처럼 긴급한 케이스도 있기 때문에 항상 한두 개 정도는 비워 둔 상태로 유지해야 하죠. 2층에도 옆옆 방은 비어 있어요."

'어라?' 하고 생각했다. 오늘 아침 그 방으로 들어가던 여성을 봤다. 그러나 단순히 그녀의 착각이려니 하고 굳이 입에 올리지 않았다.

"아, 그렇지." 신도가 생각났다는 듯 가방에서 무언가를 꺼냈다. "이거 조금 전 데즈카 씨한테 받은 거예요. 아라이 씨에게 전해 달라고 했어요."

신도가 내민 것은 하얀 봉투였다. 뒤집어 보니 '한가이 마사토', '데즈카 루미'라는 이름이 나란히 적혀 있었다.

"이건?"

"데즈카 씨와 한가이 씨의 결혼식 피로연 초대장이에요. 다음 달 26일이니 일정 비워 두세요."

화려한 자리는 불편했다. 결혼식 피로연에 초대를 받을 정도의 사이였는지 하는 곤혹스러움도 있었다.

그런 표정을 알아차렸는지 신도가 확인했다.

"아라이 씨는 꼭 참석해 주셨으면 좋겠다고 데즈카 씨가 말했어요. 어떻게든 짬을 내 주세요."

"네에……."

다시 한 번 발신인 이름에 눈을 돌렸다. 한가이 마사토라는 사람이 루미의 약혼자일 것이다. 분명 정치인이라고 했었다. 점점 기가 눌리는 기분이었다. 갈 일은 없겠다고 생각하면서 재킷 주머니에 봉투를 넣었다.

집으로 돌아와서 바로 컴퓨터를 켰다. 인터넷에 연결하여 검색 엔진에 접속했다. 어제 심포지엄 대기실에서 고다마가 한 말이 신경 쓰였다.

—해마의 집 실태를 폭로하기 위해서 취재하는 거 아니었어요?

'해마의 집 실태'란 무엇인가. 아라이도 농인학교의 존재는 알고 있었지만 '농아시설'에 대한 지식은 없었다. 우선 농아시설부터 조사했다.

농아시설이란 아동복지법을 근거로 한 아동 복지 시설의 하나로 청력이 완전히 없거나 중증 난청으로 인해 일상생활이 곤란한 아동이 앞으로 자립해서 생활해 갈 수 있도록 지도와 지원을 해주는 입소형 시설이라고 설명되어 있었다.

이어서 해마의 집에 대해서. 사이타마 현 사야마 시에 있는 해마의 집은 6세부터 18세 연령의 아이들을 40명 가까이 수용하고 있다고 한다. 홈페이지가 갱신되었다는 점을 보면 이사장이 죽은 후에도 운영을 이어 가는 것 같다.

몬나의 딸도 해마의 집에 입소했었다고 했다.

17년 전 사건의 배경을 기억에서 끄집어냈다. 범행 동기의 배경에는 몬나가 이사장인 노미 다카아키의 교육 방침에 대해서 불만을 쌓아왔다는 사정이 있다고 했다.

몬나가 불만으로 여겼던 해마의 집의 교육 방침이란 무엇일까.

홈페이지에 '청각 능력 훈련'에 대한 강한 어필이 눈길을 끌었다. 글자를 클릭하자 설명문이 날아들었다.

청각 능력 훈련은 훈련실에서 전문 교육을 받은 직원과 1대1로 행해집니다. 단어나 청각 검사를 통해 확인한 문제점에 대응하여 보청기를 달아 소리와 단어를 듣는 훈련·단어의 이해력을 늘리는 훈련·이야기하는 능력을 높이는 훈련·정확한 발음을 위한 훈련 등이 있습니다.

이것은 결국 농교육 현장에서 주류인 청각구화법을 더 발전시킨 것이 아닌가 하는 의심이 들었다.

어제 심포지엄 후반에 농인 교육을 둘러싸고 '청각구화법파'와 '바이링구얼 교육파' 사이에서 이뤄진 격한 대화가 떠올랐다…….

단상 위에서는 현 농인학교 대표자와 일본수화로 인식 능력과 사고 능력을 기른 다음 일본어 읽기, 쓰기를 배우는 바이링구얼 교육을 실천하는 태양의 아이 학원의 대표가 대치하고 있었다.

농인학교 측에서 청각구화법에 의한 교육의 이점으로 가장 먼저 꼽은 부분은 일반 사회, 즉 청인 사회에서 생활해 나가기 위한 구화의 필요성이었다. 필담으로 괜찮은 경우도 있지만 회화가 가능한 편이 더 편리성이 높다는 논리였다.

이에 대해 바이링구얼파는 독순술이 원래 불완전한 회화법일 뿐 아니라 구화 능력 습득 수준은 청력의 정도나 개인의 적응성에 영향을 받는다는 반론을 내놓았다. 가벼운 난청의 경우는 훈련에 따라 자연스러운 회화가 가능해지지만 중증 난청자나 농인의 경우는 부자연스러워지는 경우가 대부분이라는 이야기였다.

이에 대해서는 어느 쪽도 상대의 말을 강하게 부정할 수 없었다. 회화가 가능한 쪽이 편리한 것은 당연하지만 절대적으로 청인과 같이 자연스러워지지는 않는다. 그 사실은 양측 모두 알고 있었다.

한편 일본어 읽기, 쓰기의 습득에 대해서는 청각구화법, 바이링구얼 교육법 모두가 우위성을 강조하고 물러서지 않았다.

전자는 청각 활용이 읽기, 쓰기 능력을 습득하는 가장 빠른 길이라고 주장했다.

이에 대한 후자는 오랜 기간 청각구화법을 실천해 온 결과 농인의 읽기, 쓰기 능력이 전혀 오르지 않은 사실을 지적했다. 결국 농인의 대다수는 손재주를 사용하는 일이나 육체 노동 쪽으로 빠지든가 실업자로서 생활 보호를 받게 되었다는 것이 현실이라고 주장했다.

그때부터는 바이링구얼파의 독무대가 되었다.

그들은 농인학교를 수화 습득의 장으로 만들어야 한다고 강하게 주장했다.

〈들리는 아이가 주위 사람들의 이야기를 듣고 자연스럽게 언어를 습득하듯 언어는 환경에 의해 자연스럽게 습득할 수 있는 것입니다. 농아가 수화를 습득하기 위해서 필요한 것은 자유롭게 수화로 이야기할 수 있는 환경입니다. 매일 대부분의 시간을 보내는 농인학교 안에 수화 환경을 구축하는 것이 무엇보다 중요하다고 생각합니다.〉

들리는 부모와의 커뮤니케이션에 대해서도 문제가 없다고 주장했다.

〈농인들과 만나는 중에 부모들은 수화를 배워 가고, 아이들도 물론 수화를 접해 갑니다. 구화로는 할 수 없었던 깊은 대화를 수화로는 할 수 있게 되고 부모와 자식 사이의 관계도 들리는 아이와 다르지 않습니다. 아이들도 아이들답게 자연스러운 성장을 이룰 수 있습니다.〉

〈사회에서는 아무래도 수화가 통하는 환경은 한정되어 있지만 인간으로서 모어를 갖는 것은 최소 필요조건입니다. 농아에게 그것은 수화 외에는 생각할 수 없습니다. 수화로 확실한 언어의 기반을 다지면 자신들의 의사를 필담보다 충분하게 전할 수 있게 됩니다.〉

〈불완전한 형태로 말하기와 듣기에 의지한 교육을 행하여 온 결과 모든 부분에서 어중간한 상태가 되어 버렸습니다. 일본어 읽기, 쓰기 능력을 확실히 습득하기 위해서라도 모든 의미를 이해할 수 있는 수화를 통한 교육이 우선 필요합니다.〉

그리고 여기에서 말하는 수화가 일본수화여야 하는 것은 그들에게는 자명한 사실이었다.

〈수화를 단순한 제스처의 연장으로 오해하는 사람이 많은 이유는 그저 일본어에 대응할 뿐인 일본어대응수화의 이미지가 강하기 때문입니다. 일본수화는 완전한 문법 체계를 구축한 언어로 추상적인 표현도 가능합니다. 아이들이 자연스럽게 익힐 수 있는 언어를 배우는 것은 사고를 키우는 기초가 됩니다.〉

〈이제까지의 농인 교육은 청인에게 가까이 다가가는 것이 목표였습니다. 그러나 이제부터는 수화를 익힘으로써 자신감을 갖게 하고, 하고 싶은 말을 표현할 수 있는 자아를 키우게 해야 합니다.〉

바이링구얼 교육에 청각구화법. 청각 능력 훈련. 농아시설.

아라이의 뇌리에 단어들이 뛰어다녔다.

몬나가 일본수화를 사용하고 있었다는 점은 자신이 이 눈으로 확인했었다. 그렇다면 딸들도 같을 것이다. 그런데 '왜'라는 의문이 들었다.

왜 몬나는 청각 능력 훈련을 실천하는 해마의 집에 딸을 입소시킨 것일까.

아니, 입소시켜야만 했을 수도 있다. 예를 들면 경제적, 환경적 사정.

아라이의 경우도 양친 모두 맞벌이를 해야 겨우 입에 풀칠을 할 수 있었다. 좁은 단층짜리 집은 네 명이 생활하기에 상당히 비좁았다. 몬나의 사정도 별반 다르지 않았으리라. 숙식까지 포함해서 아이를 받아 주는 곳이 있다면 분명 살림에 도움이 되었을 것이다.

그러나 본의 아니게 입소시킨 시설에서 원하지 않은 훈련을 딸들에게 강요한다면……. 몬나의 불만이 폭발한 배경에는 그런 사정이 있었을지도 모른다.

그러나 그것만으로는 심포지엄의 대기실에서 고다마의 입에서 나온 〈해마의 집 실태〉, 〈죽어 마땅한〉이라는 단어는 너무 지나치지 않은가. 해마의 집에는 세간에 알려지지 않은 무언가가 더 있는 것이 아닐까……?

그것은 무엇이란 말인가.

아라이는 대기실에서 자신을 둘러싸고 있던 사람들의 시선을 떠올렸다.

고다마뿐 아니라 그들은 모두 그것에 대해서 알고 있을까. 알고 있지만 외부인에게는 발설할 수 없는 사항이라 그들은 아라이를 커뮤니티의 일원으로서 인정해도 좋을지 알아본 것은 아니었을까.

그래, 아마 모토코 역시.

—자네는 어느 입장에서 그걸 알려고 하는 거지?

우쓰기에게 추궁당했을 때 아라이는 반사적으로 모토코의 모습을 찾았다. 떨어진 곳에서 누군가와 담소를 나누고 있던 모토코가 살짝 이쪽으로 눈길을 줬다. 아주 잠깐이었지만 그 눈은 확실히 아라이가 놓인 상황을 알아차렸을 터였다. 그러나 그녀는 못 본 척하며 다시 담소로 돌아갔다.

모토코의 손도 입도 움직이지 않았다. 하지만 그 순간의 시선으로 그녀가 하고자 했던 말은 알 수 있었다.

〈결정할 사람은 너야.〉

그날 모토코가 아라이를 심포지엄에 초대한 것도 대기실로 불러들여 놓고 일부러 상대를 하지 않고 데프 커뮤니티 사람들 사이에 던져 놓은 것도.

〈너는 어느 쪽 입장이지?〉

모토코는 그에게 입장을 결정하라고 재촉한 것이었다.

밥을 먹으러 나가려는 차에 휴대전화 진동이 울렸다. 모르는 번호였지만 심포지엄에서 만난 누군가라고 생각하여 통화 버튼을 눌렀다.

"아라이?"

들어 본 적 없는 남자의 목소리가 들렸다.

"누구시죠?"

"사이타마 현경의 요네하라인데. 엉뚱한 데서 댁 번호를 들어서 말이야."

이름을 듣고 누군지 떠올리기까지는 몇 초가 필요했다. 요네하라는 미유키의 예전 성이었다. 즉 미유키의 전남편.

"오랜만이네."

요네하라 도모유키와는 같은 직장에서 일한 적이 있다. 그때는 교통과 근무였다. 지금은 현경에 있다고 했다. 면식은 있어도 서로 통화를 할 정도의 사이는 아니었다.

"제게 무슨 일로?"

노골적으로 불쾌한 목소리를 내버린 걸까, "그렇게 경계할 필요 없어."라며 전화기에서 쓴웃음 소리가 흘러나왔다.

"사야마 사건에 흥미가 있다지? 내가 아는 범위에서라면 알려 줄 수 있어서."

바로 대답할 수는 없었다. 누구에게 이 이야기를 들은 걸까. 미유키가 요네하라와 연락했을 리 없다. 그렇다면 이즈모리인가. 어느 쪽이든 놈이 그저 친절을 베풀 생각으로 이런 말을 할 리 없다. 자신과 미유키 사이를 알게 되어 전화를 건 게 틀림없었다.

"아무튼 한번 만나지 않겠어?" 이쪽의 대답을 기다리지 않고 요네하라가 물어왔다. "이번 주는 어때?"

미유키를 생각하면 거절하는 것이 당연했다. 그러나 수사원이 아니어도 현경 안에 있다면 사건 정보에 대해서 자세하게 알 수도 있을 것이다. 저쪽에서 사건 정보를 알려 준다는 것은 더할 나위 없는 제의였다.

이쪽의 망설임을 알아차린 것인지 요네하라가 말했다.

"그럼 하나만 알려 주지. 몬나라고 했던가? 그 녀석이 중요참고인이 된 것은 그 나름의 이유가 있어. 알고 싶지 않아?"

"……알겠습니다." 정보에 대해 알고 싶은 마음이 경계심을 이겼다. "목요일 밤이라면 시간을 낼 수 있습니다."

"목요일이라, 오케이. 7시쯤은 어때?"

"괜찮습니다."

"장소는…… 다시 연락하겠어. 아는 사람이 없는 곳이 좋겠지."

"알겠습니다."

전화를 끊기 직전에 "아, 그 녀석에게 말할 필요는 없으니까."라는 목소리가 들렸지만 못 들은 척하고 끊었다.

이틀 뒤 수요일은 오랜만에 마스오카의 수행 통역 일이 잡혀 있었다. 종합병원 로비에 들어서자 외래접수 소파에 앉아 있는 노인은 작은 체구를 더 작게 웅크리고 있었다.

아라이를 알아차린 마스오카는 안심한 듯 웃었다.

〈이야, 오랜만이네.〉

〈격조하였습니다.〉

〈뭔가 최근에 바쁘지 않았는가? 두세 번 거절당했어.〉

〈죄송합니다.〉

〈아니네. 바쁘다는 건 좋은 일이니.〉

마스오카는 다시 바닥으로 눈을 내렸다. 그 얼굴은 평소와 다르게 어두웠다.

〈몸이 안 좋아 보이세요.〉

〈응. 어째 위 근처가 좀.〉 마스오카는 배를 문질렀다. 〈뭐, 이제 나이도 있고, 어딘가 안 좋아지는 게 이상한 일은 아니지.〉

불안한 얼굴에 전화로 다부치가 했던 말이 떠올랐다.

—검사 결과를 들으러 갈 때만큼은 꼭 아라이 씨에게 통역을 부탁하고 싶다고 하셨어요.

진찰이나 검사를 받을 때는 다른 통역이라도 어쩔 수 없다며 한 발 물러선 마스오카가 이번만큼은 강력하게 밀어붙였다고 한다.

—마음은 모르지 않지만. 최악의 경우가 나왔을 때 누구한테 이야기를 듣는지는 역시 다르잖아요.

아라이는 언젠가 루미의 말을 떠올렸다.

—수화 통역은 확실히 기술도 필요하지만 마음이 통해야만 할 수 있는 일이라고 저는 생각합니다. 실력이 좋다면 누구든 괜찮다는 마음으로는 안 됩니다.

그녀의 말이 옳다고 아라이도 생각했다. 그러나 통역을 하는 쪽에서도 마찬가지이다. 친해지면 친해질수록 그냥 통역으로는 끝나지 않게 된다.

순간 어린 시절의 기억이 되살아났다.

병원 소독약 냄새. 기계적인 의사의 목소리. 신음 소리를 내며 우는 엄마.

아라이는 자신의 위까지 고통이 시작되는 듯했다.

마스오카의 이름이 들리고, 함께 진료실로 들어갔다.

"어……. 지난번 내시경 검사로 위 입구에 용종이 확인되어서 조직검사를 해 본 결과……."

아직 30대로 보이는 젊은 의사는 생체검사 결과를 보여 주면서 설명하기 시작했다.

결과로 보면 용종은 양성이라 걱정할 것은 없다고 했다. 위통은 아마 위산과다에 의한 통증이며 약 처방으로 괜찮아질 것이라고 했다.

의사의 말을 통역하자 마스오카는 크게 안도의 숨을 내쉬고 의사를 향해 인사를 했다. 아라이도 한순간 몸이 가벼워진 기분이었다.

병원을 나왔을 무렵 노인은 평상시의 활발함을 완벽하게 되찾았다.

〈뭔가 맛있는 거라도 먹고 가세. 내가 살 테니.〉

그렇게 말하고 대답도 듣지 않고 가까운 중국집으로 들어갔다. '태도가 돌변하셨네.' 하고 쓴웃음을 지으며 뒤를 따랐다.

주문을 한 요리를 기다리는 사이 마스오카가 문득 아라이의 얼굴에 눈길을 보냈다.

〈아라이 씨, 머리 많이 길었네. 머리 긴 걸 좋아하나?〉

〈아니요. 그냥 게으른 것뿐입니다.〉

그렇게 대답하자 마스오카는 득의양양하게 말했다.

〈그럼 다음에 내가 잘라 주지. 이래 보여도 이발사 출신이라고. 내 머리는 지금도 혼자 잘라. 실력은 아직 녹슬지 않았다고.〉

가냘픈 팔을 툭툭 두들기는 그의 동작에 감동을 느꼈다.

아라이의 아버지도 이발사였다. 그렇다고 '신기한 우연'이라며 놀랄 일도 아니었다. 농인학교에는 직업과가 있어서 공업이나 상업 현장에서 쓸 수 있는 기술을 익히게 한다. 그 안에서도 이발과는 어느 농인학교에서나 인기 학과라고 형에게 들은 적이 있었다.

〈가게를 하셨나요?〉

〈작긴 했지만.〉 말과는 달리 자랑스러운 표정으로 마스오카가 대답했다. 〈5년 전 집사람이 죽은 게 계기가 돼서 접었지.〉

부인이 있었다는 것과 돌아가셨다는 것 모두 처음 듣는 이야기였다. 마스오카의 개인적인 이야기는 거의 알지 못했다는 점을 새삼 깨달았다.

〈자녀분은?〉

문득 물어보고 나서 어두워진 마스오카의 얼굴을 보고 실수였음을 알았다.

〈아이는 없어. 안 생겼거든……. 그보다 만들 수 없었지.〉

〈죄송합니다, 실례되는 질문을 해 버려서.〉

마스오카는 괜찮다며 고개를 저었다.

아마 경제적인 이유로 아이를 만들 여유가 없었으리라. 그렇게 생각했지만 이어진 마스오카의 다음 말은 예상치 못한 것이었다.

〈집사람도 농인이었는데 부모는 청인이었어. 그 부모가 결혼 전에 멋대로 처리해 버려서.〉

아라이의 경악한 표정을 보고 마스오카가 씁쓸하게 웃었다.

〈우리가 젊었을 때는 꽤 있던 일이야. 들리는 부모가 성인이 된 농인 자식에게 맹장 검사라든가 하면서 결혼 전에 불임수술을 받게 한 건.〉

〈그건 그럼…….〉

〈그때는 아직 청각장애가 유전되는 거라고 믿었거든. 적어도 그렇게 생각하는 사람이 많았지.〉

깜짝 놀랐다. 청각장애 유전 구조에 대해서는 아직 잘 알려지지 못한 부분이 많다. 확실히 선천적 난청 아이의 대부분은 유전적인 요인에 의한 것이라고 알려져 있다. 그러나 그것만으로 청각장애가 유전병이라고 단정할 수는 없다. 아라이처럼 부모가 모두 농인이어도 청인 아이가 태어나는 일도 있다. 아니, 오히려 그편이 많다.

그러나 그런 지식이 부족했던 시대에는 농인 부모에게서 농인 아이가 태어난다면 단순히 유전이라고 생각하는 사람이 많았을 것이다.

그렇다고 해도 그런 강제적인 불임수술까지 자행됐었다는 사실은 몰랐다.

어리석다고 단정하려던 찰나, 아라이는 문득 생각했다. 자신이 그들의 행동을 비난할 수 있을까? 사실, 자신도…….

〈자네 부모는?〉

마스오카의 질문에 다시 정신을 차리고 대답했다.

〈아버지는 제가 어릴 때 돌아가셨습니다. 어머님은 건재하시지만 지금은 양로원에서 지내십니다.〉

〈그렇군. 나랑 나이가 크게 차이 나지도 않을 텐데.〉

그러고 보니 아버지가 살아 계셨다면 마스오카와 거의 같은 연령이다.

〈두 분 모두 농인이었나?〉

〈네.〉

〈다행이구만, 태어난 것에 감사해야겠군.〉

마스오카와 같은 경우를 생각하면 확실히 자신도 태어나지 못했을 가능성이 있었을지 모른다.

'그러나 자신의 부모에 한해서는.' 하고 아라이는 생각했다. 그러한 선택지는 없었을 것이다. 그들은 오히려 농인 아이를 낳고 싶어 했다. 그리고 형이라는 바라 마지않던 아이가 태어났다. 그러나 그 뒤에 태어난 자신은…….

〈그런데 자네 수화는 훌륭해.〉 이쪽의 모습은 개의치 않고 마스오카는 수다를 이어 갔다. 〈코다이기 때문이라고 해서 모두가 그렇게 일본수화를 잘하지는 않을 거야. 집에서는 수화로밖에 이야기할 수 없었을 테지?〉

아라이는 〈형도 농인이었으니까요.〉 하고 고개를 끄덕였다.

〈우리 집도 그랬었지. 일가족이 모두 데프 패밀리였어. 덕분에 집에서 구화법 같은 건 시키지 않아도 됐지만.〉

그의 시대에도 구화법이 있었다는 것은 의외였다. 처음 다부치에게 '독화도 발어도 할 수 없다'고 들었기 때문에 처음부터 구화법을 배우지 않았다고 생각해 버렸다.

식사를 끝내고 나서 다시 물어봤다.

〈아아, 우리 시절부터 구화법은 있었어.〉

마스오카는 기분 좋게 대답했다.

〈농인학교에서는 수화를 '손짓'이라고 부르며 쓰지 않았었지. 심했던 선생은 '원숭이 흉내와 똑같다'고까지 말했었어. 학교에서 보청기를 처음으로 꼈을 때를 아직도 기억해. 싫은 느낌이었어. '소리'라는 것은 이렇게나 귀찮은 것이구나 싶더군. 의자가 끽끽대는 소리나 칠판을 분필로 세게 긁는 소리도 싫었어. 선생은 집에서도 끼고 있으라고 했지만 집에서는 빼고 있었어. 부모도 별다른 말을 하진 않았고. 보청기를 뺐을 때는 안심이 됐지. '아아, 조용한 세계로 돌아왔구나.' 하고.〉

마스오카는 잠시 먼 곳을 보는 듯 눈길을 멀리 던졌다.

〈아무리 구화법이 가능하다고 해도 그런 건 밖에 나가서 아무런 도움도 되지 않았어. 예를 들어 이거, 뭐라고 말했는지 알겠는가?〉

그는 그렇게 미리 예고하고 나서 처음으로 '목소리'를 냈다.

와. 아. 이.

명료하지 않고 잠긴 듯한 목소리가 귓속에서 부딪히고 가슴 안쪽으로 가라앉아 갔다. 아라이는 순간 어지러움을 느꼈지만 가까스로 억누르며 대답했다.

〈화장실인가요?〉

〈뭐, 자네는 아는구먼. 익숙하니까.〉 마스오카는 약간 분하다는 듯 말했다. 〈그런데 보통 사람들은 모른다고. '화장지'라고도 들리고 '과학실'이라고도 들리지. 아니, 어떻게도 들린다는 게 정답일거야. 게다가.〉

마스오카는 불쾌한 표정을 지었다.

〈어설프게 살짝이라도 구화법을 사용하거나 하면 보통 사람들은 우리들이 입 모양을 읽을 수 있다고 멋대로 생각해 버리니까. 실제로는 거의 몰라. 아는 척하고 있을 뿐이라고.〉

확실히 그의 말은 맞을 것이다. 그렇게 생각하면서 동시 가슴 안쪽 깊은 곳에 집어넣었던 기억이 되살아났다. 지에미와 결혼했을 때의 일이다…….

지에미와 결혼할 때는 따로 식이나 피로연은 열지 않고 친척과 아주 친한 친구들, 지인만 초대해서 소소한 파티를 열었다. 그 당시 아라이는 데프 커뮤니티의 사람들과 완전히 소원해진 다음이라 '들리지 않는' 사람은 아라이 가족뿐이었다.

어머니와 형네 부부끼리는 한데 모여 있기만 했고 의미도 없는 웃음을 띤 채 주위를 둘러보고 있었다. 지에미의 가족들은 아라이의 가족을 외롭게 둘 수 없다고 생각해서 일부러 찾아가 천천히 입을 크게 움직이며 말을 걸었다. 하지만 아라이의 가족은 그들의 말을 거의 알아듣지 못했을 것이다. 그들의 질문에 어머니나 형이 애매하게 고개를 끄덕이거나 고개를 기울이는 모습이 몇 번 시야에 들어왔다.

자신에게 도움을 청해 오는 시선을 아플 정도로 느꼈다. 그러나 그날만큼은 그들 곁에 붙어 있을 이유가 없었다. 어쨌든 아라이는 신부와 함께 그날의 주인공이었다.

하지만 한계는 있었다. 파티장 안에서 가족끼리만 의지하고 아무도 시선을 맞추지 않으려는 듯 아래를 바라보고 있는 모습을 보고 결국 그들의 곁으로 갔다. 지에미의 가족 사이에 들어가 '통역'을 했다. 순식간에 그들은 활기차게 이야기를 하기 시작했다. 지금까지의 침묵이 거짓말인 것처럼.

그 이후로는 가족의 곁에서 떠날 수 없게 되었다. 자신의 결혼이라는 행복한 날을 아라이는 하루 종일 가족의 '통역'을 하는 것으로 끝을 냈다.

마스오카와는 역 개찰구에서 헤어졌다. 기분 좋게 손을 흔드는 노인의 모습과는 달리 아라이의 가슴속에는 아직 껄끄러운 감정이 남아 있었다.

오늘은 이상하게 옛날 일만 떠올려 버렸다. 마스오카의 이야기 탓도 있지만 그뿐만은 아니라는 것도 알고 있었다.

마스오카가 꺼낸 그 '목소리'.

가타가이 같은 중도실청자의 목소리와는 다른, 선천적 '농인의 목소리'를 오랜만에 들었기 때문이다.

1년 전이었던가. 갑자기 들려왔던 그 목소리.

구직 활동에 힘들어하던 시절 고용 지원 센터에서 나와 무거운 발걸음으로 걷고 있던 귀가길.

목소리는 불현듯 등 뒤에서 들려왔다.

반사적으로 뒤돌아보자 혼잡한 거리 사이로 초등학생 정도의 남자아이가 엄마로 보이는 여성 쪽으로 달려가는 모습이 보였다.

어디서든 볼 수 있는 아무것도 아닌 광경인데도 그 모자 주위에는 기묘한 분위기가 생겼고 거리를 지나다니는 사람들의 얼굴에는 보지 말아야 할 것, 듣지 말아야 할 것을 보고 들어 버린 듯한 당혹스러움이 떠올라 있었다.

모자의 대화가 수화로 이뤄지고 있었기 때문이다.

눈을 피하는 사람들 속에서 아라이는 자신도 모르게 그 광경에 빠져 들어가 버렸다.

훌륭한 일본수화였다.

두 사람 모두 수화를 사용하고 있었기 때문에 주위 사람들은 두 사람 모두 '들리지 않는다'고 생각했을 것이다. 하지만 그는 알 수 있었다. 그 아이가 자신과 같은 '들리는 아이'라는 것을.

엄마가 낸 그 목소리.

아— 아— 이—.

발음은 명료하지 않았고 다른 사람들에게는 의미를 갖지 않는 목소리로밖에 들리지 않았을 테지만 그 목소리는 엄마가 아이의 이름을 불러 세운 것이었다. 아마 아이의 이름은 '다카시'일 것이다.

데프 보이스.

선천적 농인은 사람들 앞에서 함부로 목소리를 내는 일이 없다. 그러나 가정 내에서는 그렇지 않았다. 특히 '들리는' 아이를 놓쳐서 부르거나 할 경우.

모자가 사이좋게 손을 잡고 번잡한 거리 사이로 사라져 간 후에도 한동안 아라이는 그 자리를 떠나지 못했다.

자신은 그렇게 어머니의 손을 잡고 걸은 적이 있었던가. 기억을 더듬으면서 계속 서 있었다.

저녁 7시를 5분 정도 지나고 있었다. 신주쿠 3초메 역을 나와서 젊은이들을 위한 패션몰 옆 골목으로 들어갔다. 가게의 간판은 바로 찾았다. 지하로 이어지는 계단으로 내려가서 회원제라고 적힌 문을 열었다.

"어서 오세요."

카운터 안에 있던 마스터처럼 보이는 40대 남성이 목소리를 걸어왔다. 열 평 남짓한 공간. 카운터에 두 명 정도 먼저 온 손님이 있었고 네 개 있는 2인용 테이블 가운데 가장 안쪽에서 손을 들고 있는 요네하라의 모습이 보였다.

"일행이 있습니다."

안쪽을 가리키자 마스터는 "들어오세요." 하고 작게 끄덕였다.

"찾기 힘들었지? 그래도 여기라면 아는 놈은 아무도 안 올 거야. 뭐 마실래?"

요네하라는 맥주를 마시고 있었다.

"같은 걸로요."

마스터는 아무 말 없이 끄덕였다.

요네하라 앞에 앉았다.

"사건 정보라는 건 뭡니까?"

"뭐 그렇게 급해."

나이도 경찰서 입서 연도도 아라이가 2년 정도 선배이지만 요네하라의 말투는 무례했다. 예전 사무직원에게 존댓말을 쓸 필요가 없다고 느꼈을 것이다.

주문한 맥주가 나왔고 요네하라는 건배라도 하듯 잔을 들어 보였다. 그 행동에 맞장구치지 않고 가만히 잔을 입에 가져다 댔다.

"너무 차가운 거 아니야?"

요네하라가 입술 끝을 올렸다.

"옛정을 새로이 할 사이도 아니잖습니까."

"그런가? 아무 사이도 아닌 건 아니잖아?"

입에 웃음이 걸려 있지만 눈은 웃고 있지 않았다.

"미유키와 사귀고 있다고?"

알고 있다는 사실에 놀라지는 않았지만 굳이 긍정할 필요도 느끼지 못했다. 가만히 있자 그가 말했다.

"미유키 이름을 함부로 불러서 마음에 안 드는 건가? 이제 와서 격식을 차릴 순 없잖아." 요네하라는 비열한 웃음을 보였다. "안심하라고, 미유키에게 미련 없어. 그런 여자, 당신한테 줄게."

"만나자는 이유가 그 사람 때문이었다면……."

일어나려고 하자 "아니야, 걔는 상관없어."라며 요네하라는 아라이의 손을 눌렀다.

"에헤, 앉아. 당신이 알고 싶어 하는 이야기를 하지."

조금만 더 참아 보기로 하고 다시 앉았다.

"몬나라는 놈에 대해 알고 싶은 거지?"

요네하라는 맥주를 한 모금 넘기고 말했다.

"그놈이 중요참고인이 된 이유는 말이야, 첫 번째는 피해자가 죽기 직전에 연락을 한 상대였기 때문이야. 문자는 지워져 있었지만 몬나의 이력은 남아 있었어. 한 번이 아니야. 몇 번이나 연락을 주고받았다고."

"휴대전화는 없어졌다고 들었는데."

아라이가 끼어들자 "아아, 알고 있었어?" 하고 약간 불쾌한 얼굴을 보이고는 "최근에 새로 다시 산 것 같더라고. 예전 핸드폰은 집에 있었다더군."라고 말했다.

"물론 이력이 남아 있는 상대는 몇 명인가 있었어. 근데 몬나만 행방을 알 수 없는 거지."

몬나가 피해자와 연락을 하고 있었다. 그것이 사실이라면 경찰이 사정청취를 하려고 하는 것은 당연했다.

"그리고 또 하나."

요네하라는 맥주 거품을 묻힌 입술을 계속 움직였다.

"목격자가 있어. 아니 물론 범행 현장을 본 건 아니고. 사건이 있던 밤, 그 근방을 돌아다니던 시민 경비대가 수상한 인기척을 발견했다는 정도의 이야기야. 그런데 그때 시민 경비대원은 상대를 불러 세우려고 했대. 그런데 상대는 돌아보지도 않았다는 거야. 목소리가 닿지 않을 정도로 떨어져 있지도 않았는데 말이야. 단순히 무시했을지도 모르지만 완전히 반응이 없었다는 거지. 그래서 '귀가 들리지 않을 가능성도 있다'고 수사본부는 보고 있어."

이야기 자체는 추측 범위를 벗어나지 않았다. 그러나 수사본부가 중요참고인으로 좁힌 과정은 이해할 수 있었다.

"어느 쪽이라도 정황증거이니까. 체포영장을 청구할 단계는 가지 않았어. 그런데 본부도 초조한 거지. 지명수배까지는 시간문제일지도 몰라."

요네하라는 거기까지 말하고 맥주를 들이켰다.

"알고 있는 정보는 그것뿐?"

"그것뿐이라니." 요네하라가 성난 얼굴을 했다. "수사정보를 부외자에게 흘리는 거라고. 그게 어떤 일인지는 잘 알고 있잖아."

"알겠습니다. 고맙네요."

일어선 아라이에게 요네하라가 말했다.

"미와는 잘 지내지?"

그렇군. 이 녀석의 목적은 미유키가 아니라…….

"많이 컸겠지……. 벌써 몇 년이나 만나지 못했어."

갑자기 동정을 바라는 듯한 말투로 변했다.

"나한테 말해도 달라질 건 없습니다."

지갑을 꺼내고 1000엔짜리 지폐를 한 장 꺼내 테이블 위에 올려놓았다. 요네하라는 아라이의 동작을 무시하고 말했다.

"미와를 만날 수 있게 도와주지 않겠어?"

"그런 걸 내가 할 수 있을 리가 없습니다." 한마디로 대답했다. "보고 싶으면 직접 보러 가시든지."

"만나게 해 주지 않아. 재판에서 그렇게 정해졌어. 부모가 딸을 만나는데 왜 법원의 허가가 필요하냐고. 어이없다고 생각하지 않아?"

'그 원인을 만든 게 누군데.'라고 튀어나오려는 말을 삼키고 등을 돌렸다.

"나와는 관계없는 일입니다. 당사자들끼리 이야기하시죠."

"너도 이미 당사자가 되지 않았어?"

뒤에서 요네하라의 목소리가 날아들었다.

"네 부탁은 들어줬어. 이번엔 네가 내 부탁을 들어줄 차례야!"

끈질기게 날아드는 말을 뿌리치고 문을 열었다.

가게를 나오고 나서 바로 휴대전화의 진동이 울렸다. 화면에는 부재중 통화로 스가와라의 이름이 표시되어 있었다. 긴급용으로 펠로십이 지급해 준 휴대전화에 아라이의 번호도 등록되어 있었다.

바로 다시 전화를 할까 했지만 전화를 해도 의미가 없다는 사실을 알아차렸다. 연락은 문자로 하겠다고 하긴 했지만 스가와라는 아마도 휴대전화 사용 방법을 다 익히지 못했을 것이다.

지금 바로 그에게 가면 네리마까지는 20분도 걸리지 않는다. 아라이는 JR역으로 서둘러 걸었다.

벨을 누르자 기다리고 있었는지 바로 스가와라가 나왔다.

〈무슨 일이 있었나요?〉

질문에 스가와라는 곤란한 얼굴로 아라이를 안으로 인도했다.

방은 불이 꺼져 있었다. 부엌에서 흘러나오는 빛 사이로 스가와라가 자꾸 위를 가리키고 고개를 저었다. 전기가 들어오지 않는다고 말하고 싶은 모양이다.

스위치를 반복해서 눌러 봤지만 역시 불은 들어오지 않았다. 전구가 나간 듯했다. 교체할 전구를 찾아 창가 테이블 위에 올려놓았다.

〈혼자 전구를 갈지 못합니까?〉

그렇게 묻자 스가와라는 발을 밟는 동작을 했다. 그렇군. 방을 돌아보니 의자나 밟고 올라설 만한 가구가 없었다.

〈신도 씨에게는 연락했습니까?〉

스가와라는 고개를 흔들었다. 그도 망설였을 것이다. 통역인 아라이가 연락하기 훨씬 쉬웠을지도 모른다.

하룻밤 빛 하나 없이 지내려면 스가와라도 몹시 불편할 것이다. 발을 디딜 만한 물건을 사도 되겠지만 그런 물건을 팔 가게는 이미 문을 닫을 시간이다. 잠시 고민을 하고 방을 나왔다. 같은 아파트 주민에게 빌릴 수 있는지 부탁해 보자는 마음이었다.

오른쪽 이웃부터 순서대로 방을 훑어보기 시작했다. 시간이 늦은 탓인지 모든 방이 다 어두웠다. 유일하게 빛이 새어 나오는 방은 언젠가 편의점 봉투를 든 여성이 들어갔던 옆옆 방…… 202호였다. 신도는 비어 있는 방이라고 했지만 역시 주민이 있었다.

명패는 없었다. 고민했지만 일단 벨을 눌러 보기로 했다.

아무리 시간이 지나도 반응은 없었다. 부재중인가. 포기하고 발길을 돌리려던 찰나 문이 아주 살짝 열렸다. 언젠가 봤던 여성이

의심스러운 듯 이쪽을 보고 있었다.

"늦은 시간에 죄송합니다. 수상한 사람은 아닙니다. 펠로십 관계자입니다."

그러나 여성은 곤란한 듯 고개를 저으며 문을 닫으려고 했다.

아라이는 서둘러 손을 움직여서 수화로 같은 말을 전했다.

〈수화 통역사입니다. 옆옆 집 스가와라 씨 댁을 방문했습니다.〉

라고 부연 설명도 덧붙이자 여성은 안도한 표정으로 고개를 끄덕였고 다시 문을 열었다.

〈죄송합니다. 스가와라 씨네 집 전구가 나가서요. 간이 사다리나 디딜 만한 받침 같은 것을 빌릴 수 있는지 해서 찾아오게 되었습니다.〉

〈간이 사다리〉나 〈디딜 만한 받침〉이 통했는지 불안했지만 여성은 알았다는 듯 끄덕였다.

〈잠시만 기다려 주세요.〉

여성은 일본수화로 말하고 방 안으로 들어갔다.

용건이 충족한 것에 안도하고 문 앞에서 기다렸다. 스가와라의 집과 같은 형태로 현관 바로 옆에 부엌 창이 있었다. 안을 들여다볼 의도는 없었다. 반이나 열린 창 맞은편을 가로지르는 인기척이 보여서 자신도 모르는 사이 무심결에 눈길을 줬을 뿐이었다.

사람 모습이 다시 나타나더니 창문을 탁 닫았다. 그 순간 얼굴이 보였다.

여성이 아니었다. 작은 체구의 중년 남성이었다.

문이 열리고 발판을 손에 든 여성이 나타났다.

〈여기요. 빌려 드릴게요.〉

아라이는 건네받은 발판을 받아들었지만 인사도 잊은 채 멍하니 그 자리에 계속 서 있기만 했다.

아주 잠깐이었지만 아라이의 눈은 분명히 확인했다.

창문을 닫던 남자의 얼굴을.

아라이의 모습이 의심스러웠는지 여성의 표정이 바뀌었다. 당황한 듯 집 안으로 들어가 문을 쾅 닫았다.

잠시 그 자리에서 움직이지 못했다. 아직도 믿을 수 없었다.

17년이 지났지만 잘못 봤을 리가 없다.

몬나 데쓰로, 그 사람이었다.

제7장

재회

왜, 저곳에 몬나가…….

집에 돌아와서도 머릿속이 생각으로 가득했다. 다시 한 번 그 집에 찾아가서 확인해 볼까도 생각했지만 겨우 참았다. 만약 그 사람이 진짜 몬나라고 한다면…… 아니, 십중팔구 틀림없어……. 경솔한 행동은 금물이다. 신중하게 대처해야 한다.

그 자리에서는 예상치 못한 만남으로 깜짝 놀라서 어찌할 바를 몰랐지만 침착하게 생각해 보면 그다지 예상하지 못할 일도 아니다.

원래 그 기숙사는 형무소를 출소했지만 고령이나 장애로 자립이 어려운 사람들을 지원하기 위한 건물이다. 몬나는 그 조건에 맞아떨어진다. 더 빨리 그 가능성을 알아차렸어야 했다.

문제는 지금부터다.

그럼 이제 어떻게 하지……. 고민을 하고 있던 차에 벨이 울렸다. 이어서 열쇠가 돌아가는 소리.

집 열쇠를 갖고 있는 사람은 미유키밖에 없다. '오늘 올 예정은 없었을 텐데.' 하며 마중을 나갔다.

"읏샤."

빵빵하게 가득 찬 슈퍼 비닐봉지를 양손에 들고 미유키가 나타났다.

"어, 왔어?"

"아아, 갑자기 미안해. 없으면 없는 대로 괜찮다고 생각했어. 밥은 먹었어?"

그러고 보니 아직이었다. 그렇게 대답하자, "그럼 뭐 좀 만들어 줄게." 하고 비닐봉지를 들고 부엌으로 사라졌다.

평소와 달리 말수가 없는 모양이 뭔가 걱정거리가 있다는 증거였다. 연락도 하지 않고 찾아오는 것도 그녀답지 않았다.

"왜 그래?"

솜씨 좋게 요리를 시작하는 그녀의 등을 바라보며 조금 거리를 두고 물었다.

"왜라니?"

"무슨 일 있었어?"

"……당신이야말로 무슨 일 있었어?"

"응?"

"요즘 연락 안 하잖아."

"요즘이래야." 무심코 쓴웃음이 나왔다. "겨우 2~3일이었잖아."

"그래도."

목소리에 가시가 있었다. 여자의 감이라는 건가. 사실 요네하라한테 연락이 오고 나서부터 의도적으로 연락을 하지 않았다. 놈과의 일은 말할 생각도 없었고 의도를 확실하게 안 지금은 더욱 그랬다.

"아무것도 없어." 애써 평정심을 유지한 채 목소리를 냈다. "업무 중에 약간 트러블이 있었어. 마냥 좋은 얼굴로 있을 수가 없어서 연락을 참은 것뿐이야. 걱정 끼쳐서 미안해."

"그래……. 그렇다면 다행이고."

그렇게 대답은 했지만 이쪽을 돌아보지 않는 걸 보니 납득은 하지 못한 것 같다. 더 이상 입씨름을 계속할 수도 없어서 아라이는 "와 줘서 다행이야. 배고프다."라며 태평함을 가장해서 거실로 돌아갔다.

테이블을 가운데 두고 마주 앉았을 때까지 날카로웠던 미유키의 표정도 식사를 함께 하는 사이에 차차 부드러워졌다.

"나도 이것저것 많이 생각했어."

식사를 끝내고 차를 마시면서 미유키가 변명하듯 말했다.

"뭘?"

"요즘 계속 미와랑 같이 만나고 엄마까지 만나게 했잖아. 그런 거 사실 부담스러웠던 걸까, 했지."

"그렇지 않아."

"그래?"

"응, 별로 신경 쓰지 않아. 너무 심각하게 생각하지 마."

"그럼 다행인데……. 뭐, 조금은 신경 써 줬으면 하는 것도 있지만."

마지막 말이 농담 섞인 말투여서 안심했다.

그때 다시 초인종이 울렸다.

미유키의 미간에 주름이 잡혔다.

"이 시간에 누구?"

"글쎄." 고개를 흔들었지만 왠지 모르게 예상이 가기는 했다. "어쩌면 업무 관련일지도……."

그렇게 말을 남기고 현관으로 향했다.

문을 열자 역시 문 밖에는 루미와 신도가 있었다.

"밤늦게 갑자기 죄송합니다. 지금 잠깐 괜찮으세요?"

두 사람의 표정은 평소와 달리 굳어 있었다. "들어오세요." 하고 안으로 안내했다. 현관 앞에 있는 펌프스 구두를 본 루미가 "손님이 계신가요?"라며 조심스러운 목소리로 물었다.

"아니, 괜찮습니다. 들어오세요."

안으로 들어오라고 한 후 앞장서서 거실로 향했다. 미유키는 벌써 일어서서 테이블 위를 정리하고 있었다.

"업무 관련?"

"응, 지금 같이 일하는 회사분들……."

"차, 내올게."

부엌으로 향하는 미유키를 "아니, 괜찮아." 하고 저지했다.

"미안한데, 오늘은……."

미유키의 얼굴이 굳어졌다. 자신을 내보낼 것이라고는 생각하지 못했을 터였다.

"좀 복잡한 문제라서. 미안해."

"……알았어."

이해를 한 얼굴은 아니었지만 미유키는 가방을 들고 현관으로 향했다. 거실 입구에서 우두커니 서 있던 루미와 신도를 스쳐 지나가는 모양새가 되었다.

순간 루미와 미유키의 시선이 교차하는 듯 보였다. 루미가 고개를 숙이자 미유키도 작게 고개를 숙였다.

미유키가 떠나고 문이 닫히는 소리가 났다.

"죄송합니다. 손님이 계셨는데." 루미가 다시 머리를 숙였다. "연락을 먼저 드렸어야 했는데."

"아니요. 괜찮습니다. 들어오세요."

식탁 의자를 권하면서 주방으로 향하는 아라이를 "아, 괜찮습니다."라는 말로 신도가 저지했다.

"금방 갈 거니까요. 잠깐 얘기 좀 할 수 있을까요?"

"네."

아라이는 두 사람 앞에 앉았다.

"……오늘 202호실을 방문하셨나요?"

입을 뗀 사람은 신도였다. 표정처럼 딱딱한 목소리였다.

"네." 아라이는 끄덕였다. "갑자기 실례라고 생각했지만 어쩔 수 없는 용건이 있었습니다."

"그에 대해서는 202호실 주인, 가토 씨와 이야기해서 사정을 들었습니다. 오늘 일은 어쩔 수 없었지만 각각의 사정이 있는 분들이 살고 있기 때문에 앞으로는 예정에 없는 방문은 삼가 주시기 바랍니다."

평소와 다른 엄격한 말투에 아라이는 머리를 숙였다.

"알겠습니다. 죄송했습니다."

"아뇨."

수긍한 신도는 더 이상 아무 말도 하지 않았다.

"용건은 이것뿐인가요?"

"예." 신도가 슬쩍 루미를 살폈다. "그럼 저희는 이제……."

정면 돌파를 시도해 보기로 했다.

"가토 씨는 가명이죠?"

일어서려는 신도의 움직임이 멈췄다.

"아뇨……. 그러, 그렇지 않습니다."

대답은 하고 있지만 눈동자는 요동치고 있었다. 누구라도 그녀의 말이 거짓말이라고 알아차릴 수 있을 정도였다.

"202호실에 계셨던 남자분이 예전에 만났던 사람과 닮았더군요. 몬나 데쓰로 씨라는 분입니다. 아닙니까?"

신도가 숨을 삼키고 루미를 봤다. 루미는 아라이를 정면으로 바라보고 있었다. 흔들림 없는 시선 그대로 그녀는 입을 뗐다.

"아라이 씨는 그 몬나 씨라는 분과는 언제, 어디서 만나셨나요?"

"이미 17년이나 전의 일입니다." 아라이도 루미의 시선을 정면으로 받아들였다. "제가 아직 경찰서에서 일했던 시기였습니다."

경찰서라는 단어에 신도가 반응을 보였다. 아라이가 경찰서에서 일했다는 사실에 놀랐을지도 모른다. 하지만 신도의 당황한 모습을 보니 그뿐만이 아니라는 느낌이 들었다. 그녀들은 몬나 데쓰로가 어떤 인물인지 알고 있고 그 방에 숨겨 주고 있다.

"착각입니다." 신도가 날카로워진 목소리로 말했다. "그분들은 가토 씨라는……."

"신도 씨." 루미의 목소리는 침착했다. "이제 됐어요. 아라이 씨에게는 모든 이야기를 하죠."

"하지만……."

"아라이 씨." 다시 루미의 눈동자가 아라이에게로 움직였다. "그 방에 살고 계신 분은 몬나 데쓰로 씨와 그 가족분들입니다. 하지만 이 일은 부디 비밀로 해 주시길 바랍니다. 특히 경찰에는."

"…… 어떻게 된 일인지 이야기해 주시죠."

"네."

루미는 끄덕였다. 신도도 힘없이 다시 자리에 앉았다.

"경찰서에 근무하셨을 때 만나셨다면 17년 전 사건에 대해서 알고 계시다는 말씀이신가요?"

루미의 말에 아라이는 말없이 고개를 끄덕였다.

"아마 그 사건 때문이겠죠. 몬나 씨는 지금 어떤 사건과 관련해 경찰의 의심을 받고 있습니다. 자신이 저지른 기억도 없는 사건에 대해서요."

"기억도 없다면 경찰에게 그렇게 말하면 되지 않습니까?"

"그들에게 그 말이 통할까요? 가장 잘 알고 계신 분은 아라이 씨가 아닌가요?"

아라이를 바라보며 루미는 말했다.

"물론 체포영장이 나오거나 정식으로 출두명령이 내려진 경우에는 이쪽도 대응을 할 생각입니다. 하지만 지금은 아직 그럴 단계가 아닙니다. 그렇다면 이쪽에서 나설 필요도 없죠. 아닌가요?"

틀린 말은 아니었다. 그러나.

"왜 제게 이 일을……."

모르겠다. 당초 신도가 그랬듯 그것은 몬나가 아니라고 둘러대고 다른 사람에게 말하지 말라고 못을 박아 두면 된다. 왜 그녀는 자신에게 이렇게까지 모든 이야기를 밝히는 것일까.

"사실이 데즈카 씨가 말한 대로라고 하더라도." 아라이가 말했다. "제가 경찰에 출두해야 한다고 생각할지도 모릅니다. 아니, 그렇게 생각하는 것이 보통이겠죠. 그런데도 왜 이렇게 전부 말씀하시는 겁니까?"

"그건 당신이 아라이 씨이기 때문이에요."

"무슨 말씀이시죠?"

"'옴부즈맨 사이타마'의 다카바타케 변호사님과는 오랫동안 아는 사이예요. 예전부터 아라이 씨의 이름을 다카바타케 변호사님께 들어서 알고 있었습니다."

옴부즈맨 사이타마. 짚이는 데가 있었다.

"'전국 경찰 조직 30만 명을 적으로 두고 싸우는 아라이 나오토는 안이하게 권력에 복종하는 일이 없다.' 그렇게 다카바타케 씨는 말씀하셨습니다."

전국 경찰 조직 30만 명의 적. 그 말이 경찰에 쫓기듯 직장을 그만둔 4년 전의 기억을 억지로 떠올리게 했다.

"여기에 숫자 좀 넣어 주겠어?"

경찰서에서 근무를 시작하고 얼마 되지 않았을 무렵 아라이는 경리과 직원에게 백지 영수증을 건네받았다.

"사용하지 않은 영수증을 갖고 오는 놈이 있어서 곤란하단 말이야. 부탁할게."

부탁을 받아서 시키는 대로 금액과 세부 내용을 적었다.

그리고 몇 번이나 같은 일이 반복되었다. 금액은 4000~5000엔 정도로 기껏해야 만 엔을 넘지 않는 금액들이었다. 선배 직원의 곤란한 얼굴을 보면 그래선 안 되는 일이라는 것을 알고 있지만 거절할 수가 없었다. 눈초리를 세울 만한 일은 아니라며 스스로를 이해시켰다.

그러나 몇 개의 부서를 이동하고 경력을 쌓아 가면서 서서히 알게 되었다. 그 작은 부정은 이미 훨씬 전부터 경찰 조직 전체에 통틀어 이뤄지고 있는 대규모 '비자금 조성'의 일환이었다.

경찰 예산은 경찰청, 전국 경찰 관계자를 통해서 경찰 본부 각

부서나 각 경찰서로 배분된다. 조사비에 출장 경비, 식비에 물품 구입 비용. 경찰서에서는 그들의 공비에서 조금씩 돈을 빼내서 '비자금'으로 집약시키는 시스템을 오랜 기간에 걸쳐서 만들어 냈다.

가짜 출장이나 가공 접대 서류를 꾸며 내는 일도 있었는데 가장 간단한 방법은 역시 조사비라는 명목의 가짜 영수증 작성이었다. 한 장, 한 장은 큰 금액이 아니기 때문에 조사원만으로는 부족했다. 따라서 다른 부서 경찰관이나 아라이처럼 사무직원에게까지 그 손길이 미치게 되었다.

물론 그것은 '사문서 위조'라는 틀림없는 범죄였다. 사기나 횡령이 될 가능성도 있었다. 그러나 거절할 수 없었다. 거절하면 '비협력자'로 찍혀 직장에 있을 수 없게 된다. 그것은 경찰관도 사무직원도 마찬가지였다.

자신이 영수증을 쓰는 입장이었던 시절은 어떻게든 참을 수 있었다. 그렇게 해서 만든 비자금이 어떻게 사용되는 것인가. 소문으로는 간부 접대나 유흥비, 퇴직이나 이동 때 전별금으로 충당했는데 사무직원이 그 은혜를 입는 일은 한 번도 없었다. 자신들과는 관계가 없는 일이라며 양심을 외면할 수 있었다.

그러다가 더는 양심을 외면할 수 없게 된 것이 현경 본부에서 사야마 서로 돌아와 경리과 주임이 되었을 때였다.

아라이는 그곳에서 비자금 조성의 '실질적 부대'라는 위치에 놓이게 되었다. 지휘를 하는 사람은 '금고 담당'인 부서장이었는데 전체적으로 정리하는 곳은 경리과였고 실제로 그 작업을 하는 역할은 주임인 그가 되었다.

본부에서 납입한 공비를 출금하는 일을 시작으로 필요한 경비만 남기고 본부로 다시 돌려보내 간부에게 상납. 그리고 직원 한 사람, 한 사람에게 가짜 영수증을 써 주는 일. 모두 아라이의 일이 되었다.

부정에 가담하고 있다는 생각이 나날이 커져 갔다.

신뢰할 수 있는 몇 명에게 넌지시 상담을 한 적도 있었다. 가짜 영수증에 대해서 의문을 안고 있는 자는 그 외에도 없을 리가 없었다. 소문으로는 가짜 영수증 작성을 거부한 경찰관도 있다고 했다.

그러나 그런 경찰관은 조직 부적합자를 가리키는 ㊇ 취급을 당하게 된다는 소문이 돌았다.

한 번 ㊇라는 낙인이 찍히면 인사에서 철저하게 외면당하여 관할서만 돌게 되고 끝끝내 승진에서도 밀려나게 된다는 소문이었다. 소문을 무서워했는지 그 화제가 나오기라도 하면 모두 다 입을 다물었다.

텔레비전 보도 방송이나 지방신문이 경찰 비자금 문제를 고발하기 시작한 것은 그때쯤이었다. 어쩔 수 없이 몇 군데 지방 경찰서에서 내부 조사가 이뤄졌고 그 결과 홋카이도 지방 경찰이 조직으로서는 처음으로 비자금 존재를 정식으로 인정하여 사죄를 하는 사태에 이르렀다. 그 사건을 발단으로 전국 경찰청의 비자금 존재가 차례차례 수면 위로 올라왔다. 사이타마 지방 경찰청도 비껴나갈 수 없었다.

같은 시기 옴부즈맨 사이타마의 변호사들이 지방 경찰 비자금에 대해서 조사를 시작했다는 소문이 돌았다. 익명으로 내부 고발을 하는 사람도 있기는 했지만 결정적인 증거로는 부족하다는 소문도.

아라이는 고민했다. 더 이상 부정을 저지르고 있을 수는 없었다. 적어도 소문의 ㊀경찰관과 이야기만 할 수 있다면 좋겠다고 생각했지만 이뤄지지 않을 일이었다.

갈등 끝에 결심했다. 옴부즈맨 사이타마의 다카바타케 변호사에게 연락을 해서 비자금 조성 사실을 전부 털어놓았다. 게다가 세간에 사실을 알리기 위해서는 익명으로는 설득력이 부족하다고 재촉하는 바람에 실명으로 고발하는 것을 승낙했다.

아라이의 고발은 일대 센세이션을 일으켰다. 외부 전문가들에 의한 제3자 위원회가 설치되었고 그 조사 결과 거의 6년 만에 물품 납입을 가장한 업자에게 돈을 공동으로 계산시키는 등 경찰 본부 전체에서 40억 엔이나 부정한 경비 처리가 있었다는 사실이

드러났다. 뉴스는 연일 신문 지면을 장식했고 책임을 진 본부장 이하의 간부 몇 명이 사임을 하고 이후 비자금 금지가 새로운 인사와 함께 표명되었다.

지방 경찰은 이렇게 정화되었지만 아라이는 모든 경찰관에게 배신자 취급을 받아 외톨이 신세가 되었다. 물론 고발을 이유로 해고를 할 수는 없었지만 그 대신 일을 주지 않았다. 아라이는 매일 변함없이 출근했지만 사무실 한쪽 구석에 책상 하나 덩그러니 있을 뿐, 말조차 걸어 주지 않았다.

아니, 한 번 그의 편을 들어주는 듯한 전화를 받은 적이 있었다.

—자네에게만 떠넘겨서 미안하네. 이 빚은 언젠가 꼭 갚지.

이 말만 남기고 전화는 끊어졌다. 어디선가 들었던 목소리 같았지만 생각나지 않았다.

응원을 해 주는 전화는 그때 딱 한 통뿐이었다. 다른 모든 전화는 괴롭히거나 욕을 하는 내용이었던 데다 심지어 밤낮으로 걸려 왔고, 더 나아가 집에 매일 기자들이 들이닥치는 바람에 노이로제에 걸린 지에미는 친정으로 가 버렸다.

그 뒤 1년 정도 버틴 후 아라이는 사표를 제출했다. 그 사이 한 번도 돌아오지 않았던 아내가 보낸 이혼 서류가 도착한 것은 며칠 뒤의 일이었다.

일요일 오후 아라이는 미유키와 미와 셋이서 데즈카의 집 앞에 있었다.

유명한 고급 주택가 한쪽에 우뚝 솟아 있는 이 저택은 주변 집과 비교해 봐도 존재감이 있었다. 거대한 문 사방에는 방범 카메라가 설치되어 있었고 3미터나 되어 보이는 높은 벽은 끝이 보이지 않을 만큼 이어져 있었다. 그 위력에 압도된 채 인터폰 앞에 서서 초인종을 눌렀다.

오늘은 루미의 부모, 데즈카 소이치로·미도리 부인이 주최한 '다도회'에 초대받았다.

아무리 생각해도 어울리지 않는 이 다도회에 참석하겠다고 결정한 이유는 루미가 "부모님을 소개하고 싶으니 꼭 와 주세요."라고 청해서였지만, "함께 참석하실 분이 계시다면 부담 없이 같이 와 주세요."라는 말에 미유키가 떠올랐기 때문이었다.

루미와 신도가 찾아왔던 그날 밤부터 미유키와는 만나지 않았다. 다음 날 보낸 사과 문자 메시지에도 '아무렇지도 않아.'라는 쌀쌀맞은 답장만 있었을 뿐, 그 후 그녀가 아라이의 집을 찾아오는 일은 없었다. 쉽게 경험할 수 없는 유명인사의 티파티에 동행하는 일이 관계 회복의 좋은 기회가 됐으면 하는 마음이었다.

루미에게 답장을 하기 직전에 미와도 데려갈 생각이 들었다. 아이와 함께 가도 괜찮은지 하는 걱정에 루미는 "다른 분들도 아이를 데리고 오는 분이 계시니 걱정하지 마시고 오세요."라며 환영의 목소리로 응해 주었다.

평소와 달리 무릎 위까지 내려오는 시크한 원피스에 하이힐까지 신은 미유키의 얼굴에는 긴장한 기색이 역력했고 아라이는 그런 그녀의 얼굴을 슬쩍 봤다.

같이 가자고 했을 때 "왜 우리들이."라며 주저하는 모습을 보인 그녀였지만 어떤 옷을 입어야 하냐며 빈번하게 메시지를 보내왔다. 지금 미유키와 손을 꼭 잡고 있는 미와도 꾸밀 수 있는 최대한의 치장을 했고 즐거운 듯 몇 번이나 아라이를 올려다봤다.

문이 엄숙하게 열렸다.

푸른 잎으로 둘러싸인 긴 통로를 둘이서 걸었다.

"기다리고 있었습니다."

현관까지 마중을 나온 사람은 청초한 원피스 차림의 루미였다. 평소 편안한 차림과는 다른 모습에 그녀가 천하의 데즈카 집안의 아가씨라는 사실을 다시 한 번 깨달았다.

저택 안으로 들어서자마자 호사스러운 내부 장식에 하나하나 놀라며 겨우 모임 장소인 응접실로 들어섰다. 서양풍 정원이 보이는 응접실에서는 먼저 온 손님 몇 명을 상대로 데즈카 부인이 손수 홍차를 내어주고 있는 참이었다.

"어서 오세요. 잘 오셨습니다."

"이쪽으로 오세요."

상냥하게 맞아 주고 먼저 온 손님들이 자리를 비켜 준 소파 끝에 자리를 잡았다.

"당신이 아라이 씨인가요? 딸이 대단히 신세를 지고 있다고 들었습니다."

맨몸으로 거대한 그룹사를 구축한 입지전적인 인물이 스스럼없이 말을 걸어왔다.

"세상 물정에 어두운 아이라 민폐를 끼치고 있겠지요? 부디 많이 도와주십시오."

옆에 있던 부인도 정중하게 고개를 숙였다.

소이치로가 유명한 것은 당연하고 미도리 역시 자선가로 널리 알려져 있었다. 루미의 활동도 어머니의 영향이 컸다는 점은 쉽게 상상할 수 있었다.

몸이 가라앉을 것 같은 소파의 편안함과 손에 들린 로열 코펜하겐 티컵을 깨지 않도록 조심하는 데 정신이 팔린 탓에 손수 다원을 지정해서 채취한 다즐링 티의 맛은 조금도 알지 못했다.

미유키는 처음에는 진정이 안 되는 모습이었지만 분위기에 익숙해졌는지 다른 손님과도 실수 없이 대화를 나누게 되었고 좀처럼 맛볼 수 없는 사치스러운 시간을 만끽하고 있는 듯했다.

루미에 대한 미유키의 반응이 불안했지만 지난번의 만남은 없었다는 듯 "결혼하신다고 들었어요. 축하드려요."라며 축하의 메시지를 보내는 모습에 거리낌은 느껴지지 않아서 아라이는 안도했다.

미와도 루미에게 비슷한 또래의 아이들을 소개받았다. 처음에는 데면데면한 느낌이었지만 지금은 무리 가운데에서 목소리를 높이고 있었다.

아라이와 미유키 앞에는 보기에도 고급스러워 보이는 슈트를 멋있게 차려입은 청년이 서 있었다.

"한가이라고 합니다. 성함은 진작부터 들었습니다."

루미의 약혼자인 중의원이 틀림없었다. 시원시원한 미소로 악수를 청해 오는 손을 맞잡았다 놓으려고 하자 한가이가 "잠깐 괜찮으신가요?"라며 아라이를 멈춰 세웠다.

"사실은 아라이 씨에게 긴히 부탁드리고 싶은 일이 있습니다. 나중에 연락드려도 괜찮겠습니까?"

"괜찮습니다만…… 제게 부탁이란 게……."

"자세한 사항은 만나 뵐 때 이야기하겠습니다. 오늘은 즐거운 시간을 보내세요."

다시 완벽한 미소를 띠운 한가이에게서 멀어지자 미유키가 한숨을 돌리듯 숨을 내쉬었다.

"대단한 사람들이랑 이야기하는 건 긴장돼."

"수고했어. 인사는 이걸로 끝이니까."

"그래도 나오토 씨, 꽤 의지가 됐어. 뭔가 달라 보여."

미유키에게는 펠로십에서 경리 업무를 포함한 사무 보조로 일하고 있다고만 설명했기 때문에 의외라고 생각하는 것도 무리는 아니었다. 아라이도 루미의 부모와 약혼자가 자신의 이름을 알고 있다는 사실이 의외였다.

그 후는 '손님' 역할에 충실히 하며 티파티 분위기를 만끽했다.

두 시간 정도 지나고 슬슬 작별을 고할 시간이었다. 미와랑 화장실에 간 미유키를 무료하게 기다리고 있자, 루미가 다가와 작은 목소리로 속삭였다.

"내일 오후 5시 기숙사로 와 주세요. '그분'과 만나게 해 드리겠습니다."

다음 날 약속 시간에 기숙사를 방문했다. 202호실 벨을 누르자 바로 문이 열리고 신도가 얼굴을 내밀었다.

"들어오세요."

안으로 들어가자 전날 만났던 여성이 부엌에서 음료를 준비하고 있었다. 아라이를 보고 가볍게 인사를 했다. 아라이도 고개를 숙였고 다시 여성의 옆얼굴을 바라봤다.

단정한 생김새였는데 화장기가 전혀 없는 것과 항상 소극적인 태도가 인상을 흐릿하게 만들었다. 옆얼굴에서 그 소녀의 면모를 찾아봤지만 알아낼 수는 없었다. 짐작되는 나이를 생각하면 언니 쪽인 듯했다.

여동생도 오늘 만날 수 있는 걸까……. 그렇게 생각하자 이상하게 가슴이 뛰었다.

"이쪽 방으로 오세요."

신도의 안내에 따라 안쪽 방으로 이어지는 문을 열었다.

커튼이 쳐진 어스레한 방 안에 루미가 있었다. 그리고 그녀와 마주 앉아 있는 한 쌍의 남녀가 있었다.

루미가 아라이를 향해 말했다.

"몬나 데쓰로 씨와 부인 기요미 씨입니다."

남자가 얼굴을 들고 이쪽을 봤다. 머리칼은 거의 백발이었고 얼굴에 새겨진 주름도 늘었지만 17년 전 취조실에서 대면했던 그 인물이 틀림없었다.

딸이 음료를 들고 왔다가 다시 부엌으로 돌아갔다. 작은딸의 모습은 아직 보이지 않았다.

"일본수화로 대화를 해도 괜찮겠습니까?"

루미에게 확인을 하고 아라이는 몬나의 앞에 앉았다.

양 손등을 마주했다가 좌우로 벌렸다(=오랜만입니다). 그리고 계속 말을 이어 갔다.

〈저를 기억하십니까? 17년 전 경찰서에서 당신의 통역을 했습니

다.〉

〈기억하고 있습니다.〉 몬나는 고개를 크게 끄덕이고 손을 움직였다. 〈면회 통역을 해 주셨죠. 덕분에 가족들과 만날 수 있었습니다. 그때를 잊지 못합니다. 감사했습니다.〉

〈감사를 받을 정도의 일은 아닙니다. 경찰 취조는 정말 심했습니다. 당시 직원의 한 사람으로서 사죄하고 싶었습니다.〉

〈당신의 책임이 아닙니다.〉

아라이는 고개를 저었다. 일개 사무직에 지나지 않은 자신에게 취조의 책임은 당연히 없었을지도 모른다. 그러나 얼토당토않은 취조를 눈앞에서 직접 목격한 자신이 아무것도 할 수 없었던, 아니, 하지 않은 것도 사실이었다. 면회 통역을 자진해서 맡았던 일은 그저 위하는 척에 불과했다.

〈경찰은 지금도 당신을 의심하고 있는 것 같습니다.〉 아라이는 물었다. 〈지난달에 사야마에서 일어난 사건을 알고 계십니까?〉

몬나는 고개를 끄덕였다.

〈단도직입적으로 묻겠습니다. 노미 가즈히코가 살해된 사건에 관여하셨습니까?〉

순간 몬나의 낯빛이 바뀌었다.

옆에 있던 신도도 그 의미를 읽어 냈는지 "아라이 씨."라고 비난의 목소리를 높였다.

아라이는 가만히 몬나를 바라봤다. 몬나는 다시 평정심을 되찾은 표정으로 손을 움직였다.

〈아무런 관여도 하지 않았습니다. 나는 사건과 관계없습니다.〉

〈알겠습니다. 실례가 되는 질문을 해서 죄송합니다.〉

아라이가 머리를 숙이자 몬나는 가만히 고개를 끄덕였다. 신도가 안심했다는 듯 숨을 크게 쉬었다. 루미의 표정은 시종일관 변하지 않았다.

〈또 몇 가지 묻고 싶은 것이 있습니다. 우선 첫 번째. 경찰에서는 살해당한 가즈히코가 사건 전에 당신과 접촉을 했다고 생각하고 있습니다. 사실입니까?〉

〈접촉했다……. 만났냐는 말씀입니까? 그렇다면 만나지 않았습니다.〉

〈연락을 취하신 적은요?〉

몬나는 고개를 흔들었다. 그럼 요네하라가 말한 것은 오해인가.

〈사실은 어느 경찰 관계자에게서 사건 전 피해자와 당신이 문자로 연락을 했다는 사실이 있다, 피해자의 휴대전화에 그 이력이 남아 있다고 들었습니다.〉

몬나의 낯빛이 다시 변했다. 그것을 확인한 다음 다시 물었다.

〈다시 한 번 더 묻겠습니다. 사건 전에 피해자와 연락을 하셨습니까?〉

망설임이 있었다. 이윽고 가볍게 끄덕였다.

〈연락을 했다는 말씀이시군요.〉

〈네. 연락을 한 사람은 나였습니다.〉

미묘한 말투가 조금 신경이 쓰였지만 이야기를 이어 나갔다.

〈무엇 때문이었습니까?〉

〈저쪽에서 연락을 해 왔습니다. 만나고 싶다고.〉

〈어떤 용건으로?〉

〈그건 모릅니다. 문자에는 용건까지 나와 있지 않았습니다. 하지만 중요한 이야기가 있으니 만나고 싶다고.〉

〈하지만 만나지 않았다?〉

몬나는 고개를 끄덕였다. 그러나 아직 '목격자'가 남아 있다.

〈사건이 있던 날 밤, 그러니까 4월 2일 밤에 사건 현장 공원에 갔었습니까?〉

대답은 바로 나왔다.

〈가지 않았습니다.〉

〈틀림없는 거죠.〉

몬나는 이해가 가지 않는다는 듯, 그러나 강하게 고개를 끄덕였다. 시민 경비대가 목격했다는 인물을 입에 올리는 것은 그만두기로 했다. 그 사람이 농인이었는지는 추측에 지나지 않는다.

〈사건 당일 밤 당신은 어디에 있었습니까?〉

"아라이 씨."

신도가 다시 항의의 목소리를 높였다.

"이제 곧 끝납니다. 그들을 지키기 위해서라도 사실을 알 필요가 있습니다."

"하지만 이건 마치……."

심문 같다고 말하고 싶은 것이리라. 그러나 옆에서 루미가 제지했다.

"계속하세요."

고개를 끄덕이고 아라이의 시선은 다시 몬나를 향했다.

〈사건 당일 밤 어디에 계셨습니까?〉

〈집에 있었습니다. 계속.〉

〈집이란 곳은 이 방이 아니라?〉

〈여기로 오기 전에 살던 아파트입니다.〉

〈그 사실을 증명해 줄 사람은 있습니까?〉

〈아내와 딸이 계속 함께 있었습니다.〉

가족의 증언만으로는 증명 능력이 적다고 생각하면서 아무렇지 않게 물었다.

〈따님은 두 사람 다 함께였나요?〉

몬나가 허를 찔린 표정을 지었다. 보니 옆에 있는 부인의 입도 살짝 열려 있었다.

수화가 전해지지 않았다고 생각해서 다시 물어보려고 할 때 몬나가 손을 움직였다.

〈딸은 한 명입니다.〉

응? 이번에는 아라이가 의외라고 생각할 차례였다. 그럴 리가 없다. 17년 전 그날. 확실히 한 사람 더…….

손을 움직이려다 문득 생각이 들었다. 설마 작은딸은 죽은 건가……?

다시 한 번 몬나의 표정을 봤다. 지금까지와는 완전히 다른 딱딱한 표정이었다. 부인의 얼굴도 역시 같았다.

그랬군. 물어서는 안 되는 질문을 해 버렸다.

〈죄송합니다. 제 착각인 것 같습니다.〉

그렇게 얼버무렸지만 그 후에도 몬나의 딱딱한 표정은 풀어지지 않았다.

더 이상 할 이야기는 없었다. 인사를 하고 방을 나가려고 할 때 몬나가 이쪽을 향해 어깨 위로 오른손을 쥐었다가 피는 동작을 몇 번인가 했다. 아라이는 머리를 숙였지만 같이 나가려던 루미는 마음이 변했는지 방 안으로 돌아갔다.

"아라이 씨는 몬나 씨를 의심하고 계신가요?"

뒤에서 들려오는 비난의 목소리에 돌아봤다. 신도가 딱딱한 표정으로 서 있었다.

"그렇지 않습니다. 확인을 한 것뿐입니다."

"이걸로 직성이 풀리셨나요?"

신도의 질문에 답할 생각은 없었다. 그것보다 지금 막 알게 된 사실에 충격을 받았다.

"작은 따님이 세상을 떠났다는 사실은 몰랐습니다. 언제 일어난 일이었습니까? 병이 있었나요?"

"네?" 신도가 고개를 갸웃거렸다. "몬나 씨의 따님은 한 분이에요. 아까도 그렇게 말씀하시지 않았나요? 오늘도 만나셨던 사치코 씨라는 따님 한 분."

"아니, 그럴 리 없습니다. 저는 17년 전 확실히 따님 두 분을 만났습니다."

착각할 리가 없다. 그때 그 눈동자. 그리고 그 수화.

연령을 짐작해 보면 지금은 20대 중반에서 후반이 되었을 것이다. 사치코라는 여성은 그보다 약간 나이가 있어 보였다.

"그런 이야기는 들은 적이 없는데……."

신도가 고개를 갸우뚱했다.

"세상을 떠났다는 이야기는 듣지 못하셨군요."

"아니, 원래 따님이 두 분이었다는 이야기 자체를 들은 적이 없어요. 처음부터 사치코 씨를 외동딸이라고 소개하셨는데요."

"그럴 리가 없습니다. 죄송하지만 확인해 주실 수 있습니까?"

신도는 이해가 가지 않는다는 표정이었다. 신도가 보기에는 확실히 왜 그런 일에 신경을 쓰는지 이상할 것이다. 그러나 아라이에게는 중요한 일이었다. 그때 그 여자아이와 주고받은 '대화'가 없었다면 이렇게까지 몬나에게 집착하는 일도 없었을 것이다…….

아파트로 돌아오자마자 휴대전화의 진동이 울렸다. 화면에는 보고 싶지 않은 이름이 표시되어 있었다. 망설였지만 이내 통화 버튼을 눌렀다.

"새로운 정보다."

서두도 없이 요네하라가 말했다.

"피해자는 사건 한 달 전부터 행동에 변화가 있었대. 갑자기 기분이 좋아지거나 돈이 생길 구멍이 생겼다고 말하고, 들떠서는 침착하지 못하고 기분이 안 좋아지기도 하고……. 목적 불명의 외출도 많아지고 부인은 바람을 의심했다더군. 수사본부에서는 '돈 생길 구멍'이라는 점에 주목하고 있어. 피해자가 경영하던 시설에 요 몇 년 동안 입소자가 줄어서 자금에 곤란을 겪고 있었으니까. 동기는 금전 관계가 아닐까 하고 있어."

경제적 곤궁. 돈이 생길 구멍. 불안정한 태도. 가즈히코는 무슨 일을 벌이려고 했던 걸까. 누구와 만났던 걸까. 그것을 알아낼 수만 있다면 틀림없이 사건 해결의 실마리가 될 것이다.

그렇게 되면 오히려 몬나는 용의선상에서 벗어나게 되는 것 아닌가. 누가 봐도 몬나는 경제적으로 넉넉해 보이지는 않는다.

어찌 되었든 몬나의 무죄를 증명하기에는 알리바이 확인이 먼저였다.

"피해자 사망 추정 시각은 알았습니까?"

"알아볼까?"

"부탁하지요."

"좋아. 그런데 이쪽의 부탁은 어떻게 됐지? 다음 주 일요일은 비번이다. 딸을 데리고 와 줬으면 해. 물론 그쪽은 빠지고."

"그런 약속은 할 수 없습니다."

"이봐, 이봐. 부탁만 하고 염치없는 짓은 하지 말라고. 다음 주 일요일이야. 시간은 그렇지, 2시쯤. 장소는 다시 연락하지. 그때까지 네가 원하는 정보를 준비해 두지. 기브 앤드 테이크라고."

어울리지 않는 영어를 남기고 요네하라는 전화를 끊었다.

'한가이 마사토의 비서'라고 자신을 밝힌 남자로부터 돌연 전화가 걸려온 것은 다음 날 오후였다.

"의원님이 한번 만나 뵙고 싶다고 청하셨습니다. 부디 시간을 내주실 수 있으십니까?"

관서 지방 억양이 남아 있는 목소리의 고니시라는 비서는 그렇게 말했다. 파티에서 그런 얘기가 있긴 했지만 정말 연락이 올 것이라고는 생각하지 않았다. 당혹스러워하고 있는데 "가능하면 빠른 시일 안에."라고 재촉하는 비서와 일정을 맞추고 목요일 낮에 식사를 함께 하기로 했다.

지정된 곳은 아카사카에 있는 오랜 전통의 소바집이었다. 약속 시간에 맞춰 가게로 들어가자 점원보다 먼저 입구 가까이에 서 있던 정장 차림의 30대 남성이 다가왔다.

"아라이 씨죠? 전화로는 실례가 많았습니다. 한가이 의원님의 비서 고니시라고 합니다."

안내를 받아 들어간 개별실에서 제공된 녹차를 마시고 있자 한가이가 모습을 드러냈다.

"죄송합니다. 오래 기다리셨죠."

짙은 남색 정장을 단정하게 차려 입은 신진 정치인은 넥타이도 풀지 않고 "다도회에서는 편하게 이야기를 할 수 없어서 죄송했습니다."라고 시원시원한 인상을 마주해 왔다.

"아닙니다. 저야말로."

소바와 함께 "한 잔 정도는 괜찮으시죠?"라며 한가이가 주문하여 따라 준 맥주잔을 나눠 들었다.

"아라이 씨는 이전 경찰서에서 근무를 하셨다고요."

"예. 경찰관이 아니라 사무직이었습니다."

"그렇군요."

끄덕이는 모습을 보며 이 사실 역시 알고 있는 것 같았다. 그렇다면 아라이가 경찰서를 그만둔 이유도 이미 알고 있는 걸까. 여당 내에서도 리버럴 성향이라고는 하지만 의원이라는 특별직 국가 공무원. 조직에 반기를 들었던 아라이를 대체 어떻게 생각하고 있는 걸까. 미소가 끊이질 않는 얼굴에서 속내를 알아차릴 수 없었다.

"아라이 씨라면 신용할 수 있을 것 같아서 부탁드리고 싶은 일이 있습니다."

시시한 잡담을 나눈 후 한가이는 이렇게 본제를 꺼내들었다. 파티 당시 슬쩍 이야기했던 '부탁할 일'. 그것은 대체 무엇일까.

"루미에 관한 것입니다. 루미의 주변에 최근 뭔가 이상한 일이 일어나는 것은 아닌지 조사해 주셨으면 좋겠습니다."

"데즈카 씨 주변……."

생각하지 못했던 부탁이었다.

"뭔가 이상한 일이라는 건……. 걱정하실 만한 일이라도 있었습니까?"

"구체적으로 무슨 일이 있었던 것은 아닙니다." 지금까지와는 완전히 다른 모호한 말투였다. "하지만 최근 갑자기 우울해하거나 제가 하는 말을 건성으로 듣는 일이 자주 있어서……. 그래요, 몇 개월 전부터였습니다. 그전까지는 전혀 그런 적이 없었습니다. 정말 태양처럼 밝은 사람이었죠."

"데즈카 씨에게 직접 물어보시는 것은."

"물론 물어봤습니다. 무슨 고민이 있는지, 곤란한 일을 겪고 있으면 말해 달라고 했습니다. 하지만." 한가이는 그렇게 말하고 애가 타는 듯 고개를 저었다. 시원시원한 인상이라는 가면 아래 있는 실제 얼굴이 틈 사이로 보이는 듯한 기분이었다. "아무 일도 없다는 말뿐이었습니다. 혹시 결혼 전 우울증일지도 모른다면서 웃어넘기더군요."

"실제로 그럴 수도 있지 않을까요?"

한가이는 다시 고개를 저었다.

"그 정도 일인지 아닌지는 보면 알 수 있습니다. 루미는 무언가 문제를 안고 고민하고 있습니다. 괴로워할 정도였습니다. 그것이 무엇인지 저는 알고 싶습니다."

그렇게 말하고 이쪽을 향해 상체를 쑥 내밀었다.

"이상한 부탁이라고 여기실지도 모르겠지만 달리 부탁드릴 사람이 없습니다. 흥신소 같은 곳에는 부탁하고 싶지 않습니다. 또 아무나 알아낼 수 있는 것도 아닙니다. 루미 가까이에 있으면서 경계심을 사지 않고 조사 능력도 있는 인물, 그런 인물은 없는지 알아보던 차에 아라이 씨가 나타난 겁니다."

한가이의 말은 이해할 수 있었다. 동시에 조사할 정도의 일은 아니라고도 생각했다. 루미가 현재 안고 있는 문제라면 스가와라와 몬나가 관련이 없지는 않을 것이다. 루미는 그들의 불행을 그대로 자신의 불행이라고 받아들이고 말았다. 그것이 그녀에게 드리운 그늘의 원인임이 틀림없었다.

게다가 앞으로의 전개를 보면 범법적인 일에 발을 들일지도 모른다. 그런 사태에서 약혼자를 끌어들일 수는 없을 것이다.

더 나아가 자신이라고 해서 외부인은 아니었다. 스파이를 역임할 입장이 아니라는 것은 명백했다.

“죄송합니다만.” 아라이는 머리를 깊게 숙였다. “제가 맡기에는 과한 책임이 필요한 일인 듯하군요. 다른 사람을 찾아 주시길 바랍니다.”

“……그렇습니까.” 의원의 얼굴에는 순간 큰 낙담이 드리워졌다. 그러나 그는 바로 말을 이었다. “알겠습니다. 오늘 이야기는 잊어 주시죠. 그럼 식사를 할까요. 맛있습니다, 이 집 소바.”

젓가락을 집은 얼굴은 방으로 들어섰을 때와 같은 공인의 그것이었다.

그날 오후는 스가와라의 장애인 수첩을 받으러 구청으로 동행하게 되었다. 펠로십에서 동행으로 온 사람은 평소와 달리 신도가 아니라 가타가이였다.

가타가이와 만날 수 있는 것은 오히려 다행이었다. 그가 몬나에 대해 신도보다 더 많은 것을 알지도 모른다.

수첩 수취를 끝낸 후 돌아가는 길에 아라이는 가타가이에게 물었다.

《몬나 씨에 관해 묻고 싶은 것이 있습니다.》

몬나의 이름을 들은 가타가이는 경계의 빛을 드러냈지만 이미 루미를 통해 그들과 만났다는 것을 설명하자 《그렇습니까.》 하고 끄덕였다.

《몬나 씨에게는》《따님이 또 한 분 있는 것이 분명합니다.》《알고 계십니까.》

그러나 그도 역시 이상하다는 듯 얼굴로 고개를 저었다.

《몬나 씨의》《따님은》《사치코 씨》《한 명뿐입니다.》

《지금은 그럴지도 모릅니다만.》 아라이는 포기하지 않고 물고 늘어졌다. 《옛날에는》《적어도 17년 전에는》《따님이 한 분 더 있었습니다.》《사치코 씨의 동생이.》

그러나 가타가이는 다시 고개를 저었다.

《없습니다.》

《왜》《그렇게 말하십니까.》

《저는》《필요한 적이 있어서》《몬나 씨의 것을》《봤으니까요.》

그리고 노트를 꺼내서 무언가를 쓰더니 이쪽에 보여 줬다.

노트에는 '호적 등본'이라고 쓰여 있었다.

"호적 등본을 봤습니까?"

무심코 음성일본어가 나왔다.

《네.》

《거기에는 작은딸의 이름이 없었습니까?》

《거기에 기재되어 있는 사람은》《부인인 기요미 씨》《따님 사치코 씨》《뿐이었습니다.》《죽었다거나》《양녀로 내보냈다 같은 기록은》《호적을 옮긴 경우에도》《다 남습니다.》《그런 흔적은》《없었습니다.》

말이 나오지 않았다.

여동생이 존재하지 않아? 자신의 착각이었나?

아라이는 멍하니 그 자리에 서 있었다.

제8장

사라진 소녀

멀리 사는 친척의 장례식을 도우러 가 있는 동안 미와를 돌봐 줄 수 있을까. 미유키가 그 부탁을 한 건 그날 밤의 일이었다.

미유키의 엄마도 사정은 똑같아서 부탁할 수 있는 입장이 아니었다. 아라이가 안 된다고 하면 방해가 되더라도 데리고 갈 수밖에 없는데…….

그렇게 조심스러운 목소리를 내는 미유키에게 "미와는 알고 있어?"라고 묻자 아라이 아저씨와 함께라면 둘이서 집을 지킬 수 있다고 말했다고 한다. 부탁을 받은 주말에는 통역 일정이 없었기에 거절할 이유도 없었다.

알았다고 전화를 끊고 나서 가장 먼저 머리에 떠오르는 사람은 요네하라였다.

—다음 주 일요일이야. 시간은 그렇지, 2시쯤. 장소는 다시 연락하지.

요네하라의 부탁을 들어줄 마음은 이제껏 없었다. 노미 가즈히코의 사망 추정 시각을 알고는 싶지만 미와와 요네하라를 만나게 한 일을 미유키가 모를 리 없고 아라이가 그놈과 만났다고 듣기라도 하면 그녀가 화를 낼 것은 안 봐도 뻔했다.

그런데 미유키 모르게 요네하라의 부탁을 들어주는 일이 가능한 상황을 그녀가 먼저 만들어 주었다.

그러나 그것은 그녀를 속이는 일이지 않은가. 잠시 망설였지만 결국 사건 정보를 알고 싶은 마음이 이겼다. 아라이는 휴대전화를 꺼내서 요네하라의 번호를 눌렀다.

토요일 저녁 미와와 함께 미유키와 미유키 어머니를 배웅하면서 이틀간의 보모 일이 시작되었다. 미유키가 세세하게 짜 준 보모 스케줄은 거의 예정대로 해냈다. 아라이와 둘뿐인 밤에 흥분한 미와가 취침 시간을 넘기도록 수다를 계속하는 바람에 난처하긴 했지만 그만큼 일요일 아침은 기상이 늦어서 아라이도 천천히 쉴 시간이 생겼다.

그림 시간은 자유롭게 생략했고, 점심을 먹고 난 후에는 예정보다 30분 정도 늦었지만 '공원에서 산책' 일정을 소화할 수 있었다.

요네하라와는 이곳에서 합류하기로 했다. '미와와 만나고 싶은 마음에 근처에 왔다가 우연히 마주쳤다'는 식으로 꾸미기로 약속도 했다.

"미유키가 없으면 그런 귀찮은 일은 안 해도 되잖아."

전화기 너머에서 요네하라는 불만이라는 듯 말했지만 그렇게 하지 않으면 만나게 해 줄 수 없다고 못을 박았더니 "알았어."라며 마지못해 승낙했다.

공원에 들어서자 가장 가까이에 있는 벤치에서 이제나저제나 하고 기다리고 있는 요네하라의 모습이 눈에 들어왔다. 그는 아라이와 미와의 존재를 눈치 채고 "미와!" 하고 일어섰다. 도대체 왜 더 자연스러운 접근은 하지 못하는지 혀를 차면서 아라이는 미와를 자신의 등 뒤로 오게 했다.

"으응? 왜에?"

미와는 무슨 일인지 알아차리지 못한 채 태평한 목소리로 그렇게 말했다.

"미와!"

뛰어오는 요네하라를 "약속이 먼저다."라는 말로 저지했다.

"나중에 알려 줄게. 미와!"

미와는 "뭐야아? 숨바꼭질?"이라며 즐거워하면서 등 뒤에서 나오려고 했다. 아라이는 미와를 막으면서 요네하라에게 차갑게 말했다.

“지금.”

불만 가득하게 혀를 크게 찬 요네하라였지만 그래도 수첩을 열었다.

“피해자 사망 시각이었지? 발견 전날 밤 11시경부터 다음 날 아침 2시 정도의 사이라는 게 감식 결과라더군.”

그 시간에 몬나가 공원에는 가지 않았다는 것을 증명할 수 있다면 알리바이가 생긴다.

“이걸로 됐지?” 그러고 나서 요네하라는 미와를 불렀다. “미와, 아빠야. 모르겠어?”

아빠라는 단어에 반응을 했는지 미와가 아라이의 뒤에서 얼굴을 빼꼼 내밀었다.

“아빠?”

“응, 오랜만이지, 많이 컸구나, 우리 미와.”

양손을 내밀며 뻗고 있는 요네하라를 바라보던 미와의 불안한 시선이 아라이를 향했다.

“누구야? 이 사람……?”

“무슨 소리야, 아빠야. 잊었어? 하기사 오랫동안 만나지 않았으니까 당연하겠지. 자, 봐 봐. 이거.”

바로 꺼낼 수 있도록 준비했는지 요네하라가 주머니에서 사진

한 장을 꺼내 미와의 앞에 내밀었다.

"봐 봐. 엄마랑, 우리 미와가 찍혀 있지? 그 옆에 있는 사람이 아빠야. 이때 우리 미와는 아직 두 살이었으니까 기억 안 나려나?"

사진을 바라보던 미와는 다시 불안한 표정으로 아라이를 올려다봤다.

"저기, 숨지 말고 이쪽으로 나와 봐. 아빠랑 맛있는 거 먹으러 갈까?"

"점심 먹었어. 그치, 아저씨이?"

계속 아라이에게만 말을 거는 모습에 요네하라는 얼굴을 찡그렸지만 바로 간사한 목소리로 돌아왔다.

"그럼 어디 놀러갈까? 유원지 좋아해? 우리 미와 유원지 좋아했었지?"

모르는 어른이 자신의 손을 잡아당길 것 같았는지 미와는 양손을 뒤로 감추고 입을 삐죽거렸다.

"미와는 여기서 놀면 되니까 괜찮아."

요네하라는 아라이를 향해서 성난 목소리를 냈다.

"이봐, 어떻게 좀 해 봐."

"내가 할 수 있는 일은 여기까지다. 본인이 그럴 마음이 없으면 어쩔 수 없는 일이야. 약속대로 만나게 해 줬으니까 됐잖아."

아라이는 미와의 손을 잡고 "다른 곳으로 갈까?"하고 등을 돌렸다.

“웃기지 마!”

뒤에서 들려오는 성난 목소리와 함께 순간 잡고 있던 미와의 손이 아라이의 손에서 떨어졌다. 뒤돌아보자 요네하라가 미와를 빼앗아 안으려고 했다.

“이봐, 뭐하는 거야!”

“아저씨이이!”

겁먹은 얼굴의 미와가 이쪽을 향해 손을 뻗었다. 요네하라는 그대로 뛰어나갔다.

“야, 이 자식아! 지금 무슨 짓을 하고 있는지 알고 있는 거야!”

아라이는 서둘러 쫓아가면서 소리쳤다.

“으아앙! 무서워, 아저씨 살려줘! 엄마아아아!”

요네하라의 어깨에 걸쳐진 미와가 울면서 소리쳤다. 공원에 있던 사람들도 이상함을 눈치 채고 무슨 일이 일어난 건지 이쪽으로 시선을 모았다.

“요네하라! 기다려, 그만둬!”

유아라고 해도 20킬로그램은 나간다. 필사적으로 달리는 요네하라였지만 무언가에 발이 걸렸는지 갑자기 앞으로 꼬꾸라졌다. 바로 달려온 아라이가 미와를 안아 올렸다. 미와가 울면서 아라이의 목을 팔로 감쌌다.

“괜찮으세요……? 경찰에 연락을…….”

가까이 다가온 사람이 말을 걸며 쓰러져 있는 요네하라를 봤다.

“젠장……. 젠장…….”

몸을 웅크린 채 신음하는 이 남자에게 다시 미와를 빼앗아 들 기력도 체력도 남아 있지 않을 것이다. 그렇게 판단하고 말했다.

“아니요, 괜찮습니다. 집안일이라서요. 죄송합니다, 소란을 피워서.”

모인 사람들에게 머리를 숙였다.

큰일은 미유키가 집으로 돌아오고 나서 일어났다. 낮에 그런 일이 있고 나서 몇 시간이 지나서 완전히 진정이 된 것처럼 보였던 미와가 집에 돌아온 엄마의 얼굴을 보자마자 “엄마아, 오늘 엄청 무서웠어!”라며 울음을 터뜨렸다.

“뭐야? 왜 무슨 일이야? 무슨 일 있었어!?”

안색이 바뀌어 추궁하는 미유키에게 산책하던 도중 생각해 둔 이야기를 했다.

공원에 들어서자 모르는 남자가 다가왔고 미와를 달래려고 했던 일. 안아 달라고 했다가 거절당하자 억지로 안으려고 했던 일. 그래서 약간 소동이 일어났는데 바로 도망갔다는 일.

“그거 이상한 놈 아니야! 경찰서에 가서 얘기했어!?”

"아니, 상대도 사과했고 이상한 놈이라는 느낌은 없었고. 미와가 조금 과장한 거야."

"경찰서에 얘기도 안 했다니, 말도 안 돼."

지금이라도 늦지 않았으니까 경찰서에 가자는 미유키를 진정시키느라 애를 먹었다. 도중부터 아라이가 혼나고 있다고 깨달은 미와가 "아저씨는 잘못 없어. 미와를 구해 줬어. 아저씨 혼내지 마." 하고 가세해 줘서 경찰서에 신고하겠다는 미유키의 마음을 간신히 가라앉혔다.

그러나 미유키는 미와를 다시는 그 공원에 데려가지 않겠다, 당신에게도 맡기지 않겠다고 못을 박았다. 아라이는 그녀의 신뢰를 완전히 잃어버렸다.

그렇게까지 해서 얻은 정보, 노미 가즈히코의 사망 추정 시각을 갖고 다시 한 번 몬나가 있는 곳을 방문했다.

우호적이라고는 말하기 힘든 태도의 몬나에게 사건 당일 밤 11시부터 다음 날 새벽 2시까지의 알리바이를 몇 번이나 확인했다. 그가 하는 말은 여전히 똑같았다.

그날은 하루 종일 가족과 함께 집에 있었다. 밤 11시에는 이미 취침을 한 상태였다. 그것은 가족, 아내와 딸 사치코가 알고 있다.

그 시간에 방문객이 있었는지, 봤던 텔레비전 방송이라든가 확실히 집에 있었다고 증명할 만한 것은 없는지 집요하게 물었지만 몬나는 고개를 저을 뿐이었다. 증명 능력은 낮지만 급한 상황에 놓이게 되면 가족의 증언을 알리바이로 삼을 수밖에 없었다.

〈지난번 휴대전화에 이력이 남아 있다고 말하셨죠?〉

집을 나오려고 할 때 몬나가 물었다.

〈예.〉

〈어떤 내용을 보냈는지도 알 수 있습니까?〉

〈문자 자체는 삭제해도 경찰에서 분석하면 내용을 알 수 있다고 들었습니다.〉

〈…… 그렇습니까?〉

〈뭔가 알려지면 안 되는 내용이라도…….〉

〈아니요, 아무것도 아닙니다.〉

몬나는 고개를 저었지만 그 표정만큼은 분명히 어두웠다.

—아무것도 관여하지 않았습니다. 저는 사건과 무관합니다.

몬나의 그 말을 믿는다는 전제 아래 아라이는 서 있었다. 그렇다고 하더라도 그의 말을 모두 신용할 수는 없었다. 그의 말에는 몇 가지 거짓말이 섞여 있다. 그중에서도 가장 큰 거짓말이 작은 딸의 존재다. 대체 왜 그런 거짓말을 해야 했던 걸까…….

그날도 현관까지 사치코가 배웅했다. 인사를 하려고 얼굴을 마주했을 때 이제까지 아무 말 없어 서 있기만 했던 사치코의 손이 움직였다.

〈아버지의 무례한 태도, 이해해 주세요. 아버지도 아라이 씨가 자신들의 힘이 되어 줄 사람이라는 것은 알고 있습니다.〉

〈아닙니다, 저야말로 실례가 되는 질문만 해서 죄송합니다.〉

〈감사합니다.〉

그렇게 말하고 사치코가 옅게 웃음을 지었다. 처음 보는 그녀의 미소였다.

이제까지 소극적이기만 했던 사치코였지만 그 미소는 사람을 매혹하기에 충분했다.

혹시 그녀라면 진실을 대답해 주지 않을까. 그런 생각으로 아무렇지 않은 듯 물어봤다.

〈그런데 동생분은 건강하십니까?〉

그러나 사치코는 순간 이상하다는 얼굴로 꾸밈없이 대답했다.

〈제게는 동생이 없습니다.〉

그 표정에 부자연스러움은 없었다.

〈그렇습니까, 죄송합니다. 제 착각이었습니다.〉

그때 누군가가 마루를 걸어오는 소리가 들렸다. 사치코 너머로 보자 몬나의 아내 기요미가 안에서 이쪽을 보고 있었다.

오른손 엄지와 나머지 네 손가락으로 턱을 집고 다시 아래로 내리면서 손가락을 닫는 동작을 하고 나서 〈세탁은 끝냈어?〉라고 말했다.

〈지금 할게.〉

사치코는 이쪽을 향해 목례를 한 후 방 안으로 들어갔다.

지금 기요미가 한 동작은 (행복)이라는 의미의 수화였다. 아마 사치코幸子를 가리키는 '사인네임'일 것이다.

이름뿐 아니라 고유명사를 수화로 표현하는 것은 사실은 꽤 귀찮은 일이다. 따라서 자주 쓰는 이름은 본명 대신 간단하게 수화로 표현할 수 있는 별명, 즉 사인네임이 사용되는 경우가 많다.

아라이의 어린 시절에도 그런 경우가 있었다. 당시에는 사인네임처럼 멋진 단어는 없었고 형은 그저 '형아(중지를 든 상태에서 위로 올린다.)', 아라이는 '꼬마(중지를 든 상태에서 아래로 내린다.)'라는 노골적인 호칭이었지만, 그래도 가정 내에서는 이름보다 그쪽으로 불리는 일이 많았다.

기숙사를 나와서 다시 한 번 '여동생'에 대해서 생각했다. 착각일 리 없다. 모두가 여동생을 없었던 것으로 입을 맞추고 있다.

그렇다고 해도 가타가이가 말한 '호적'은 이해가 되지 않는다. 그가 말한 대로 사망이나 입양을 보낸 경우에도 호적에는 기록이 남는다. 흔적이 없다는 것은 도대체 무슨 의미일까.

호적 제도에 대해서 자세히 아는 사람은 없나. 그런 생각을 할 때 갑자기 떠올랐다.

헤어진 전 부인, 지에미. 만났을 때 현청 인사과에서 근무했지만 그 이전에는 문서과에 있지 않았던가. 그렇다면 호적 제도에 대해서도 알고 있을지 모른다.

이미 새로운 가정을 가진 그녀에게 여러 번 전화하기가 망설여졌지만 달리 떠오른 사람이 없었다. 화를 내도 어쩔 수 없다는 각오로 전화를 걸었다.

"응, 나야."

목소리에 경계의 빛이 없어서 일단 안도의 숨을 내쉬고 입을 열었다.

"몇 번이나 전화해서 미안해. 오늘은 물어보고 싶은 게 좀 있어서……."

세세한 부분은 생략하고 호적에 흔적을 남기지 않고 친자 제적이 가능한지 물었다.

"예를 들면 양자로 내보낸다거나……."

"으음, 양자결연 같은 걸로 호적을 옮긴 경우에도 제적한 흔적은 호적에 남지."

"역시 그런가……."

지에미가 그렇게 대답하니 역시 여동생은 없었다는 게 되는 걸까? 자신이 본 것은 환상이었나…….

"하지만 흔적을 지우는 방법이 아예 없는 것도 아니야."

"있어?"

다시 수화기로 달려들었다.

"응. 양자결연 등으로 제적한 후에 다른 지역으로 이적한 다음 이적한 곳에서 호적을 다시 만드는 거야. 그렇게 하면 제적자의 이름은 호적에서 삭제돼."

"일단 이사를 간 후 다시 만들면……."

"응. 같은 지역에서는 안 돼. 다른 지역으로 이사를 한 경우만이야."

"그리고 다시 원래 지역으로 돌아오면……."

"그 호적에는 제적자의 흔적은 남지 않아."

"확실한 거지?"

"응, 확실해."

"그 경우에 원래 호적에 제적자가 있다는 것을 알아볼 방법은 없어?"

"아니. 호적은 계속 거슬러 올라가면서 찾아볼 수 있어서 조사하면 다 알 수 있어. 단순히 현재 호적에 그 흔적이 남아 있지 않을 뿐이지."

"그렇군, 알겠어. 고마워. 도움이 됐어."

전화를 끊기 직전에 감사의 마음을 담아서 "이제 더는 전화하지 않을게. 약속해."라고 말하고 상대가 대답하기 전에 전화를 끊었다.

이것으로 가능성은 남았다. 의도적으로 '호적을 지우는 방법'은 있었다. 실제로 몬나가 그 방법을 썼는지는 알 수 없다. 그러나 그들은 17년 전에는 사이타마 현에서 살고 있었다. 출소 후에 어디서 살았는지는 알지 못하지만 네리마의 기숙사로 이동해 온 것은 최근 일이다. 그 사이에 지역을 이동해서 호적을 다시 만들었을 가능성은 적지 않다.

그것을 확인할 것……, 원래 호적을 거슬러 올라가 확인하는 일은 아무나 할 수 없다. 할 수 있다고 하면 공공기관이나 법조계에 있는 자가 직무상 필요할 경우뿐이다.

예를 들면 경찰. 요네하라에게 더 이상 부탁할 수 없다. 그렇다면 변호사. 가타가이에게 부탁해도 필시 이상한 표정을 지을 것이다. 이상한 움직임으로 루미에게 알리고 싶지 않다. 그렇다면 남는 쪽은 정치인…….

예전이라면 떠올리지도 못했을 선택지였지만 지금 아라이에게는 딱 한 사람 '정치인 지인'이 있다.

교섭은 한가이 본인이 아니라 비서 고니시와 하기로 했다. 몬나의 일을 의원에게는 알리고 싶지 않았기 때문이다.

"정당한 이유 없이 다른 사람의 호적에 접근하는 것은 위법입니다. 알고 계시지 않습니까?"

의원과 같이 정장을 단정하게 차려입은 비서는 아라이의 이야기를 듣고 특별한 표정의 변화도 없이 말했다.

"알고 있습니다."

"그것을 저보고 하라는 말씀인가요?"

"하라고는 하지 않았습니다. 제 부탁을 들어주신다면 그쪽의 부탁도 들어 드리겠다는 것입니다."

"흐음."

고니시는 작게 끄덕이고 "그렇다면 이렇게 하시죠."라고 이쪽을 바라봤다.

"의원님이 원하는 정보를 가져와 주시는 경우, 저희도 아라이 씨의 부탁을 검토하겠습니다. 어떠십니까?"

아라이에게 선택의 여지는 없었다.

"좋습니다."

"그럼 교섭 성립이네요."

고니시는 그때 처음으로 표정을 풀었다. 생각 외로 상냥한 미소였다.

"하나 주의드리고 싶은데." 충실한 비서는 바로 가면 같은 표정으로 돌아왔다. "평소와 다른 행동으로 루미 씨에게 불안감을 주지 않도록 해 주십시오. 루미 씨 주변에서 무슨 이상한 일을 알아차리면 제게 알려 주시기 바랍니다. 그뿐입니다."

예전보다 특별한 일을 할 생각은 없었다. 조금 시간을 두고 조사하는 척해서 스가와라를 '루미에게 드리운 그늘의 원인'이라고 이야기할 생각이었다. 그걸로 상대방이 납득을 할지는 모르겠지만 교섭 재료 정도는 될 것이다. 몬나와의 관계는 끝까지 비밀로 해둬야 한다.

반면에 털어놓기로 결정한 것이 있었다. 스가와라의 직업 훈련센터에 신청 수속을 하러 갔을 때 동행한 가타가이와 신도에게 그 결심을 이야기했다.

"만약 몬나 씨에 대한 정식 체포영장이 나왔을 때는 데즈카 씨를 설득해서라도 그를 출두시켜야 한다고 생각합니다."

신도는 예상대로 '배신자'라는 눈으로 쳐다봤지만 가타가이는 "*저도 그럴 생각입니다.*"라고 동조했다.

"가타가이 씨, 당신까지……."

눈을 흘기는 신도에게 가타가이가 타이르듯 말했다.

"*아라이 씨는, 루미 씨나 당신이, 처벌받지 않도록 하기 위해, 생각해 주고 있습니다.*"

아라이는 끄덕였다.

"체포영장이 나온 후에도 숨어 있으면 범인 은닉죄가 성립될 가능성이 있습니다."

"하지만 몬나 씨는 범인이……."

"저도 그렇게 믿고 있습니다. 하지만 이 경우는."

아라이는 형법의 범죄은닉죄에 대해서 설명했다. 이 경우의 '범인'이란 진범 및 범죄 혐의를 받고 수사 혹은 소추 중인 대상이라고 해석된다. 즉 수사 대상이라고 알고 있으면서 이것을 감추면 진범임을 묻지 않고 죄에 해당된다.

"그것만큼은 피해야 합니다. 특히 데즈카 씨의 입장을 생각하면 말이죠."

아라이가 말하자 신도가 꾹 말을 삼켰다. 물론 그녀도 그 의미를 안다.

"몬나 씨에게 영장, 그러니까 체포영장이 나오면 아마 지명수배가 될 것입니다. 몰랐다는 변명은 통하지 않을 거예요. 그 전에 어떻게 해서든 그가 진범이 아니라는 증거를 찾아야 합니다. 두 분 모두 협력해 주세요."

가타가이 그리고 신도 모두가 겨우 체념을 한 듯 끄덕였다.

며칠 후 데즈카 부부에게서 상담하고 싶은 일이 있으니 괜찮다면 집으로 와 줄 수 있냐는 연락이 있었다. 루미는 펠로십 활동으로 외출 중이라고 했다. 그녀 없이 자신에게 무슨 용건이 있는지 의아했지만 거절할 이유도 없었기에 데즈카 가家로 발을 옮겼다.

두 번째로 본 고가의 소파와 커피 잔은 익숙해졌지만 고급 다즐링의 맛은 여전히 알 수 없었다.

"그런데 아라이 씨는 예전에 경찰서에서 근무를 하셨다고요."

한 차례 무난한 대화가 오고 간 후 소이치로가 말했다. 여기도 이미 신상 조사는 끝내 둔 건가 하는 씁쓸한 마음을 안고 "네." 하고 짧게 대답했다.

"지금은 이미 그쪽 분들과의 인연은……?"

"없습니다만…… 무슨 일인지 여쭤 봐도 되겠습니까?"

"그게……."

소이치로는 미도리와 슬쩍 눈빛을 교환하더니 말했다.

"사실은 두 달 전, 경찰이 루미 일로 방문한 적이 있었습니다."

"경찰이 말입니까?"

무심코 큰 소리를 내 버렸다. 몬나에 관한 일을 이미 알고 있는 걸까? 그러나 두 달 전이라면 날짜가 맞지 않는다.

"무슨 일 때문이었죠?"

"노미 가즈히코라는 남자를 알고 있는지, 그 남자와 루미는 어떤 관계인지, 그런 걸 물었습니다."

다시 큰 소리가 나올 것 같아서 서둘러 숨을 삼켰다.

“그 남자에 대해서 혹시 짚이는 데라도 있으십니까?”

“아니요.” 소이치로는 고개를 저었다. “모르는 이름이라고 대답했습니다. 그 뒤로 저희도 그 노미라는 사람이 어떤 사람인지, 왜 딸아이와 관계가 있는 건지 물어봤지만 대답할 수 없다는 말만 할 뿐이었습니다. 게다가 4월 2일 밤에 대해서도 물었습니다.”

“4월 2일 밤…….”

사건이 있던 시간대. 경찰은 루미의 알리바이를 확인하러 온 것이다.

“네. 그날 밤 딸이 어디에 있었는지 아느냐며.”

“그래서…….”

묻고 있는 아라이 자신이 긴장하고 있다는 사실을 느꼈다. 설마 루미가 가즈히코 사건과 관련이라도 있는 걸까?

“바로 생각은 안 났습니다만 집 안을 확인해 보고 알았습니다. 그날 딸은 NPO 활동 때문에 아키타로 출장을 갔었어요. 그렇게 대답하니 경찰도 이해를 한 것 같았습니다.”

아라이는 작게 안도의 숨을 내쉬었다. NPO 활동이라면 분명 동행인이 있었을 것이다. 그렇다면 루미의 알리바이도 확인됐을 터였다. 가즈히코 사건과는 관계가 없음을 의미한다. 그럼 왜 경찰이?

“……루미 씨에게는 물어보셨나요?”

"예, 물어봤습니다. 그러자 딸아이한테도 같은 건으로 경찰이 왔다고 말하더군요. 그래서 노미라는 남자를 아느냐고 물어보니 확실히 기억나지 않지만 예전에 기부를 부탁하러 연락이 왔던 남자가 아닌가 하더군요. 기부에 관해서는 고민을 해 본 후에 거절했다고 말했습니다. 그 상대와는 전화로 한 번 말을 했을 뿐, 만난 적은 없다고. 경찰에도 그렇게 대답한 것 같았습니다."

노미 가즈히코가 루미에게 기부를…….

확실히 해마의 집 경영은 아주 형편이 없었다. 유명한 자선가인 그녀에게 기부를 청했다는 건 상상이 아예 안 되는 일도 아니다. 그러나 왜 그것을 루미는 자신들에게 감췄을까? 노미 가즈히코가 몬나가 의심을 받고 있는 사건의 피해자라는 사실을 모를 리 없을 터였다.

"신경이 쓰여서 그 노미라는 남자에 대해서 비서에게 조사를 지시했습니다." 소이치로의 이야기가 이어졌다. "경찰의 입에서 나온 그날 살해당한 남자라는 사실을 알게 되어서 조금 놀랐습니다. 뭐, 조금이라도 접점이 있는 상대는 남김없이 철저히 하는 것이 조사의 기본 방침이라고 듣기도 했고 물론 딸이 그 사건과 관련이 있을 리도 없겠지만, 벌써 두 달이나 지난 지금까지도 범인은 아직 체포가 되지 않았다고 해서. 혹시 알고 계시다면 진전된 수사 상황이라든가 들을 수 있지 않을까 싶어서 이렇게 모셔 오게 되었습니다."

아라이는 고개를 저었다.

"기대에 미치지 못해서 죄송합니다."

설마 몬나 데쓰로라는 남자가 중요참고인이 되어 있고 그 남자를 따님이 숨겨 주고 있다는 말을 할 수 있을 리가 없었다.

"그렇습니까……. 사실은 이렇게까지 신경을 쓰는 데는 이유가 따로 있습니다."

"말고도 어떤……?"

"작년 말경부터 몇 번인가 루미 앞으로 묘한 전화가 걸려오거나 밖에 수상한 남자가 어슬렁거리는 일이 있었습니다."

"묘한 전화라면……?"

"거만한 말투로 딸이 있는지 묻고 이름을 물으면 끊어 버리는 전화였습니다. 전화에 응대한 직원에 의하면 그렇게 젊은 남자의 목소리는 아니라고 했습니다. 밖을 어슬렁거리는 사람 역시 30대 정도의 남자 같았고."

"풍채 같은 정보를 조금 더 자세히 알 수 있을까요?"

소이치로는 고개를 끄덕이며 "실제로 본 사람을 불러오도록 하죠."라고 말했다.

나타난 사람은 고토라는 소이치로의 운전기사였다. 한눈에 봐도 성실하고 정직해 보이는 60대 남자는 아라이의 질문에 주눅 드는 일 없이 대답했다.

"처음 본 것은 12월로 기억합니다. 차를 꺼내 오던 중 도로에서 집을 응시하는 듯 바라보는 남자를 발견했었지요. 눈이 마주치자 도망치듯 사라지더군요. 이만큼 큰 저택이니까 신기한 듯 산책 도중에 멈춰 서서 보는 사람들은 있었지만 그 남자의 모습은 확실히 달랐습니다. 그 이후로 두 번 정도 발견해서 바로 알렸지요."

"어떤 남자였습니까?"

"30대 초중반 정도로 보였습니다. 보통 체격에 키도 보통이었습니다. 특징이라고 말할 만한 점은 없었습니다. 다만 눈매만이 뭐라고 해야 할지 징그럽다고 해야 할지. 불쾌한 눈매였다는 점은 기억하고 있습니다."

"총 세 번 발견하신 겁니까……. 마지막에 보신 것은 언제였습니까?"

"3월 중순으로 기억합니다."

"경찰에게는 알리셨나요?"

이 질문은 소이치로에게 물었다.

"말하지 않았습니다. 아니, 그때는 아직 노미라는 남자와 수상한 남자를 묶어서 생각하지 않았습니다."

"그때는?" 말투가 신경 쓰였다. "그렇게 말씀하셨는데, 지금은……."

"고토가 말한 남자가 아무래도 그 노미라는 남자 같습니다."

아라이는 이번에는 숨을 참을 수 없었다.

"……확실한가요?"

"아는 분 중에 매스컴 관계에 있는 분이 있어서 부탁을 드려 노미라는 남자의 사진을 손에 넣었습니다. 그리고 고토에게 보여 줘서 확인을 했습니다."

고토에게 눈을 돌리자 운전기사는 가볍게 끄덕였다.

"틀림없습니다. 그 남자입니다."

아라이는 크게 숨을 내쉬었다. 믿을 수 없는 이야기였다.

노미 가즈히코가 사건 전에 루미의 주위를 서성거렸다? 그런 일이 일어날 수 있을까?

가즈히코가 경영하던 농아시설은 자금 문제로 곤란을 겪고 있었고 그런 상황에서 장애인 지원 활동을 열심히 하는 부자 아가씨에게 돈을 조른다. 여기까지는 이해할 수 있다.

그러나 왜 그 상대에게 스토커 행세를 해야 했던 걸까? 기부를 거절했다는 이유로? 아니면 개인적으로 흥미를 갖게 돼서?

한 가지 신경이 쓰인 것은 그 시기와 한가이가 말한 '루미가 몹시 우울하기 시작한 때'가 겹친다는 점이었다.

확실히 스토커가 따라다닌다고 하면 충분히 고민의 원인이 된다. 그러나 만약 그랬다면 가장 먼저 한가이에게 상담을 해야 하는 것이 아닌가. 아니면 부모에게라도. 상담만 하면 경찰에 연락을 하고 경비를 강화하고 상대의 신분을 조사해서 바로 대응을 해 줄 터였다.

루미가 그런 태도를 취하지 않은 이유는 무엇일까. 존재를 알아차리지 못했다면 '무척 우울한' 이유가 성립하지 않는다. 알아차렸지만 주위에는 비밀로 했다는 것인가.

그렇다고 하면 가즈히코의 존재가 혹은 녀석이 다가온 이유가 주위에 알리고 싶지 않은 종류의 무언가가 된다. 알리고 싶지 않은 이유, 그것은 몬나밖에 없다.

그러나 여기까지 온 아라이의 생각의 꼬리는 벽에 부딪혔다. 루미가 몬나를 숨겨 준 것은 당연히 사건이 일어난 뒤의 일이다. 사건 전에 그녀와 몬나의 접점은 없다. 가즈히코가 몬나를 이유로 루미에게 다가오지는 않았을 것이다…….

"괜한 걱정이라고 생각하시나요?"

생각에 잠긴 아라이를 오해했는지 미도리가 쓴웃음을 지으며 말했다.

"아니요."

"과잉보호라고 웃으실지도 모르겠습니다만, 저희는 걱정이 됩니다, 그 아이가요. NPO 활동을 열심히 하는 것은 좋지만 무언가 위험한 일을 하고 있는 것은 아닌지……."

이미 법을 어기고 있다고는 입이 찢어져도 말할 수 없었다.

"아이는 늦게 생길수록 귀엽다고 하잖아요. 딱 그대로입니다." 소이치로가 쑥스럽다는 듯 말했다. "딸애는 오랫동안 아이가 생기지 않았던 우리들에게 마침내 하늘이 내려 주신 아이였습니다. 아라이 씨, 부디 그 아이를 잘 부탁드립니다."

"우리 아이도 아라이 씨를 아주 신뢰하고 있는 것 같습니다."

아라이를 향해 머리를 숙이는 두 사람으로 인해 곤혹스러워졌다. 한가이도 그렇고, 부모도 그렇고 뭔가 오해를 하고 있다.

"아니, 저는 그렇게 신뢰를 받을 일을……."

"아니요. 알 수 있습니다." 소이치로가 고개를 저으며 이쪽을 바라봤다. "그 아이가 그렇게 보여도 조심성이 많습니다. 누구에게도 마음을 허락하는 일은 없었습니다. 그런데 아라이 씨는 처음부터."

"맞아요." 미도리도 끄덕였다. "아라이 씨가 NPO 활동에 참가해 준다고 정해졌을 때 그 아이, 기쁜 듯이 저희들에게 말했는걸요. '계속 찾던 사람이 우리와 함께해 주기로 했다'고."

"계속 찾던 사람……?"

"아라이 씨 같은 분을 찾고 있었다는 의미겠지요. 그러니까 아라이 씨라면 다른 사람에게는 말할 수 없는 일도 의지할 수 있다는 뜻이 아닐까라고……."

"말씀은 정말 감사합니다만." 아라이는 고개를 흔들었다. "과대

평가이십니다."

진심이었다.

"모쪼록 우리 아이, 잘 부탁드립니다."

두 사람은 일부러 현관까지 배웅을 나왔다. 긴 복도를 걷는 사이에 아무 생각 없이 뒤를 돌아보자 부부는 아직 그 자리에 계속 서 있었다.

그곳에는 거대 그룹사를 창립한 사람의 얼굴이나 상류 계층에 있는 부인의 모습이 아니라 그저 딸을 걱정하는 노부부의 모습만 있었다.

며칠 후 아라이는 의원회관 근처 카페에서 고니시와 마주했다.

데즈카 부부에게서 들은 이야기를 간결하게 전하자 비서는 "흐음." 하며 끄덕였다.

"그렇군요. 확실히 시기는 일치합니다."

왜 루미가 그 일을 한가이에게 이야기하지 않았는지에 대한 질문은 입에 올리지 않았지만 고니시는 만족한 듯했다.

"수고하셨습니다. 그럼 아라이 씨의 부탁도 검토해 보겠습니다."

고니시는 정중하게 말을 하고 계산서를 들고 일어섰다.

고니시와 헤어진 그 길로 사이타마의 이루마入間로 향했다. 오늘 통역 업무는 없었다. 하루 온종일 해마의 집에 대해서 조사를 할 생각이었다.

해마의 집은 이루마 강을 따라 뻗은 국도를 타서 역을 향해 북동쪽으로 차로 10분 정도 이동한 곳에 있었다. 이루마 시와 사야마 시는 밀접해 있었고 시체가 발견된 보행자 전용 공원은 엎어지면 코 닿을 곳에 있었다.

건물은 생각보다 훨씬 작았다. 입소시설이라기보다 작은 기숙사 같았다. 이미 전화로 '아이를 입소시키려고 하는 부모'로 가장해서 견학 신청을 해 두었다.

마중 나온 50세가량으로 보이는 사무국장은 붙임성 있게 시설 내를 안내하면서 운영 방침이나 입소 생활 실제 모습 등에 대해서 설명했다.

호, 그렇군. 그건 그렇죠. 그런 맞장구를 치면서 시설 안이나 때때로 지나치는 직원과 아이 들의 모습을 관찰했다. 사무국장의 웃는 얼굴과는 반대로 그들은 모두 어두운 표정으로 눈도 마주치지 않았다.

"지금 생활하는 아이들은 몇 명인지……."

"올해 재적 아동은 전부 열 명입니다. 초등부 두 명, 중등부 다섯 명, 고등부 세 명입니다. 직원은 비상근을 포함해서 여덟 명이고요."

규모가 작다고는 해도 열 명이라는 입소자 수가 적다는 느낌이

들었다. 예전 홈페이지에서 조사했을 때에는 마흔 명에 가까웠다고 했었다. 그 수는 과거의 숫자였던가.

특히 초등부가 두 명이라는 점은 요 몇 년 동안 입소자가 격감했다는 의미이다. 혹은 대거 퇴소를 했다던가. 경영상 어려움의 원인은 그 어디쯤에 있을지도 모른다.

"초등부 아이가 적은 것 같은데 이유라도 있나요?"

"아니요, 특별히…… 딱히 이유 같은 것은 없습니다만……."

사무국장의 대답이 갑자기 모호해졌다.

"그렇습니까."

"네……. 그럼 대략적으로 보셨을 테니까……."

불안해하며 침착하지 못한 태도가 신경이 쓰였다. 그렇다면 더 밀어붙여 볼까.

"그러고 보니 이쪽 이사장님에게 안 좋은 일이 있었다고 들었습니다만."

"아아……." 사무국장의 이마에 커다란 땀방울이 맺혔다. "알고 계셨나요? 하지만 신년도부터는 새로운 체제로 바뀌었기 때문에 염려하지 않으셔도 됩니다."

상대의 동요에 한층 더 핵심에 다가섰다.

"돌아가신 원인이 운영 방침과 무슨 관련이라도?"

상대의 눈동자가 확 커지더니 이어서 노골적으로 불쾌한 기색을 여실히 드러냈다.

"당신, 진짜 입소 희망 부모 맞습니까?"

그때부터는 완전히 의심스러운 눈빛으로 바뀌기 시작했고 쫓겨나다시피 시설을 나왔다.

그다지 정보는 얻지 못했지만 이 시설에 역시 무언가 문제가 있다는 느낌은 확실히 받았다.

이어서 알고 싶은 것은 해마의 집에 대한 주변의 평판이었다. 가까운 주택가를 걸어가면서 어떻게 정보를 얻을지 궁리를 하고 있는데 눈앞에 있는 집 현관이 열리더니 나이가 좀 있어 보이는 주부가 에코백을 손에 들고 나왔다.

어린아이가 있을 것 같은 연령으로는 보이지 않았지만 멀뚱히 서성거리기만 해서는 도리어 수상하게 여길 것이다. 눈 딱 감고 다가갔다.

"실례합니다."

노골적으로 경계의 시선으로 바라보는 여성에게 재빨리 매스컴 관련 사람으로 가장했다.

"주간지에서 기사를 쓰고 있는 사람인데요, 저쪽에 있는 해마의 집이라는 시설을 알고 계신가요?"

"예, 알고는 있어요."

여성의 얼굴에 수긍하는 기색과 함께 호기심이 피어올랐다. 이사장이 살해당한 사건을 알고 있는 것이다.

"해마의 집 이사장님이 4월에 살해를 당한 사건은 알고 계시는지요. 사건에 대해서 알고 있는 것이 있다면 혹시 여쭤 봐도 괜찮을까요?"

"뉴스에서 보도된 내용 말고는 아무것도. 아직 범인은 잡히지 않았죠?"

"예, 그런 것 같습니다. 사건에 대한 것이 아니어도 좋으니 혹시 해마의 집에 대해서 아시는 것이 있나요? 시설 내에 일어났던 문제라든가."

"문제라고 할 만한 건 없었는데……."

여성은 안절부절못하듯 몸을 비틀었다. 무언가 알고 있다.

"어떤 내용이든 상관없습니다. 알고 계시다면 말씀해 주세요. 확실하지 않아도 괜찮습니다. 소문 같은 것이라도. 기사를 쓸 때는 확실히 진위를 확인한 뒤에 쓰도록 하겠습니다."

그 말에 안심을 했는지 여성은 "어디까지나 소문……일 뿐이지만요."라며 주위를 둘러보면서 말을 꺼냈다.

"꽤 옛날부터…… 16~17년 전 일인데, 그때도 시설 이사장이 살해를 당한 사건이 있었어요. 알고 있죠?"

"네, 그렇다고 하더군요."

'소문이라는 게 그건가.' 하며 내심 낙담했지만 표정에는 드러내지 않고 상대의 말을 기다렸다.

“그래서 이번에도 같은 게 아닐까 해서요.”

“같다고 말씀하신 게……?”

“그러니까.” 여성이 이해력이 부족한 아이를 가르치는 말투로 말하기 시작했다. “그때 같은 원인으로 살해를 당하게 아닐까 하고.”

“원인이라고 말씀하신 건…… 역시 ‘운영 방침을 둘러싼 보호자와의 트러블’이라는 말씀이시죠?”

“아니, 그게 아니고.” 여성이 주위를 다시 둘러보고 목소리를 죽였다. “이번에도 안에 있던 애가 학대를 당한 거 아니냐는 소문 말이예요.”

“학대…….”

생각도 못 했던 단어가 허를 찔렀다. 이번에도? 안에 있던 애?

“그건 그러니까.” 평정을 가장하면서 물었다. “입소해 있는 아이가 학대를 당했다는 말인가요? 그, 살해당한 이사장한테?”

그래도 목소리 톤이 올라갔는지 여성이 “쉿!” 하고 주의를 줬다.

“어디까지나 소문, 소문이에요.”

“그 소문이라는 건 지금? 아니면 17년 전?”

“일단 예전 이사장 때 그런 소문이 있었죠. 그때 이사장이 시설 아이, 여자아이를 학대해서…… 그래서 살해를 당했다는…….”

“그런 소문이…….”

"그래서 이번 사건도 똑같은 일이 일어난 건 아닌가 하는 거죠."

"그 학대라는 건 그러니까." 어디까지 신빙성이 있는지 확인해 봐야 한다는 자세로 돌아왔다. "성적학대, 라는 거죠?"

여성은 괴로운 듯 끄덕였다.

"무슨무슨 훈련 시간이 있어서 그때 이사장과 아이가 개별실에 둘만 남아서 그런 거라고. 그때……."

청각 능력 훈련. 바로 그 단어가 머릿속에서 떠올랐다. 홈페이지에 있던 설명.

청각 능력 훈련은 훈련실에서 전문 교육을 받은 직원과 1대1로 행해집니다.

그런 소문이 퍼졌다면 입소자가 줄어들고 경영이 힘들어지는 것도 당연했다. 동시에 심포지엄 대기실에서 고다마가 말했던 말이 떠올랐다.

—해마의 집의 실태를 폭로하기 위해서 취재하는 거 아니었어요?

분명 이 일을 가리킨 것이 틀림없었다.

"혹시 구체적인 사실을 알고 있는 분이나 더 자세한 일을 알고 있는 분은 안 계실까요?"

여성은 고개를 저었다.

"어디서부터 나온 소문인지도 몰라요. 알고 있는 건 다들 비슷비슷할 거예요. 젊은 엄마들은 예전 사건은 잘 알지 못하고……."

기사를 쓸 때는 절대 자신이 말했다고 쓰지 말라며 몇 번이나 요청한 여성과 약속하고 헤어졌다.

집으로 돌아가려던 발을 돌려 '현장'을 방문해 봤다. 보행자 전용 공원은 사야마 서 근무 당시 몇 번이나 옆을 지나간 적이 있었기 때문에 지도를 보지 않고도 찾아갈 수 있었다.

보행자 전용 공원은 그 이름대로 사야마 시를 횡단하는 형태로 대략 10킬로미터에 걸쳐서 철쭉나무나 황매화나무 등 수목이 심어져 있다. 꽃이 만발하는 계절에는 색색들이 선명하게 장식되어 나란히 깔려 있는 자전거 전용 도로에서는 사이클링을, 산책로에서는 산책을 즐기는 사람들도 붐볐다.

그러나 범행 시각인 밤 11시부터 새벽 2시가 되면 공원 주변의 도로에서는 자동차 통행도 줄어들 것이다. 보행자는 극히 드물지 않을까.

아라이는 요네하라가 말한 '목격자가 있다'라는 이야기를 생각해 냈다. 시민 경비대는 수상한 인기척을 발견하고 말을 걸었지만 상대가 알아차리지 못했다고 했다.

만약 그 사람이 몬나였다면 무엇이 어떻게 수상했던 걸까. 시민경비대원이 말을 걸 만한 어떤 행위를, 몬나는 하고 있었던 걸까.

그러나 결국 아무것도 얻지 못한 채 아파트로 돌아왔다.

주부에게서 들은 '소문'. 그것이 머릿속에서 떠나질 않았다.

신빙성을 확인할 방법은 하나밖에 떠오르지 않았다. 하룻밤 고민한 끝에 사야마 서로 전화를 걸었다.

"형사과 이즈모리 씨 계십니까?"

"이즈모리 순사부장* 말씀이십니까? 누구라고 전할까요?"

자신의 이름을 대면 전화를 연결해 주지 않을 것이라고 생각해 순간 이름을 댔다.

"몬나라고 합니다."

상대는 "몬나?"라고 앵무새처럼 되물은 후 "잠시만 그대로 기다려요."라며 당황한 목소리로 수화기 너머로 사라졌다.

10초가 지난 후 "전화 바꿨습니다. 이즈모리입니다."라고 흔치 않게 긴장한 기색의 목소리가 흘러나왔다.

"아라이입니다."

"……무슨 흉내야?"

순간 날카로운 목소리로 변했다.

* 한국 경찰의 경장에 해당하는 직급

"몬나 데쓰로에게 영장이 나왔습니까?"

"너랑은 상관없어."

"몬나 데쓰로의 거처를 알고 있습니다."

상대가 숨을 삼키는 것을 알 수 있었다.

"어디야?"

"영장이 나왔다면 말하겠습니다."

"너도 잡혀 들어오고 싶어?"

"이즈모리 씨에게 듣고 싶은 것이 몇 가지 있습니다. 만나서 이야기하시죠. 한 시간 후 신주쿠. 혼자 오십시오. 도착하면 휴대전화로 전화를 걸겠습니다."

"야, 기다려."

상대의 대답을 기다리지 않은 채 전화를 끊고 신주쿠로 향했다.

제9장

배신

이즈모리와는 백화점 옥상에서 만났다. 평일 저녁이기도 했고 안쪽 테이블에는 아이를 데려온 주부들이 수다에 흥을 올리고 있는 정도로 한산한 편이라 조용히 이야기하기에 딱 좋았다.

"정말 몬나 데쓰로의 거처를 알고 있는 거야?"

아라이의 앞에 앉으면서 동시에 이즈모리가 낮은 목소리를 냈다. 말한 대로 그가 혼자 온 것에 안심했지만 이상함도 느꼈다. 수사원은 두 사람이 한 조로 행동하는 것이 보통이다. 특히 수사본부가 세워진 사건이라면 소속 수사원은 현경 형사와 콤비로 묶인다. 그런데 처음 아파트에 방문해 왔을 때도 이즈모리는 혼자였다.

문득 전화로 대응했던 사야마 서 직원이 그를 순사부장이라고 불렀던 것이 생각났다. 17년이 지났지만 그의 계급은 전혀 변화가 없었다. 승진 시험을 아예 치르지 않았던 건가, 어쩌면 이러한 단독 행동이 승진을 막고 있을지도 모른다.

"놈은 혼자야? 아니면 가족이랑 같이 있나?"

재촉하는 이즈모리를 제지했다.

"그 전에 묻고 싶은 것이 있습니다. 첫 번째는."

"첫 번째?" 이즈모리의 얼굴에 노골적으로 분노가 드러났다. "웃기지 마. 네놈이 몬나를 숨기고 있어?"

"아니요. 거처를 알게 된 건 아주 최근의 일입니다. 그러니 이즈모리 씨에게 전하고자 연락을 한 거예요. 그런데 그 전에 그쪽도 알려 주셨으면 하는 것이 있습니다. 금방 끝납니다. 아니면 저를 체포해서 억지로 뱉어 내게 하시게요?"

강압적인 형사가 이쪽을 노려보았다. 불이라도 나올 것 같은 눈동자였지만 아라이는 냉정한 얼굴로 견뎌 냈다. 이 단계에서 자신을 체포할 수는 없다는 사실을 알고 있었다.

"……묻고 싶은 게 뭐야. 빨리 말해."

생각보다 빨리 이즈모리가 꺾였다.

"첫 번째는……."

막 얻은 '소문'에 대해서 물었다.

"17년 전 사건 당시 소문이 있었다는 것을 알고 계셨습니까?"

예상했던 질문이 아니었는지 이즈모르는 잠시 생각하는 동작을 했지만 바로 "알고 있었다."라고 인정했다.

"사실을 확인하셨습니까?"

"시간이 남아도는 주부들이 하는 이야기다. 범행 동기는 범인이 자백했고. 확인할 필요도 없었어."

조사하지 않았다? 그럴 수 있나? 아라이는 물고 늘어졌다.

"그래도 탐문 수사에서 얻은 정보는 있었겠죠. 알고 있는 것만이라도 좋으니 알려 주세요."

"17년 전이야. 그런 자잘한 정보를 하나하나 다 기억할 리가……."

"자잘한 정보 하나하나 전부 파헤쳐 가는 게 이즈모리 씨의 방법이잖아요."

이즈모리가 다시 노려보았지만 이번에는 그다지 감정이 담겨 있지 않았다. 그는 작게 숨을 내뱉고 이야기하기 시작했다.

"사실로 밝혀진 건 직원이 아이 앞으로 온 편지를 열어 봤다는 정도였어. 물론 그것도 충분히 사생활 침해에 해당됐지만."

"학대 건은."

"무슨 훈련이란 걸 할 때 이사장이 입소한 여자아이에게 성적학대를 했다는 소문이 있었던 건 맞아. 근데 사실인지 아닌지는 확인할 수 없었어. 목격증언이 있다는 말도 있었는데."

"목격증언이 있었습니까?"

흘려들을 수 없는 이야기에 몸을 내밀었다.

"그렇다고 해도 중요목격자로 특정할 수 없었어." 이즈모리는 시시한 듯한 얼굴로 말을 이어 갔다. "몇 번이나 학대 현장을 다른 여자아이가 목격해서 직원에게 호소했는데 이사장은 부정했고 오히려 통보한 애가 거짓말쟁이로 몰리는 상황이 돼서……."

"그렇게까지 알고 있는 여자아이를 왜 특정할 수 없었던 거죠?"

이즈모리는 기억을 떠올리려는 듯 얼굴에 손가락을 댔다. 그리고 "아아." 하더니 끄덕였다.

"그 학대 사실을 알린 여자애가 학대당한 아이의 여동생이었어. 그런데 조사해 보니까 자매로 입소한 사례는 없었어."

자매. 여동생. 아라이의 뇌리에 두 여자아이의 모습이 떠올랐다. 몬나의 면회에 나타난 어린 자매. 그러나 자매로 입소한 사례가 없었다니 어떻게 된 거지?

"이제 만족했나? 두 번째 질문은?"

방금 들었던 이야기에 아직 동요가 멈추지 않았지만 이 기회를 놓쳐서는 안 된다. 이즈모리가 오기 전까지 생각했던 일을 입에 올렸다.

"17년 전 사건 당시 시설 경비원이 있었습니다. 시체 발견자입니다."

"그래."

"그 남자는 지금 어디에 있습니까? 이야기를 듣고 싶습니다."

이즈모리의 미간에 큰 주름이 생겼다.

"너 말이야, 대체 무슨 짓을 할 생각이야? 17년 전 일을 끄집어내서 대체 뭘 어쩌고 싶은 거야?"

무엇을 확인하고 싶은지, 자신도 알 수 없었다. 그러나 차례차례 자신의 앞에 나타나는 새로운 사실을 가만히 지나칠 수 없었다.

적어도 17년 전 그 사건. 자신이 통역으로서 몬나의 진술서에 서명·날인한 그 사건이 17년이나 지난 지금 전혀 다른 모습을 드러내고 있다.

그렇다고 해도 아직 부족하다. 사건의 진상을 전부 알아내기에는 부품 몇 가지가 빠져 있는 듯한 기분이 들었다. 빠진 부분을 메우기 위해서는 무엇보다 사건을 상세하게 알고 있는 인물을 만날 필요가 있다.

"개인적인 문제입니다. 그때 경비원의 현재 연락처, 이즈모리 씨라면 조사해 주실 수 있으시죠?"

"……알았어. 조사해서 알려 주지." 이즈모리는 귀찮다는 듯 말했다. "이걸로 끝?"

"몬나의 신병을 확보할 때에는 반드시 제게 연락해 주세요. 그리고 취조에는 저를 통역으로 동석하게 해 주시기 바랍니다."

이즈모리는 눈을 부릅떴다.

"그런 건 못 해."

"저는 도립 통역 센터에 수화 통역사로 등록되어 있습니다. 자격으로는 아무런 문제가 없어요. 또 피해자와 이해관계도 없습니다."

"이해관계가 없다고?"

"그렇습니다. 그렇지 않으면 이런 자리를 생각하겠습니까? 알고 있는 사이라면 출두하지요."

이즈모리가 작게 신음했다.

"통역인지 뭔지 내 한마디에 결정이 되겠어?"

"그럼 이 자리에서 위쪽에 이야기를 넣어 주세요. 약속해 주시지 않는다면 알려 드릴 수 없습니다."

바로 이 부분이 당초의 계획을 바꾼 이유였다. 몬나를 설득해서 출두를 시키면 재판이 열릴 때 심증은 좋아진다. 그러나 그래서는 아라이가 피의자와 이해관계로 판단될 가능성이 높아 통역을 맡을 수 없다. 몬나의 통역은 누가 뭐라 해도 자신이 맡아야만 한다.

아라이를 노려보듯 바라보던 이즈모리였지만 결단은 빨랐다.

"……좋아. 네게 통역을 의뢰할게. 내가 책임을 지지." 그리고 이어서 말했다. "몬나는 어디 있지?"

아라이는 그곳을 말했다. 기숙사의 소재지. 몬나가 사는 방의 호수. 펠로십도 몬나가 사건의 중요참고인이 되었다는 것은 알지 못한 채 주거를 제공하고 있을 뿐인 선의의 NPO라는 설명을 앞서 해 둔 다음 장소를 알려 줬다. 이즈모리는 모든 이야기를 메모했고 틀린 곳은 없는지 다시 읽었다.

"틀린 데는 없습니다."

"신병 확보 일시가 정해지면 알려 주지."

이즈모리는 일어서서 자리를 떠났다. 재빨리 휴대전화를 꺼내는 뒷모습을 보면서 자신이 저지른 일의 의미를 아플 정도 느끼고 있었다.

몬나를 팔고 루미를 배신한, 그 무게를…….

아침에 일어나 바로 휴대전화를 체크했다. 이즈모리의 연락은 와 있지 않았다. 체포영장만이 아니라 조사영장도 함께 따낼 것이다. 사이타마 현경은 물론 경시청과의 협업도 필요할 것이다. 그렇게 되면 아마 빠르면 내일 정도일까.

내일은 스가와라가 직업 훈련 센터를 다니기로 결정이 나서 그의 집에서 축하 파티를 열자고 한 날이다. 몬나의 체포·수색과 엮이면 축하할 자리가 엉망이 되어 버린다. 루미도 그 모습을 눈앞에서 보게 될 것이고 경악할 게 틀림없다.

그러나 어쩔 수 없다고 아라이는 생각했다. 어떤 비난도 달게 받을 생각이었다.

휴대전화를 닫으려다 문득 요 며칠 미유키와 연락을 하지 않았다는 사실을 깨달았다. 생각해 보면 요네하라와 벌인 소란스러운 연극 이후 전화와 메시지 모두 주고받지 않았다.

그 이후로 정신없는 하루를 보내고 있어서 착신이나 부재중 전화에 신경을 쓰지 못했다. 그렇게 생각하면서 통화 이력을 확인해 봤지만 미유키의 연락도 없었다. 3일 정도 연락을 하지 않았다며 집까지 찾아온 그녀의 예전 행동을 생각해 보면 이상하기도 하다.

이미 출근했을 시간이었지만 휴대전화로 전화를 해 봤다. 역시나 전화는 부재중 메시지로 넘어갈 뿐이었다. 부재중 메시지를 남기지 않고 전화를 끊었다. 이력을 보면 전화가 왔다는 사실은 알 것이다. '그것보다도.'라며 연락이 끊어진 또 다른 사람을 떠올렸다.

몬나의 호적 건을 부탁한 고니시의 답변이 아직 없었다. 유능한 비서치고는 시간이 너무 오래 걸렸다. 고니시의 이름을 찾아 전화를 걸었다.

그러나 휴대전화 너머로 들려오는 건 "이 전화번호는 전화를 받을 수 없습니다."라는 메시지였다.

번호가 틀렸는지 확인해 봤지만 고니시의 번호가 확실했다. 다시 한 번 걸어 봤다. 그러나 역시 같은 메시지만 흘러나왔다.

수신 거부? 대체 왜…….

진위를 확인하려면 사무실로 전화를 거는 수밖에 없었다.

"네, 한가이 의원 사무실입니다."

시원시원한 말투로 전화를 받은 여직원에게 자신의 이름을 알리고 고니시를 바꿔 달라고 부탁했다.

잠시 뒤 다시 돌아온 직원은 "죄송하지만 지금 고니시 비서님이 자리를 비우셔서 혹시 전언을 남기시면 전달하도록 하겠습니다."라며 쌀쌀맞은 말투로 바뀌었다. 일방적인 거절에 화까지 나서 자신의 말투도 냉담해졌다.

"의뢰한 건에 대한 대답이 없다면 의원님에게 직접 부탁하겠습니다."

잘 알겠습니다. 돌아온 목소리는 더욱 무례했다.

고니시의 태도 변화가 신경 쓰이는 마음을 안은 채 일을 끝내고 아파트로 돌아왔다.

휴대전화가 울린 것은 자정을 지난 후였다.

'발신 번호 제한'이라는 글자가 화면에 표시되었다. 통화 버튼을 누르자 관서 지방 방언이 섞인 특유의 목소리가 흘러나왔다.

"전화를 하셨다고요."

"전화가 갑자기 연결이 되지 않아서요. 고니시 씨, 이건 무슨."

"이유는 말씀드릴 수 없지만 앞으로 당신과는 연락을 삼갈 생각입니다. 이 일은 의원님도 알고 계십니다."

"잠깐만요. 대체 왜……."

"한 가지 충고를 해 드리겠습니다." 고니시의 어투가 조금 변했다. "더 이상 쓸데없이 파헤치지 않는 편이 좋을 겁니다. 당신을 위해서예요."

아주 잠시 동안 나는 교류의 정을 느낄 수 있는 목소리를 남기고 전화는 끊어졌다.

쓸데없이 파헤치지 마라. 짚이는 곳은 몬나의 호적밖에 없었다.

그런데 대체 왜……?

그러나 그 일만 붙잡고 있을 여유는 없었다. 다시 휴대전화가 울렸고 이즈모리의 이름이 화면에 떴다.

바로 통화 버튼을 눌렀다.

"아라이입니다."

"내일. 이제 오늘이겠군. 오후 2시 결행." 서두도 없이 그렇게 알린 이후 이즈모리가 말을 이었다. "그리고 전에 말한 경비원 연락처 알았다. 불러 주지."

아라이는 서둘러 메모지를 가져와서 이즈모리의 입에서 나온 열 한 개의 숫자를 적었다.

"메모했어? 그럼."

끊으려는 상대에게 서둘러 말했다.

"한 가지 더 부탁드릴 게 있습니다."

"이봐, 적당히 해."

분노에 찬 목소리가 돌아왔지만 신경 쓰지 않고 말했다.

"몬나의 호적을 조사해 주십시오."

고니시가 안 된다면 이제 부탁할 사람은 이즈모리밖에 없었다.

"……뭐 때문에."

"지금 호적이 아닙니다. 과거에 두 번 정도 주소를 바꿨을 거예요. 그때의…… 가능하면 17년 전까지 거슬러 올라가서. 아마 호적을 정리한 흔적이 있을 것입니다."

"있으면 뭐 어쩌라고."

"일단 조사해서 결과를 알려 주세요."

"너 이 자식. 내가 무슨 심부름이나 하는 애송인 줄 알아?"

"부탁드립니다."

휴대전화 너머에서 큰 한숨이 들리고 그대로 전화는 끊어졌다.

잊어버리기 전에 메모한 숫자를 휴대전화에 등록했다. 17년 전 사건의 첫 번째 발견자. 무언가 새로운 정보를 끌어내면 좋을 텐데…….

'그 전에 내일이다.' 하고 몬나의 체포를 생각했다. 스가와라의 축하는 낮부터 시작할 예정이다. 아마 한 시간이면 끝날 것이다.

아무쪼록 몬나 체포 현장에 루미가 있지 않았으면 했다. 자신은 몬나와 동행을 해야 하기 때문에 그녀를 따라갈 수 없다. 역시 가타가이에게만 이야기해 둬야 할 것이다.

그리고 몬나. 정말 지금부터 체포 뒤의 일에 대해 모의를 하고 싶지만 이해관계자로 보이면 안 되기 때문에 그렇게는 할 수 없다.

몬나는 자신을 통역으로서 받아들여 줄 것인가. 아니 그에게 거부를 당하더라도 어떻게 해서든 자신이 통역을 맡아야 한다. 17년 전의 빚을 갚아야 한다.

이것저것 생각하는 동안 정신이 또렷해졌고 잠이 완전히 깨 버렸다.

잠시만이라도 몬나와 루미의 일을 잊고 싶었다. 이런 시간에 용건도 없이 전화를 걸 수 있는 상대는 한 명밖에 없다. 아직 일어나 있으리란 생각에 미유키의 휴대전화로 전화를 걸어 봤다. 그러나 역시 부재중 안내 메시지만 돌아왔다.

겨우 잠이 든 것은 밖이 밝아지기 시작했을 무렵이었다. 네 시간밖에 자지 못한 채 서둘러 준비를 하고 네리마로 향했다.

기숙사에 도착해서 스가와라의 방으로 향하는 사이 몬나의 방 앞을 지나갔다. 여느 때보다 조용했다. 그러나 슬쩍 확인한 전기 미터기가 돌아가고 있었던 걸로 보아 몬나 가족이 집에 있는 것은 틀림없었다.

스가와라의 방에 모인 사람은 아라이를 제외하고 루미와 신도, 가타가이로 캔맥주에 테이크아웃 초밥이라는 단출한 축하상 앞에 둘러앉았다. 그래도 직업 훈련 센터에 다닐 수 있게 된 것은 사회 복귀를 향한 확실한 첫 걸음이기 때문에 모두가 밝은 표정이었다.

도중에 담배를 피우러 베란다로 간 가타가이의 뒤를 따라 그에게 오늘 몬나의 체포가 이뤄진다는 사실을 전했다. 역시 가타가이도 놀란 표정을 보였지만 이쪽의 의도를 이어받아 〈자신도〉 〈동행한다.〉고 말해 주었다.

시각이 1시 30분을 지났을 무렵 가타가이가 재촉했다.

"*그럼, 슬슬 일어날까요?*"

신도도 "그럴까요."라며 허리를 들었지만 루미는 일어나려고 하지 않았다.

"저는 조금 더 있을게요. 여러분은 다음 예정이라도 있으신가요?"

"예, 좀……."

가타가이가 아라이에게 시선을 향했다.

"너무 스가와라 씨 댁에 오래 있는 것도 좀 그래서요."

그렇게 대답한 아라이에게 루미가 냉정한 시선을 보냈다.

"몬나 씨에게 가시는 건가요?"

가타가이가 놀란 얼굴을 했다. 신도도 얼굴을 이쪽으로 돌렸다.

"죄송하지만 몬나 씨 가족은 이미 이곳에 없어요."

아라이는 숨을 삼켰다. 설마.

방을 뛰어나가 복도를 달렸다. 몬나의 집 문 앞에 서서 손잡이를 잡았다. 잠겨 있지 않았다. 문을 열어 안으로 들어갔다.

방 안은 이미 텅텅 비어 있었다. 가구도 아무것도 없이 텅 빈 방 안에 선풍기만 의미 없이 돌아가고 있었다.

좁은 단칸방이었다. 찾을 것도 없었다. 몬나 일가는 도망쳤다.

놓아준 사람은 루미가 확실했다. 경찰에서 펠로십을 탐색하기라도 한 건지 위험을 알아차리고 먼저 수를 쓴 것이다.

확실한 범인 은닉. 이건 어떻게 해도 발뺌할 수 없다.

정신을 차려 보니 뒤에 루미가 서 있었다. 가타가이도 신도도 있었다. 두 사람 모두 사정을 듣지 못했을 것이다. 놀란 듯 비어 있는 방 안을 바라보고 있었다.

"……몬나 씨 가족을 어디로?"

아라이는 조용히 물었다.

"안타깝게도 당신에게 알려 줄 수는 없습니다."

루미도 동요하지 않고 대답했다.

"알려 주세요. 이대로는 데즈카 씨도 죄를 묻게 됩니다."

"그럴까요?"

루미가 살짝 아래를 향했다. 잘못 본 것인지 그 입가에 순간 미소가 떠오르는 기분이 들었다. 그러나 바로 고개를 들고 그녀는 아라이를 정면으로 바라봤다.

"아라이 씨, 당신에게 실망했어요."

루미는 자신이 몬나를 판 것을 알고 있었다. 몸에 열이 올랐다. 수치심인지, 굴욕인지. 어떤 감정인지 모른 채 간신히 입을 뗐다.

"왜, 왜 이렇게까지 하는 겁니까?"

루미는 표정의 변화가 조금도 없이 대답했다.

"몬나 씨는 우리의 소중한 가족이니까요."

그 눈이 쏘아보듯 아라이를 사로잡았다.

마치, '당신에게는 아니었네요.'라고 말하듯.

그때 아라이는 확실히 느꼈다. 예전 어딘가에서 그녀를 만난 적이 있다. 확실히 그 눈으로 자신을 바라본 적이 있다.

문득 그 말이 머릿속에 떠올랐다.

그렇다면 계산은 맞아떨어진다.

아아, 그렇군. 노미 가즈히코가 노미 다카아키의 아들이라고 깨달았을 때 생각한 것. 그 이후로 17년. 당시 10대 후반의 소년은 30대 중반이 되었을 터였다. 그렇다면 나이가 맞는다고.

그 말이 지금 떠올라서 어쩌라는 것인가? 왜 그 단어가 지금 머릿속에 떠오르는 것인가?

—지금 자신을 바라보는 루미의 눈동자.

그래, 닮았다. 그때 소녀, 몬나의 작은딸의 눈동자.

그 이후로 17년이 지났다. 당시 열 살 정도로 보였던 소녀는 지금 20대 중반 정도가 되었을 터였다.

그렇다면 계산이 맞아떨어진다. 루미는 지금 스물일곱 살이다.

멍청이, 그럴 리가 없잖아. 아라이는 바로 생각을 지워 버렸다.

그런 우연이 있을 리 없다. 찾던 소녀가 자신의 눈앞에 있을 우연이…… 아니, 정말 우연일까. 마음속이 술렁거리기 시작했다. 데즈카 미도리를 만났을 때 그녀가 무슨 말을 했던가.

—계속 찾던 사람이 우리와 함께해 주기로 했다.

루미가 자신을 그렇게 표현하지 않았던가.

찾던? 그 소녀가 자신을? 대체 왜. 무엇 때문에.

무슨 생각인가. 아라이는 다시 자신의 생각을 부정했다. 그런 일이 있을 리 없다.

부정할 만한 이유는 몇 가지나 있다.

그 소녀는 '농인'이었다. 그건 자신이 가장 잘 알고 있다. 그때 그 소녀의 수화. 틀림없이 '일본수화'였다. 선천적 농인만 사용하는 언어를 그 소녀는 사용하고 있었다. 루미가 농인이라는 것은…….

동시에 몇 가지 장면이 뇌리에서 플래시백처럼 떠올랐다.

처음 만났을 때 느낀 기묘한 안도감. 실제로 자연스럽게 농인의 특징을 익히고 있던 루미. 넘어진 아이를 바라보던 그녀. 설마…….

그렇게 생각하면 모든 것이 이해가 된다. 그녀가 수화를 절대 사용하지 않는 것. 할 수 있는데 사용하지 않았다면. 수화를 사용한 순간, 그녀가 어떤 사람인지, 주위에 드러나 버린다면.

데즈카 루미는, 그녀는…….

코다인가?

자신과 같은 '농인 부모 밑에서 태어난 들리는 아이'인가?

그렇다면 그녀는 무엇을 하려는 걸까? 자신에게 무슨 일을 시키려고 하는 걸까……?

기숙사를 나와서 심호흡을 한 번 쉬고 나서 휴대전화를 꺼내 번호를 눌렀다.

이미 형사들을 모아 이쪽으로 오고 있던 이즈모리에게 갖은 욕을 들었지만 가만히 견뎠다.

이즈모리에게 무슨 말을 들어도 상관없었다. 그러나 이제 몬나는 도망자로서 전국에 지명수배될 상황에 놓였다. 체포될 경우 이미 자신이 통역을 맡는 일은 불가능할 것이다. 그것이 걱정이었다.

그러나 그보다.

또다시 떠오른 생각. 루미가 그때 그 소녀, 몬나의 작은딸이 아닌가라는 의문이 머리에서 떠나지 않았다. '그럴 리 없다'는 생각과 '하지만'이라는 생각 사이에서 몇 번이나 흔들렸다.

루미가 양녀라는 이야기는 들은 적이 없다. 실제로 지난번에 만난 데즈카 부부가 말하지 않았던가.

—아이는 늦게 생길수록 귀엽다고 하잖아요.

—딸애는 오랫동안 아이가 생기지 않았던 우리들에게 마침내 하늘이 내려 주신 아이였습니다.

그건 거짓말이었던 걸까?

만약 루미가 양녀라면 그들은 세간에 딸의 출생을 위장하고 있는 것이 된다. 왜? 루미가 우발적으로 사람을 죽인 남자의 딸이라서? 세간에 그 사실을 알리고 싶지 않아서? 그러나 부부가 그런 편견을 가진 사람이라고는 생각할 수 없었다.

아니, 다른 누구보다 그녀 자신이.

17년 전 그 사건 후 데즈카 가족의 양녀가 되었다고 가정해 보자. 그러나 루미라면, 그리고 그 소녀라면, 가슴을 펴고 농인으로서 세상에 나왔을 것이다.

아니면 그렇게 하지 못하는 이유가 달리 있는 걸까?

진실을 확인하는 수단은 하나뿐이었다.

호적이다.

아라이의 귀에 관서 지방 방언이 섞인 목소리가 되살아났다.

—더 이상 쓸데없이 파헤치는 일은 하지 않는 편이 좋습니다.

루미와 몬나의 관계를 아는 '누군가'가 고니시가 호적을 조사하려고 하는 것을 알고 압력을 행사했다. 그렇게 생각하면 그 이해할 수 없던 태도 변화도 납득이 간다.

—이건 의원님도 알고 계신 일입니다.

한가이. 루미의 약혼자. 그는 알고 있는 건가? 루미가 양녀라는 사실을. 그리고 친부모가 누구인지를.

게다가 또 하나, 루미가 몬나의 딸이었다고 가정했을 경우 납득이 되는 부분이 있다.

죽은 노미 가즈히코가 그녀의 주변을 서성였다는 이야기. 목적에 대해서 뭔가 하나가 부족했는데 그러한 전제가 세워지면 앞뒤가 맞는다.

협박.

은퇴했다고는 하지만 덕망이 높은 그룹사 창업자의 외동딸이 사실은 양녀이고 친부가 과실치사를 저지른 전과자. 게다가 가족은 모두 농인인 데다가 데즈카 부부가 그것을 숨기고 있다고 하면 상당한 스캔들이 될 게 틀림없었다. 협박 소재로서 이보다 좋을 수 없었다.

—피해자는 사건 한 달 전부터 행동에 변화가 있었대. 갑자기 기분이 좋아지거나 돈이 생길 구멍이 생겼다고 말하고, 들떠서는 침착하지 못하고 기분이 안 좋아지기도 하고…….

언젠가 요네하라가 한 말도 그렇게 생각하면 이해가 된다.

그럼 가즈히코는 어디서 '그 사실'을 알아차린 걸까? 예전부터 알지는 않았을 것이다. 가즈히코가 루미에게 접촉해 온 시기는 소이치로의 이야기에 의하면 작년 말쯤이다. 알아차린 때는 아마 그 전…….

그렇군. 짚이는 곳이 생겼다. 수화 통역사 시험을 마치고 돌아가는 지하철 광고 화면에서 본 루미의 국제 채리티 상 수상 뉴스. 뉴스에서는 얼굴이 나오지 않았지만 다부치가 텔레비전이나 주간지에서도 취재를 했다고 말하지 않았던가.

가즈히코는 그때 루미를 본 것이다. 그리고 루미의 얼굴에서 17년 전 소녀의 얼굴을 봤다.

'하지만.' 하고 바로 그 생각을 부정하는 마음이 끓어올랐다. 17년 전에 열 살 정도였던 소녀의 얼굴과 지금 루미의 모습을 바로 연결할 수 있을까? 자신도 여태까지 두 사람을 같은 사람이라고 생각하지 못했다. 아니, 지금도 반신반의하고 있지 않은가.

가즈히코와 루미를 잇는 '무언가'가 분명 있다. 사건. 혹은 사람…….

아무리 생각해도 모르겠다.

생각으로 도저히 모르겠다면 행동을 하는 수밖에 없다. 이 수수께끼를 푸는 열쇠도 17년 전 그 사건에 있을 것이다.

다시 휴대전화를 꺼내 이즈모리에게서 들은 경비원 전화번호를 찾았다.

몇 번이나 전화를 해서 어렵게 연락이 닿은 상대는 수사 관계자도 아닌 아라이를 경계했지만 사례를 하겠다는 말에 그제야 만나겠다고 했다.

지노라는 남자는 60세를 넘긴 지금도 현역 경비원이었다. 해마의 집 숙직 경비일을 그만두고 나서는 민간 경비 회사에 등록하여 공사 현장 등으로 파견을 나간다고 했다.

휴일에 맞춰서 그가 사는 지역의 카페에서 만나서 이런 이야기를 한 차례 나눈 후 지노가 천천히 물어왔다.

"사례라는 건 얼마 정도?"

준비해 온 금액을 말하자 지노는 "흐으음." 하고 입을 살짝 삐죽거리더니 의자에 몸을 기댔다.

"뭐, 그래요. 그래서 뭘 묻고 싶다고?"

아라이는 바로 본론으로 들어갔다. 17년 전 사건 당시 보고 들은 것, 기억하고 있는 모든 이야기를 원한다고 말했다.

"또다시 거기서 살인사건이 있었다지. 뭐 그래서 나도 여러 가지 떠올려 봤는데……." 그는 젠체하는 듯한 말투였다. "똑같은 얘길 텐데, 그래도 괜찮겠어?"

"예, 어쨌든 지노 씨가 아시는 모든 이야기를 듣고 싶습니다."

"안다고 해도 뭐 대단한 건 아닌데……. 듣고 싶은 게 있다면 그쪽에서 먼저 질문을 해."

"그렇습니까. 그럼." 시간에 흐름에 따라서 질문을 하기로 했다. "이상한 변화를 알아차린 것은 언제였습니까?"

"11시 정각 순찰을 돌면서 이사장실 앞을 지났을 때 불이 켜진 채 문은 반쯤 열려 있었지. 그 전 10시 순찰 때는 그렇지 않았었거든."

"그래서 안으로 들어가 보니 이사장의 시체가 있었다?"

"그렇지. 그때는 아직 죽었다고 생각하지 않아서 서둘러서 구급차랑 경찰을 불렀고……."

"그전에 순찰을 돌았을 때 이사장실에 인기척은 없었습니까?"

"없었어. 불도 꺼져 있었고 대화 소리도 안 들렸고."

그러나 대화 소리가 없었기 때문에 사람이 없었다는 이야기는 이번 경우에 성립되지 않는다. 가해자는 처음부터 말을 할 수 없는 사람이다. 노미 다카아키와 몬나는 아마 수화로 대화를 했을 것이다.

"수상한 인물도 목격하지 않았다고 하셨는데."

"아니? 봤어."

"예?"

"봤다는 말은 정확하지 않으려나? 이사장이 쓰러져 있는 걸 발견한 후에 바로 뒷문으로 누군가가 도망쳤어."

처음 듣는 이야기였다. 당시 아라이가 본 것은 몬나의 진술서뿐이었지만 거기에는 경비원에게 도망치는 모습을 목격당했다는 내용은 없었다.

"모습은 보지 못하신 거죠?"

"응, 못 봤어. 인기척이랑 소리만. 나도 따라가려고 했는데 일단 이사장이 일각을 다투는 상황이었으니까. 경비 매뉴얼에도 신고가 우선순위로 나와 있고, 그래서 그렇게 했지."

지노는 변명하듯 말한 다음에 조금 억울하다는 얼굴로 중얼거렸다.

"그래도 그때 크게 소리치는 게 아니라 조용히 쫓아갔다면 잡았을지도 몰라."

—지금, 뭐라고?

"크게 소리를 쳤다고요?"

"응. 인기척을 느껴서 순간 '누구야!' 하고 소리 질렀지. 그랬더니 그놈이 서둘러서 도망쳐 가지고……."

"잠깐만요." 서둘러 지노의 말을 막았다. "그 인물이 목소리를 듣고 도망쳤다는 말입니까?"

"맞아."

"그건 이상하네요."

지노는 '뭐가?'라는 얼굴로 이쪽을 바라봤다.

"범인은 농인입니다. 즉 귀가 들리지 않아요. 목소리에 놀라서 도망칠 리가 없습니다."

"그건 내가 알 바 아니지." 지노는 불만이라는 듯 입을 내밀었다. "어쨌든 나는 '누구야!' 하고 소리쳤어. 그리고 바로 뒤에 달려가는 발소리가 들렸다고. 그건 진짜야. 경찰에게도 말했어."

이해할 수 없었다.

물론 몬나가 도망칠 때와 지노가 소리친 타이밍이 우연히 일치했을 수도 있다. 경찰도 아마 그렇게 판단했던 것이다.

아니, 처음부터 고려조차 하지 않았을지도 모른다. 경찰은 일부러 시나리오를 뒤엎을 증언을 채용할 생각이 없었다.

그러나.

—도망친 건 내가 소리친 다음이야. 틀림없어.

자신만만한 지노의 말을 무시해도 되는 걸까.

그의 말은 범인이 귀가 들리는 인물이라는 말과 같은 의미이다.

즉 몬나는 범인이 아니다.

그 후 '소문'에 대해서도 물었지만 그에 대한 것은 지노는 모르는 일이라고 했다.

사례를 하고 지노와 헤어진 후에도 그가 했던 말이 머릿속에서 떠나지 않았다.

범인이 귀가 들리는 인물이라는 가능성. 만약 그렇다면 몬나는 누군가의 죄를 뒤집어 쓴 것이 된다.

몬나가 대신해서 죄를 쓸 만한, 그리고 귀가 들리는 인물.

아라이가 아는 한 그 인물은 한 명밖에 없다.

제10장
가족

커튼을 열자 하늘은 지금이라도 쏟아질 것 같은 무거운 구름이 덮고 있었다. 며칠 동안 맑은 날이 계속돼서 알아차리지 못했지만 이제 곧 장마가 시작될 시기였다.

오늘도 일어나서 바로 휴대전화를 확인했지만 아무런 연락도 오지 않았다. 그 이후 미유키에게는 몇 번이나 전화를 하고 메시지도 남겼다.

답장이 없는 것은 그녀의 의지였다. 원인도 대충 짐작이 갔다. 미와를 추궁했는지 공원에 있던 사람들에게 물었는지, 어쨌든 그날의 소동이 아라이의 설명과 다른 일이었음을 알아차렸을 것이다. 그렇다고 하면 그 소동의 주역에 대해서도 바로 깨달았음이 틀림없다. 요네하라와 연락을 해서 아라이와 전남편이 했던 거래의 진실을 알았다……. 미유키가 아니라도 연락을 끊는 것은 당연했다.

미유키를 찾아가서 무릎 꿇고 사과하며 용서를 빌어 마땅한 일이다. 그러나 아라이는 할 수 없었다. 자신이 한 일을 설명해야 한다. 설령 모든 이야기를 한다고 해도 미유키가 이해를 해 줄 리 없다.

센터로 들어온 통역 업무를 끝내고 그 길로 사야마로 향했다. 이제 와서 '현장'을 다시 둘러본다고 해서 새로운 증거를 발견한다거나 하는 일은 없겠지만 어쩐지 움직이지 않으면 진정이 되지 않았다.

해가 점점 길어졌다고는 해도 오후 7시가 지난 시간, 공원에 도착해 보니 이미 주변이 어둑어둑해졌다. 두 번째로 방문한 보행자 전용 공원은 낮에 방문했을 때와는 전혀 다른 모습이었다.

주변 도로를 왕래하는 자동차가 줄어들 것이라고는 예상했지만 가로등도 생각보다 훨씬 적었다. 통행인도 거의 없었다. 이러한 상황이라면 간혹 누군가를 봤다고 해도 떨어져 있으면 얼굴은 물론 풍채를 판단하기조차 어렵지 않은가. 시민 경비대에게 피의자 대질을 해서 무언가를 알아낼 수 있을지 의문이었다.

그렇다고 해도. 아라이는 고개를 갸웃거렸다. 경비대원은 왜 말을 걸었을까. 확실히 지나다니는 사람이 적은 시간이라고 해도 그것만으로 말을 걸 이유는 충분하지 않다. 그때 몬나는 여기에서 무엇을…….

그때 문득 그 가능성이 떠올랐다.

어쩌면 자신은 큰 착각을 했을지도 모른다.

경비대원이 말을 건 이유. 그건 어쩌면…….

가능성을 확인하기 위해서는 해당 남성을 만나야 한다. 어디로 가야 알 수 있을까. 떠오른 것은 가장 가까운 경찰, 사야마 서였다.

전화로 물어봤자 개인정보를 쉽게 알려 줄 수는 없을 것이다. 그렇다면 직접 담판을 지을 수밖에 없다. 아라이는 퇴사를 하고 나서 처음으로 예전 직장을 방문했다.

청사 문지기조차 모르는 얼굴이었지만 안으로 들어서면서부터는 서서히 아는 얼굴이 스쳐 지나갔다. 다행히 이쪽을 알아보는 사람은 없었고 누구 하나 그를 불러 세우는 일 없이 계단을 오를 수 있었다.

시민 경비대를 관할하는 생활 안전과로 가는 길에 교통과 구역이 있었다.

얼굴을 숙이고 지나갈 수는 있었다. 그러나 이곳으로 오겠다고 마음먹은 순간부터 아라이는 그녀를 만나기로 결심했었다. 무시를 당해도 좋다, 욕을 먹어도 괜찮다. 이런 식으로 끝나는 것은 그도 바라지 않았다.

"실례합니다."

교통과 창구에 다가서자 신참으로 보이는 젊은 여직원이 일어서서 "무슨 일로 오셨나요?"라며 카운터를 사이에 두고 물었다.

안쪽에서 컴퓨터를 보고 있는 미유키의 모습이 눈에 들어왔다.

"안자이 미유키 씨를 만나러 왔습니다. 아라이라고 합니다."

직원은 약간 수상하다는 표정을 보였지만 "잠시만 기다리세요."라며 자리로 돌아가 미유키에게 말을 전했다. 미유키가 얼굴을 들어 이쪽을 봤을 때 아라이를 알아차린 직원 몇 명이 서로 귓속말을 나눴다.

"뭐 하러 왔어?"

험악한 얼굴로 다가오며 미유키가 퉁명스럽게 말했다.

"여기에 볼일이 있어서."

대답하자 그녀는 뭔가 깨달은 얼굴로 작게 끄덕였다.

"아직 사건 조사하고 있구나."

질렸다는 듯한 목소리였다.

"오늘 몇 시에 끝나?"

생각하기도 전에 말이 먼저 나왔다.

"정확하게는 몰라."

관공서 스케줄은 파악하고 있다.

"오후 업무라고 해도 7시 30분이면 나올 수 있잖아."

"그래서?"

미유키가 노려보는 시선으로 바라봤다.

"이 근처에서 기다려. 얘기하자. 미안하지만 보육원에는 마중이 조금 늦는다고 말해 줘."

"뭐야, 자기 마음대로." 길게 째진 눈이 한층 더 올라갔다. "할 얘기 없어."

"나는 있어."

아라이의 말에 순간 미유키의 표정이 변했다.

"지금까지의 일, 전부 말할게." 아라이는 미유키의 눈을 바라봤다. "전부."

딱딱한 표정 그대로 아라이를 바라보던 미유키는 이윽고 "알았어."라며 승낙했다.

"15분 뒤에 끝나. 어디 가서 기다리고 있어. 문자로 어디에 있을 건지 알려 줘."

사무적으로 말하고 자리로 돌아갔다. 직원들의 호기심 어린 시선을 받으면서 아라이도 그 자리를 떠났다.

생활 안전과로 가자 아는 얼굴은 더 많아졌다. 자신의 이름을 말할 것도 없이 고참 방범계장이 얼굴색이 변해서 쏜살같이 다가

왔다.

“어이, 아라이, 무슨 일로 왔어?”

“궁금한 게 좀 있어서 왔습니다.”

“잘도 뻔뻔하게 너……. 잠깐 이리 와.”

사람들 눈에 띄지 않는 곳으로 데려가려는 것을 제지하고 아라이는 말했다.

“용건은 바로 끝납니다. 이리소入曾 지구 시민 경비대 이름과 연락처를 알려 주실 수 있습니까?”

“뭐 때문에.”

“알고 싶은 사정이 있습니다.”

“그러니까 뭐 때문에 그걸 알고 싶냐고. 그리고 그런 걸 원래 알려 줄 수 있을 리가……”

“알려 주지.”

뒤에서 들리는 목소리에 돌아봤다.

키 작은 이즈모리가 그곳에 있었다.

“너한테 연락을 할 참이었다. 잘됐네.”

격분한 방범계장을 말리고 아라이를 옥상으로 부른 이즈모리는 평소와 똑같은 지루한 얼굴로 그렇게 말했다.

“제게 연락을?”

의외였다. 몬나를 놓친 일로 실컷 욕을 먹은 상대이기에 이제 연락은 없을 것이라고 생각했다.

"그래. 몬나의 호적을 뒤져 봤거든."

'맞다.' 하고 기억이 났다. 몬나의 호적에 대해서 조사해 달라고 부탁했었다. 부탁을 했던 지난날의 자신의 입을 꿰매고 싶은 심정이었다.

"17년 전 노미에게 학대를 당했다는 여자아이 소문이 있었지. 언니가 학대를 당하고 있는 것을 여동생이 목격했다는 그거." 난간에 기대어 먼 곳을 보면서 이즈모리가 말했다. "그 자매가 몬나의 딸들이고. 그게 네가 그린 그림이야?"

"있었던 거죠? 딸이 또 한 명……."

자신도 모르게 목소리가 올라갔지만, 이즈모리는 대답 없이 아라이에게 물었다.

"언니가 학대를 당하고, 게다가 여동생은 거짓말쟁이라고 소문이 나고 머리끝까지 열 받은 몬나가 노미 다카아키를 살해했다. 너는 그렇게 생각하고 있는 거야?"

확실히 그렇게 생각했었다. 지노의 이야기를 듣기 전까지는. 하지만 지금은…….

"몬나는 딸이 학대를 당한 사실을 세간에 알리고 싶지 않았어." 이즈모리는 말을 이어 갔다. "그래서 그 '동기'를 숨겼지. 그래서 딸을 입양을 보내고 호적에서 말소시켰어."

아라이는 긍정도 부정도 하지 않았다.

"그런데 왜 그렇게까지 할 필요가 있었지?" 난간에 기대고 있던 이즈모리가 몸을 이쪽으로 돌렸다. "게다가 양녀로 보낸 쪽은 언니가 아니라 동생이야. 그게 무슨 의미야? 대답해. 이 호적이 이번 사건과 어떻게 연결되어 있는 거야."

아라이는 가만히 있었다. 이즈모리는 아직 중요한 정보를 말하지 않았다. 그 정보를 말하기 전까지는 자신도 아무것도 말할 수 없다.

그 사실을 알아차렸는지 이즈모리가 문득 말했다.

"데루코."

갑자기 튀어나온 단어에 의미를 파악할 수 없었다. 데루코? 그건, 그러니까…….

"양녀로 보낸 딸의 이름이다. '빛나는 아이'라는 의미의 데루코輝子, 1984년 태생. 지금은 스물일곱이 됐겠네."

스물일곱. 루미와 같은 나이…….

그러나 이름이 다르다. 양녀가 되면 개명도 할 수 있었나. 아니, 이름을 바꾸는 건 상당히 까다로운 일이다. 그럼 루미는 애칭인가.

"17년 전 사건은 이제 됐어."

이즈모리의 말에 다시 정신을 차렸다.

"끝난 사건이다. 문제는 지금 사건이야. 말해. 네 생각을"

이즈모리가 자신을 바라보고 있었다. 어디까지 이야기해야 할까. 이 형사는 어디까지 사실을 파악하고 있는 건가.

"……노미 가즈히코도 그 아버지처럼 입소한 여자아이를 학대한 것은 아닌가요?" 아라이는 대답했다. "그것이 이번 사건의 원인이 된 가능성이 아닐까 생각하고 있습니다."

거짓말은 아니었다. 그렇게 생각한 것은 불과 얼마 되지 않았다.

이즈모리의 표정은 변하지 않았다.

"학대받은 아동 가족이 가즈히코를 죽였다는 건가? 17년 전 몬나가 그랬듯이?"

물어보면서 형사가 스스로 고개를 저었다.

"입소 아동의 부모, 형제, 친척, 가까운 지인. 전부 털었어. 전원 혐의가 없었어. 적어도 범인은 지금 입소한 아동의 관계자가 아니야."

"그래서 몬나의 범행이란 말인가요? 동기는 무엇입니까?"

"그건 네가 잘 알 거 아니야. 그러니까 호적을 조사해 달라고 한 거잖아?"

이즈모리는 아라이를 응시했다.

"가즈히코도 아버지처럼 입소 여아에게 학대를 한 게 아니냐, 너는 그렇게 말했어. 그건 '지금' 사건을 말하는 거야?"

이즈모리를 쉽게 봤던 걸 후회했다. 역시 이 남자는 우수한 형사였다. 왜 계속 순사부장에 머물러 있는 것인가.

"17년 전 가즈히코는 열일곱 살. 아버지가 했던 행동을 보고 따라 하기에 충분한 나이였다."

어느샌가 이즈모리의 말투에는 시비조가 지워져 있었다.

"가즈히코는 당시 아버지와 같이 아동을 학대했다. 아버지와 같은 상대를. 그 사실을 17년이 지난 지금 그 여자아이의 부모가, 그러니까 몬나가 알았다. 그래서 가즈히코를 처리했다. 아버지와 같은 꼴로 만들었다. 지금까지 동기만 확실하지 않았어. 그렇게 생각하면 모든 게 딱 맞아떨어져."

아라이는 이즈모리를 바라봤다.

이 남자는 자신이 지적하기 전까지 '학대' 소문에 주목하지 않았다. 적어도 이번 사건이 일어나고 나서 다시 조사를 했던 것이 분명하다.

'그냥 소문'이라고? 대단히 교활한 사람이다.

게다가 이즈모리는 한 가지 거짓말을 하고 있다…….

"몬나가 아니잖아요?"

아라이가 무심코 꺼낸 단어에 이즈모리는 허를 찔린 표정을 지었다.

"이즈모리 씨가, 경찰이 쫓고 있는 사람은 처음부터 몬나 데쓰로가 아니었군요. 저는 엄청난 착각을 하고 있었네요."

이즈모리가 이쪽을 주시하고 있었다.

"여자잖습니까. 당신들이 쫓고 있는 사람은."

형사의 시선이 아주 잠깐 움직였다.

"사건 당일 밤, 현장에서 목격을 당했다는 사람은 젊은 여자였다. 그 시간에, 사람도 없는 장소에 젊은 여자가 혼자서 걷고 있다면 누구라도 이상하게 생각한다. 그래서 시민 경비대는 말을 걸었다. 아닙니까?"

"그렇군. 그래서 시민 경비대 이름을 알려고 한 건가?"

이즈모리가 입가에 웃음을 띠웠다.

그래, 처음부터 경찰의 표적은 거기에 있었던 것이다.

—남은 건 원한, 치정 갈등. 그쪽이 유력하대.

—부인은 바람을 의심했다더군.

조금 더 빨리 알아차렸어야 했다. 알아차리지 못하면 안 되는 부분이었다.

"그 여자는 자신을 부르는 목소리를 무시했다." 아라이는 말했다. "아니, 들리지 않았다. 젊고 귀가 들리지 않은 여자. 그리고 동기가 있다면 한 사람밖에 없다."

피의자가 그녀라면 범행 동기는, 사건 배후는 전혀 다른 양상을 보인다.

가즈히코는 살해당하기 전 무엇을 하려고 했을까.

가즈히코는 왜 살해를 당해야만 했을까.

이즈모리는 가만히 아라이의 시선을 받아내고 있었다. 이제 연기는 그만두자고 말하는 듯. 아라이는 이어 갔다.

"몬나 사치코. 17년 전 노미 다카아키에게서, 그리고 그의 아들 가즈히코에게서 성적학대를 당했던 입소 여아. 그녀가 피의자죠."

"……어제까지는." 이즈모리가 조용히 대답했다. "네 덕에 피의자는 두 사람으로 늘어났어. 아니, 오히려 그쪽이 진범일지도."

사치코의 여동생. 몬나 데루코.

그 한마디에 그들이 데루코와 루미를 연결 짓고 있지 않다는 것을 알았다. 루미의 알리바이는 이미 확인되었다. 데루코가 루미라면 그녀는 진범이 아니다.

사치코나 데루코의 소재지를 알게 되면 반드시 연락해라. 그렇게 말하고 이즈모리는 자리를 떠났다.

이미 8시였다. 바로 교통과로 갔지만 미유키는 20분이나 전에 나갔다. 그녀의 전화는 없었다. 전화를 했지만 부재중 메시지가 돌아올 뿐이었다.

미유키와 관계를 회복할 마지막 기회를 아라이는 날려 버렸다.

다음 날 아침, 옷을 갈아입으려고 할 때 재킷 주머니에서 무언가 떨어졌다. 집어 보니 루미의 결혼 피로연 회신용 엽서였다. 완전히 잊고 있던 피로연은 일주일 뒤로 다가와 있었다.

루미는 일주일 후 결혼한다.

아라이는 그 의미를 생각했다.

데즈카 부부의 호적 아래 있는 지금도 그녀의 호적에는 '친부모'로서 몬나 데쓰로와 기요미의 이름이 기입되어 있을 터였다. 한가이와 결혼하여 새로운 호적에 들어간다고 하더라도 이는 변하지 않는다. 그런데도 그녀는 새로운 호적이 새로운 가족이 필요했을지 모른다. 애칭도 오랜 기간 사용해 왔다면 개명이 허락된다고 들은 기억이 있다.

새로운 호적과 이름을 손에 넣고 그녀는 이번에야말로 과거와 결별할 수 있다.

완벽한 시나리오가 아닌가.

엽서를 손에 들었다. 그녀는 과거와, 몬나 데쓰로·기요미·사치코라는 '가족'과 영원한 이별을 고하게 된다.

아라이의 뇌리에서 두 소녀가 되살아났다. 구류 중이던 아빠를 엄마와 함께 접견하러 온 어린 자매. 손을 맞잡아 어깨를 나란히 하고 불안함 가득한 얼굴로 부모가 대화하는 모습을 가만히 주시하던 두 소녀의 운명은 그 일을 계기로 크게 나뉘었다.

그리고 지금 여동생은 '가족'을 버리려고 하고 있다…….

엽서를 찢고 세면실로 들어갔다.

세수를 하려는데 아이들의 노랫소리가 밖에서 들려왔다.

창문 너머로 바라보니 건너편에 있는 유치원 정원에서 원아들이 율동과 함께 노래를 부르고 있었다. 여기도 운동회인가.

반짝반짝 작은 별 아름답게 비치네
동쪽 하늘에서도 서쪽 하늘에서도

아라이도 어린 시절 부른 기억이 있다. 우리말로 된 가사가 있긴 하지만 원곡은 외국 노래가 아닌가.

그 광경을 바라보면서 노래 작곡이라는 것은 언뜻 수화와 비슷한데 묘하게 다르네, 하고 생각했다.

'반짝반짝 작은 별'이라는 부분에서 손바닥을 팔랑거리는 동작은 수화에서 '타오르다'라는 의미이다. 수화에서 '별이 빛난다'라는 말은 손을 머리 위로 올려 쥐었다 폈다 해서…….

그 순간 갑자기 하나의 광경이 떠올랐다.

몬나가 이쪽을 향해 손을 움직이고 있다.

그래, 몬나와 17년 만에 대면을 했을 때 일이다. 방을 나와 인사를 하려던 순간 몬나가 어깨 위로 오른손을 쥐었다가 폈다. 아라이는 헤어짐의 인사라고 생각해 머리를 숙였지만 루미는 방으로 돌아갔다.

아니다. 그것은 헤어짐의 인사가 아니었다.

그때 동작은 어깨 위에서 가볍게 쥔 손을 이쪽을 향해서 몇 번인가 폈던 수화는.

그것은 (비추다)라는 의미의 수화다.

—사인네임.

몬나 사치코의 사인네임은 (행복)이라는 수화였다.

그럼 몬나 데루코의 사인네임은?

그건 (데루輝=비추다)라는 의미를 표현하는 수화임이 틀림없다.

그때 몬나는 자신들에게 헤어짐을 고한 것이 아니었다.

루미를, 자신의 딸 데루코를 사인네임으로 불렀던 것이다.

그들은 지금까지도 가족이었다.

피로연에 참석하고 싶은데 지금이라도 괜찮을지 물어보기 위해 신도에게 전화를 걸자 오히려 신도는 "어라?" 하며 의아해했다.

"아라이 씨는 이미 참석하신다는 답을 주셨다고 데즈카 씨가 그러셨는데."

그런 답을 한 기억은 없었다. 그러나 피로연에 갈 수 있다면 굳이 파헤칠 필요는 없었다.

"그럼 참석하는 것으로 하죠."

그렇게 전화를 끊으려고 하자, 신도가 "저기, 이건 모두에게 전하는 말인데요." 하고 말하기 힘든 듯 덧붙였다.

"회장은 큰 곳이지만 피로연 내용은 평범할 거라 요리나 답례품도 거기에 맞춰서 간소하게 할 예정이라고 하니 알고 계세요."

요컨대 화려한 그릇에 어울리게끔 축의금 포장을 화려하게 할 필요 없다고 말하는 것 같았다. 배려에 대한 감사 인사를 하고 전화를 끊었다.

피로연 날까지 아무와도 만나지 않은 채 그저 오로지 생각에만 몰두했다.

자신이 지금 해야 할 일은 무엇일까. 그리고 궁리 끝에 내린 결론을 몇 가지 행동으로 옮겼다. 두 통의 편지를 보내고 망설임 끝에 마지막으로 전화 한 통을 걸었다.

제11장

최후의 수화

피로연 당일은 장마철이었음에도 맑은 날이었다. 딱 한 벌밖에 없는 경조사용 검은 정장을 옷장에서 꺼내 들고 걱정보다 묵은 냄새가 나지 않아 다행스럽게 여기며 몸에 걸쳤다. 장롱에 있던 옷을 가끔씩 꺼내서 그늘에 말리고 방충제를 교환하는 미유키의 모습이 떠올랐다.

빨리 나온 탓인지 피로연 시작 시간보다 30분이나 일찍 호텔에 도착했다. 다른 결혼식이 겹쳐 있는지 로비 소파에는 정장 차림의 손님이 많았다.

그 안에 아는 얼굴이 있었다.

의외의 인물이었지만 그다지 놀라지는 않았다. 저쪽도 아라이를 알아차리고 일어섰다.

사에지마 모토코는 평소처럼 웃는 얼굴로 맞이했고 양 주먹을 내리고 엄지손가락과 집게손가락을 구부려 대각선 아래로 힘을 줘서 내렸다. 그리고 아라이를 가리켰다(=변함없어 보이네).

아라이도 끄덕이며 대답했고 모토코를 가리킨 다음 엄지손가락과 집게손가락을 두 번 붙였다 떼고(=당신도), 오른 손바닥을 가슴 쪽을 향한 채 원을 그린 후 양 주먹을 내렸다(=건강해 보이세요).

인사를 나누고 모토코의 옆에 앉자 잠시 침묵이 찾아왔다.

이곳에 정장을 차려입은 두 사람이 당사자의 이야기를 하지 않는 상황은 아무리 생각해 봐도 부자연스러웠다. 아라이가 먼저 그녀의 이름을 꺼냈다.

〈데즈카 루미 씨와는 역시 아는 사이셨군요.〉

〈응.〉 모토코는 당연하다는 듯이 고개를 끄덕였다. 〈말 안 했었나?〉

모토코와 마지막으로 만난 것은 심포지엄 대기실이었다. 그때는 아직 몬나 사건과 루미를 연결 짓지 않았을 때였다. 그러나 루미의 모습을 회장에서 발견했을 때 알아차렸어야 했다.

농인 사회에서 모토코가 알지 못하는 일은 없었다. 그녀는 처음부터 모든 것을 알고 있었다.

〈그래서.〉 모토코의 얼굴이 이쪽으로 향했다. 〈뭔가 알아냈어?〉

조금 망설이다가 끄덕였다.

〈예. 대략적으로.〉

〈그래.〉 모토코는 아라이를 주시했다. 〈그래서 넌 어떻게 할 생각이야?〉

대답할 수 없었다. 이미 해야 할 일은 끝낸 뒤였다. 그렇게 대답하면 된다. 그러나 그렇게 말하려다 문득 자신이 돌이킬 수 없는 일을 해 버린 것은 아닌가 하는 생각에 사로잡혔다.

〈괜찮아. 대답하지 않아도.〉 모토코는 피식 웃으며 말했다. 〈네가 무슨 일을 하든, 우리는 어떠한 일이 있어도 그녀를 지킬 거야.〉

그리고 이어서 덧붙였다.

〈그녀는 우리의 가족이니까.〉

모토코와 나란히 회장으로 들어섰다. 열 테이블 정도로 나눠진 게스트 테이블에는 초대 손님의 네임카드가 놓여 있었다. 아라이는 모토코와 같은 테이블이었다.

테이블에는 이미 가타가이와 신도, 몇몇 펠로십 회원이 앉아 있었다. 그들은 모토코와 처음 만난 듯 긴장한 얼굴로 익숙하지 않은 일본수화로 자기소개를 했다.

《앉아요.》 모토코는 일본어대응수화로 응했다. 《일본어대응수화로》《말씀하세요.》

그 언어를 사용하는 모토코를 본 것은 처음이었다. 신도와 가타가이도 놀란 얼굴이었다.

《그렇게까지 놀라지 않아도 되는데.》

모토코의 얼굴에 쓴웃음이 올랐다.

《죄송합니다.》 가타가이가 변명하듯 서둘러 손을 움직였다. 《사에지마 선생님은》《일본어대응수화는》《사용하지 않으시는 줄》《알았습니다.》

《공적인 자리에서는》《사용하지 않습니다.》 모토코는 미소 띤 얼굴로 대답했다. 《하지만》《오늘은》《사적인 모임이니까》《모두가 공통으로 쓰는 언어에》《맞추는 건》《이상하지 않잖아요?》

테이블은 열 명이 앉을 수 있었고 아직 세 자리가 비어 있었다. 그리고 그 자리에는 네임카드가 없었다.

《누구 자리일까요?》

신도가 물었지만 아무도 대답하지 않았다. 가타가이는 이상하다는 듯 고개를 갸우뚱거렸지만 모토코는 시치미를 떼며 앞을 바라보고 있었다. 그 자리에 앉아야 할 사람이 누구인지 그녀는 분명 알고 있다.

이윽고 피로연이 시작되었다. 사회자가 피로연을 앞두고 이 자리에서 '혼인서약'을 시작하겠다고 알렸다. 초대 손님 중에는 이상하다는 듯 얼굴을 마주 보는 사람도 있었다.

사회자는 이어서 주인공을 소개했고 한가이와 루미가 나란히 입장했다. 화려한 등장곡과 엄청난 퍼포먼스는 없었지만 사실 그러한 연출은 필요 없음을 모두가 알 수 있었다. 심플한 순백의 드레스를 입은 루미는 어떠한 연출도 필요 없을 정도로 아름다웠다.

성대한 박수가 두 사람을 맞이했다. 조금 전까지 미간을 찌푸리고 있던 중년의 부인들도 "정말 예쁘네." 하고 속삭였다.

사회자의 진행으로 서약과 증인 의식을 거행했다. 서로의 맹세가 있고 사회자의 "여러분 이의는 없으십니까?"라는 질문에, 모두가 끄덕였다. "이의 없음!" 탁한 목소리가 날아들어 참석자들의 웃음을 터트리기도 했다.

반지 교환이 끝나고 드디어 축배의 순서가 되었다. 전원이 기립하여 사회자의 선창으로 축하의 말을 따라하며 건배를 했다.

이렇게 시작한 피로연은 신도가 말한 대로 간소하면서 마음이 따뜻해지는 행사였다. 양가 관계자로서 정재계의 거물들이 참석했을 터였는데 주빈은 지금까지 펠로십 활동을 지지해 준 복지 관계자나 봉사활동 사람들이었고 프로그램도 아이들이 부르는 노래나 감사의 메시지 위주로 이어져서 재계 사람이나 정치인이 앞으로 나서는 일은 없었다.

연회장이 화목해진 분위기에 휩싸였을 때 사회자가 고했다.

"신랑신부는 옷을 갈아입어야 하니 여기서 잠깐 퇴장하겠습니다."

지금까지의 흐름으로 보면 환복이나 화려한 촛불 점등식이라는 틀에 박힌 취향은 어울리지 않는 듯했지만 다른 내빈들은 신경 쓰지 않은 채 박수로 두 사람을 배웅했다.

루미는 계속 행복한 표정으로 연회장을 바라보고 있었고 신도를 비롯한 펠로십 직원들과 미소로 마주하기도 했다. 그러나 아라이와 시선이 마주치는 일은 한 번도 없었다. 그녀가 지금 무슨 생각을 하는지 이제부터 어떻게 할 생각인지 그녀의 태도에서 전혀 예측할 수 없었다. 그러나 하나만큼은 알 수 있었다.

그녀는 틀림없이 자신이 보낸 편지를 읽었다…….

환담 시간이 잠시 이어진 후 시계를 확인한 사회자가 마이크 앞에 섰다.

"이제부터 신랑신부가 다시 입장해서 여러분의 테이블을 돌도록 하겠습니다."

사회자의 말이 끝나는 동시에 연회장 조명이 꺼졌다. 기대로 가득 찬 분위기가 장내에 퍼졌다.

조용히 문이 열렸다. 주위에서 탄성이 흘러나왔다. 한가이는 새하얀 턱시도를, 루미는 상큼한 블루 칵테일 드레스를 입고 있었다. 두 사람의 손에는 캔들 전용 토치가 들려있었다.

한가이와 루미 두 사람은 천천히 테이블 하나하나를 돌기 시작했다.

테이블 위에는 투명한 액체가 담긴 미니 글라스가 놓여 있었다. 신랑신부는 미니 글라스에 들고 온 토치에 담긴 아쿠아 캔들을 천천히 따랐다. 그러자 글라스가 파란색으로 변하면서 빛을 내기 시작했다. 주위에서 탄성이 쏟아졌고 박수가 일었다.

"지금 보고 계신 것은 '루미 판타지아'라는 연출입니다."

사회자가 해설을 했다.

"루미 판타지아는 '빛을 내다, 반짝이다'라는 의미의 루미너스 luminous와 '환상곡'이라는 의미의 판타지아를 엮은 이름입니다. 마치 신랑신부처럼 아름다운 푸른빛 반짝임. 환상적인 연출을 즐겨 주시기 바랍니다."

박수가 한층 더 커졌다. 분명 참석자들은 모두 루미 판타지아라는 신기한 이 연출을 신부의 이름인 루미와 연관을 지었다고 생각할 것이다.

그러나 아라이는 진짜 이유를 알고 있었다. 화려한 연출을 좋아하지 않는 루미가 속물이라는 비난을 받을지도 모르는 이 캔들 점화를 선택한 이유는 딱 하나다.

자신은 언제까지나 반짝임을 잃지 않는 빛나는 아이라는 것. 그 이름을 준 사람들에게 보내는 감사의 마음.

그러나 그 메시지를 전달하고 싶은 상대는 아직 자리에 나타나지 않았다.

한가이와 루미 두 사람은 아라이가 앉은 테이블에 가까이 왔다.

두 사람이 인사를 하고 테이블 글라스에 아쿠아 캔들을 부었다. 글라스가 눈부시게 빛을 내며 반짝였다. 그 자세 그대로 잠시 멈춰 있는 두 사람에게 신도와 펠로십 직원들이 이때다 싶어서 디지털 카메라를 들이댔다.

카메라를 향해서 루미가 미소 지었다. 그때 처음으로 그녀의 시선이 이쪽을 향했다.

그 순간을 노려 아라이는 손을 움직였다.

양 손등을 위로 향해서 가볍게 내리고 오른손 검지와 엄지로 C모양을 만들어서 이마에 댔다. 그리고 오른손 검지로 아래를 가리키고 오른 손등을 위로 향해서 몸 앞쪽에서 자기 쪽으로 대각선으로 내려 당겼다.

이어서 얼굴 앞에 세운 오른 손바닥을 뒤집어 자신을 가리키고, 오른 손바닥을 위로 향해 아래에서 위로 올리면서 가슴 근처에서 주먹을 쥔 후 가볍게 쥔 오른손을 어깨에 올리고 손가락 끝을 모아서 앞으로 내밀었다.

루미는 확실히 아라이의 움직임을 확인했을 텐데 표정이 전혀 변하지 않았다. 카메라를 향해 포즈를 취하고 있던 한가이가 눈치를 챈 것 같지는 않았고 신도 일행도 사진을 찍는 데에 열중이었다.

아라이의 말을 이해했을 모토코도 그저 가만히 앉아 있었다.

게스트 테이블을 도는 인사가 끝나고 한가이와 루미 두 사람은 제자리로 돌아갔다.

연회장 조명이 한층 어두워졌고 참석자들은 다시 고요해졌다.

"여러분, 글라스 타워를 주목해 주세요!"

사회자의 목소리에 맞춰 두 사람은 가장 위에 있는 글라스에 아쿠아 캔들을 따랐다. 빛의 물방울이 조용히 흘러내려 몽환적인 장면이 펼쳐졌다. 반짝이며 빛나는 글라스 타워는 연회장의 모든 시선을 못박아 뒀다.

"루미 판타지아는 이것으로 끝이 아닙니다. 아쿠아 캔들은 피로연 마지막까지 빛나며 두 사람을 따뜻하게 지켜 줄 것입니다."

모두가 그 빛의 연출을 황홀하게 바라보고 있던 그때, 아라이의 테이블 공석은 주인을 맞이했다.

그들은 소리도 없이 나타나 어느새 그곳에 앉아 있었다. 돌아보지 않아도 알 수 있었다. 루미의, 몬나 데루코의, 세 명의 가족이 그곳에 모습을 드러냈다.

"……미흡한 두 사람입니다. 여러분, 부디 앞으로도 애정 어린

지도를 해 주시길 바랍니다."

연회 순서는 신랑신부의 마지막 인사에 이르렀다.

참석자에게 깊게 머리를 숙인 한가이는 마이크를 루미에게 내밀었다. 신랑에 이어서 신부가 감사의 말을 전하고 연회는 끝이 날 것이다. 모두가 그렇게 생각했다.

그러나 루미는 작게 고개를 저었고 내민 마이크를 한가이 쪽으로 다시 밀었다. 이상하다는 얼굴로 마이크를 다시 자신의 앞으로 가지고 온 한가이가 신부에게 무슨 일인지 물었다. 루미가 작게 대답하자 한가이는 이해를 했다는 듯 끄덕이고 다시 마이크를 입가로 가져갔다.

"아주 이례적인 일입니다만 신부의 인사는 수화를 섞어서 보내드리도록 하겠습니다."

연회장에 한순간 웅성거림이 퍼졌다. 웅성거림이 잦아들 때까지 기다린 후 루미는 손을 들어 움직이기 시작했다.

움직임은 실로 아름다웠고 부드러운 동작이었다. 망설임도, 막힘도 없었다. 아주 어릴 때부터 익혀 온 자신의 언어.

틀림없이 '농인'에 의한 '일본수화'였다.

〈마지막으로 여러분에게 드려야 할 이야기가 있습니다.〉

루미가 말했다.

〈17년 전〉

〈저는〉

〈한 남자를 살해했습니다.〉

“뭐!?”

작게 소리친 사람은 아라이의 맞은편에 앉아 있던 신도였다.

루미의 말은 이어졌다.

〈그 남자는 몇 번을 죽여도 부족한 아주 나쁜 남자였습니다.〉

“뭐야, 대체 무슨 농담인 거야……?”

웃어 보이려는 신도의 얼굴이 테이블에 앉은 면면을 둘러보고 굳어졌다.

쾅 하고 부딪히는 소리가 났다. 가타가이가 의자를 박차고 일어나는 소리였다. 루미를 향해서 달려가려는 그를 모토코가 막았다.

〈움직이지 말아요. 지금은 저 아이가 하는 말을 들어요.〉

신도가 눈을 크게 뜨고 고개를 저었다.

“거짓말……. 그럴 리가 없어…….”

데쓰로, 기요미, 사치코 세 사람은 정면으로 루미를 응시하고 있었다. 그들은 ‘가족’인 그녀의 말을 받아들이고 있었다.

루미는 참석자에게 감사의 의미를 말하는 신부의 표정 그대로 계속 이야기했다.

〈그래서 저는 그 일에 대해서 조금도 후회가 없습니다.〉

〈다만 한 가지 후회가 되는 것은 그 죗값을 제가 치르지 못한 것입니다.〉

아라이의 테이블을 제외하고 참석자들 중에서 그 말을 이해하는 사람은 없었다. 통역도 없이 이어지는 수화에 연회장 전체가 당황스러워하고 있었다.

신랑은 미소를 띤 얼굴로 루미의 옆에서 그녀를 지켜보고 있었다. 자신의 아내가 지금 무슨 말을 하고 있는지 알고 있지 않을 것이다.

아라이는 데즈카 부부에게로 시선을 옮겼다. 소이치로는 입을 꾹 다물고 있었고 미도리는 기도하듯 손을 모으고 있었다. 그리고 몬나 일가처럼 똑바로 '자신들의 딸'을 바라보고 있었다.

그들은 한가이와 마찬가지로 수화를 알지 못할 것이다. 그러나 그들은 분명 자신들의 딸이 무엇을 이야기하고 있는지 알고 있었다. 그들은 루미에게서 사전에 들었을 것이다. 오늘 이 자리에서 그녀가 무엇을 어떻게 이야기할지를.

자신이 보낸 편지는 단순한 계기에 불과했다고 아라이는 생각했다.

'지금부터 쓰는 내용은 어디까지 저의 추론입니다. 어떠한 증거도 없습니다.'

루미 앞으로 보낸 편지에 아라이는 자신이 무엇을 알고 무엇을 생각했는지 전부 적었다.

17년 전 몬나 사치코는 노미 다카아키에게 성적학대를 당했다. 분명 한두 번으로 끝나지 않았을 것이다. 이사장이라는 입장을 이용해서, 그리고 아직 열세 살인 사치코가 어떠한 말도 입 밖으로 꺼낼 수 없다는 사실을 악용해서 몇 번이나 학대를 저질러 왔다.

사치코는 말 그대로 그것을 입에 올릴 수 없었다. 누군가에게 호소하려고 해도 어린 그녀는 그런 일을 할 수 없었다. '그것'을 수화로 표현하는 방법조차 알지 못했을지도 모른다.

그 사실을 동생인 몬나 데루코가 알았다. 직접 목격을 했는지, 사치코가 그녀에게만 털어놓았는지는 알 수 없다. 청인인 데루코는 시설에 입소하지 않았다. 그러나 사치코와 데루코는 세상에 둘밖에 없는 자매였다. 학교가 끝난 여동생이 부모가 일터로 나가 아무도 없는 집으로 가기보다는 언니가 있는 시설로 빈번하게 출입했다는 상상은 어렵지 않게 할 수 있다. 그런 날을 보내던 중 봐서는 안 될 장면을 봐 버린 것일지도 모른다.

어찌되었든 사실을 안 사람은 가족 중에서 사치코보다 어린 데루코뿐이었다.

사치코가 부모에게는 말하지 말라고 부탁을 했을까. 아니, 데루코도 그 일을 부모에게 어떻게 수화로 전해야 할지 알 수 없었을지도 모른다. 그러나 어렸지만 마음이 다부졌던 데루코는 그대로 '없던 일'로 하고 가만히 있을 수는 없었다. 그 일이 무슨 의미인지까지는 알지 못해도 노미 다카아키가 언니에게 나쁜 짓을 하고 있다는 것만큼은 알았다.

데루코는 시설 직원에게 고발했다. 그러나 시설 측은 데루코의 이야기를 받아들여 주지 않았다. 데루코의 말을 믿어 주기는커녕 거짓말쟁이라고 치부해 버렸다. 그리고 그러는 사이에도 노미 다카아키가 사치코에게 강요하던 행위는 계속됐다.

그때 데루코의, 열 살 소녀의 분노와 절망, 그리고 억울함은 상상도 할 수 없는 것이었다. 그리고 데루코는 그 분노와 억울함을 풀 방법은 하나밖에 없다고 생각했다.

사실 그때 사치코가 어떻게 해서든 부모에게 이야기했어야 했다. 그랬다면 적어도 시설을 나와서 더 큰 피해는 막을 수 있었을 것이다. 그러나 데루코는 그 선택지를 고르지 않았다. 아니, 이미 그녀의 목적은 학대를 멈추게 하는 것이 아니었다. 언니를 상처 입힌 그 남자를 그녀는 마음속 깊이 용서할 수 없었다. 자신의 손으로 해결하자. 그렇게 생각했을 것이 틀림없다.

그날 밤 노미 다카아키를 이사장실로 불러낸 사람이 데루코였는지 사치코였는지는 알 수 없다. 어쩌면 그 행위를 위해서 다카아키가 사치코를 불러냈을지도 모른다. 어느 쪽이든 데루코는 그것을 묵인할 생각이 없었다. 집에서 들고 나온 과도로 모든 일을 끝낼 생각이었다.

결과적으로 목적은 달성했지만 행운이었는지 불행이었는지 지금으로서는 알 수 없다. 아무리 뒤에서 허를 찔렀다고 해도 어린 데루코가 작은 과도로 사람을 죽일 수는 없었을 것이다. 그러나 알코올성 간경화를 앓고 있던 다카아키의 불행은 작은 상처에도 피가 멈추지 않는다는 것이었고 결국 과다출혈로 사망했다.

이렇게 데루코는 목적을 이뤘다. 데루코는 〈한 남자를 죽였다.〉라고 말했지만 그렇지 않았다. 아무리 안 좋아도 상해치사, 상황에 따라서는 긴급피난으로 인정될 가능성도 있었다.

그러나 그때 데루코에게는 그런 사실은 어떻게 되도 상관없었다. 아마 '뒷일'은 생각하지 않았을 것이 분명했다. 그래서 데루코는 정직하게 그 일을 부모에게 고백했다. 그런데 몬나 부부의 대처 역시 평범하지 않았다.

그때는 아마 사치코도 모든 이야기를 했을 것이다. 경위를 안 몬나 부부가 취한 행동은 수사 내용대로였다. 몬나 데쓰로가 '자신이 했다'고 자백을 하고 상해치사 용의로 체포되었다.

만약 데루코의 범행이 드러났다 하더라도 당시 열 살 소녀에게 죄를 묻는 일은 없었으리라. 그러나 몬나 부부는 불과 열 살밖에 되지 않는 딸아이에게 '살인'이라는 과오를 짊어지게 할 수 없었다.

다만 몬나 데쓰로가 자수를 결심하는 데에는 아마 '40조'를 조금은 염두에 뒀을지도 모른다. 그런 부분에 잘 아는 '누군가'에게 배웠을 가능성도 있다.

자수라는 방법을 통해 잘못에 대한 반성의 의사를 표명하면 상해치사가 인정되고 나아가 40조가 적용되면 죄는 가볍게 끝날 것이었다.

결과는 계산대로 되었다. 몬나 데쓰로에게는 5년이라는 짧은 형기가 내려졌다. 남은 문제는 데루코였다.

몬나 부부는 철저하게 딸의 과거를 지우고 싶었다. 저지른 행위만이 아니라 자신들의 가족이라는 사실조차 '없던' 일로 하자. 그것이 몬나 데쓰로와 기요미가 선택한 길이었다.

데즈카 집안과는 아마 자선가였던 미도리 부인과의 관계로 알게 되지 않았을까. 어쩌면 이 부분에서도 농인 사회에서 발이 넓은 '누군가'가 한몫했을지 모른다.

어느 쪽이든 총명하고 귀여운 소녀였던 데루코를 데즈카 부부는 한눈에 마음에 들어 했을 것이다. 양쪽 부모가 원하는 대로 양녀 결연이 진행되었다. 아마 그 일을 원하지 않은 사람은 데루코 딱 한 사람뿐이었을 것이다.

그리고 17년이 지났다.

데즈카 부부에게서 애정을 받으며 몬나 데루코는 데즈카 루미로서 점차 아름다운 여성으로 성장해 나갔다. 그리고 일찍이 자신들처럼 사회에서 소외받는 사람들을 위해 분주히 움직이는 하루하루를 보내다가 훌륭한 남성과 만나서 약혼을 했다.

아무런 문제도 없었다. 몬나 부부가, 그리고 데즈카 부부가 원했듯 그녀의 과오는 사라졌고 빛나는 인생을 걸어가던 중이었다.

그러던 그때 그 남자가 나타났다.

노미 가즈히코. 예전에 사치코를 학대해서 데루코의 칼에 찔렸던 남자의 아들. 그리고 본인도 아버지처럼 사치코에게 같은 행위를 저지른 남자.

'데즈카 루미=몬나 데루코'라는 사실을 안 가즈히코는 '데즈카 루미'를 협박했다.

그녀가 사실 죄를 저질렀다는 사실 자체는 알지 못해도 상관없었다. '데즈카 루미'가 범죄자의 딸이고 데즈카 부부가 그것을 감추고 있다는 사실만으로도 충분히 협박의 소재가 됐다.

'데즈카 루미'는 그 협박에 응할 생각이 있었던 것은 아니었을까. 어쩌면 한 번 정도는 이미 거래를 했을지도 모른다. 그러나 당연히 가즈히코의 요구는 그것으로 끝나지 않았다. 점점 더 커지는 요구. 요구 금액의 액수는 상승. 금전 외의 것까지 요구했을 가능성도 있었다.

'데즈카 루미=몬나 데루코'는 이미 한 번 더 선택을 할 수밖에 없어졌다.

그리고 그런 그녀의 곤란한 상황을 사치코가 알았다. 또 이번에도 몬나 부부는 알지 못한 채 자매 둘의 마음이 맞아 버렸다.

사치코는 이번에는 자신이 도울 차례라고 생각했다. 17년 전 노미 다카아키의 손아귀에서 여동생이 자신을 구해 줬듯이. 이번에는 노미 가즈히코의 악행에서 여동생을 구해 줄 차례라고.

그렇게 사치코는 가즈히코를 사야마 보행자 공원으로 불러내서 그를 찔렀다. 17년 전 여동생이 했던 것처럼…….

루미의 말은 계속 이어졌다.

〈그리고 지금 제 소중한 사람이 저와 같은 죄를 저질렀습니다.〉

〈그녀는 그 죗값을 받고 싶다고 했고 저는 그녀를 막았습니다.〉

〈그런 남자 때문에 당신을 벌 받게 할 수는 없다고.〉

〈하지만〉

그렇게까지 말하고 그녀는 처음으로 손을 멈췄다. 루미의 시선이 아라이를 사로잡았다.

그 눈이 묻고 있었다. 17년 전과 같이 그 눈동자가.

루미의 말은 바로 다시 시작되었다.

〈그녀가 그녀 자신의 의지로 선택한 그 길을 저는 방해할 수 없다고 깨달았습니다. 깨닫게 해 준 사람에게 감사합니다.〉

그 시선이 아라이에게서 모토코로 옮겨 갔다가 다시 정면으로 돌아갔다.

〈오늘 제가 그녀에게 해 준 것은 단 하나.〉

〈17년 전 제 가족이 저를 위해서 해 주었던 일과 같은 일을 저 역시 할 뿐입니다.〉

〈저는 제 가족을〉

〈무엇보다도 소중한 사람들을〉

〈목숨을 걸고 지키겠습니다.〉

루미는 그렇게 말하고 비로소 '목소리'를 냈다.

"아버지, 어머니."

그 시선은 데즈카 부부를 향해 있었다.

"이제까지 정말 감사했습니다."

데즈카 미도리의 볼에 눈물 한 줄기가 흘러내렸다. 소이치로의 눈가도 촉촉해졌다. 그들도 역시 각오하고 있었다. 이날이 올 것을. 그리고 이날까지 그들도 목숨을 걸고 지켜 왔다. 그 어떠한 것보다 소중한 딸을.

"하지만 이것은 헤어짐이 아니에요."

루미의 눈에도 눈물이 차올라 있었다.

"우리는 언제까지나 가족이에요."

그녀의 시선이 아라이가 앉아 있는 테이블로 옮겨졌다.

그녀의 손이 움직였다. 지금 목소리를 내서 했던 말을 그대로 일본수화를 통해, 그들의 언어로 전했다.

〈아버지, 어머니.〉

몬나 데쓰로에게.

〈이제까지 정말 감사했습니다.〉

몬나 기요미에게.

〈하지만 이것은 헤어짐이 아니에요.〉

몬나 사치코에게.

〈우리는 언제까지나 가족이에요.〉

루미는 손을 조용히 내리더니 머리를 깊숙이 숙였다.

잠깐의 정적이 있은 후 우레와 같은 박수가 연회장을 감쌌다.

피로연은 참석자들의 마음 깊이 감격을 남기고 막을 내렸다. 모두가 좋은 피로연이었다고 입을 모아 칭찬하며 출구로 향했다.

신랑신부는 손님들과 짧게 말을 나누고 정중하게 고개를 숙였다.

이윽고 아라이 일행의 차례가 되었다.

루미를 안고 있는 신도는 큰 목소리로 울었고 오히려 신부가 달래 주고 있었다. 가타가이는 수화로 〈앞으로 발언은 모두 변호사인 저를 통해 주세요.〉라고 전했고 루미는 순순히 끄덕였다.

아라이는 아무 말도 하지 않았다. 이미 해야 할 말은 전부 편지에, 그리고 조금 전 수화로 전했다.

목례를 하고 나가려는 아라이를 루미의 시선이 잡았다. 그녀는 아무 말 없이 손을 움직였다.

오른 검지로 자신을 가리킨 후 그대로 손등을 위로 향하게 해서 피고 가슴 위치에서 포물선을 그리듯 움직였고 이어서 아라이를 가리키고 마지막으로 위로 향한 손등을 아래에서 위로 올리면서 주먹을 쥐었다.

아라이가 깊게 끄덕이자 루미가 피식 웃었다.

여태껏 그녀의 미소를 몇 번이나 본 적이 있었다. 그러나 그 미소는 지금까지 본 미소와는 달리 해맑은 미소였다.

그녀도 역시 17년간 자신을 괴롭혀 온 과거와 결별할 수 있었을까. 그랬다면 다행이라고 아라이는 마음속 깊이 바랐다.

복도를 나온 아라이는 몬나 일가와 마주했고 피로연 자리에서 루미에게 했던 말을 그들에게 똑같이 전했다.

양 손등을 위로 향해서 가볍게 내리고(=오늘), 오른손 검지와 엄지로 C모양으로 만들어서 이마에 댔다(=경찰을). 그리고 오른손 집게손가락으로 아래를 가리키고(=여기에), 오른 손등을 위로 향해서 몸 앞쪽에서 자신의 쪽으로 대각선으로 내려 당겼다(=불렀습니다).

이어서 얼굴 앞에 세운 오른 손바닥을 뒤집고(=하지만), 자신을 가리키고 오른 손바닥을 위로 향해서 아래에서 위로 올리면서 가슴 근처에서 주먹을 쥔 후(=나를 믿고) 가볍게 쥔 오른손을 어깨에 올리고 손가락 끝을 모아서 앞으로 내밀었다(=맡겨 주세요).

그들을 대표해서 몬나 데쓰로가 대답했다.

그 역시 루미가 마지막에 아라이에게 했던 말과 같은 말이었다.

오른손 검지로 자신을 가리킨 후 그대로 손등을 위로 향하게 해서 피고 가슴 위치에서 포물선을 그리듯 움직였고 이어서 아라이를 가리키고 마지막으로 위로 향한 손등을 아래에서 위로 올리면서 주먹을 쥐었다.

〈우리들은 당신을 믿습니다.〉

로비에 이즈모리가 우두커니 서 있었다.

전화로 했던 약속대로 피로연이 끝날 때까지 기다려 주었다.

왜 이즈모리의 단독 행동이 용인되었는지. 왜 이제까지 계속 순사부장 자리에 머물렀는지 생각해 보면 금방 알 수 있었다.

조직 부적합자를 나타내는 ㊍. 자신처럼 가짜 영수증 쓰기를 거부해 온 경찰관 무리 속 배반자.

—이 빚은 언젠가 꼭 갚겠네.

그때 전화의 주인은 지루하다는 얼굴로 다가왔다.

"이걸로 빚은 갚았다."

무뚝뚝한 말에 아라이는 아무 말 없이 끄덕였다.

"그리고 또 하나." 이즈모리가 별 상관없다는 말투로 말했다. "취조 수화 통역사로 너를 고용하지. 귀찮은 수속 절차는 다음이다. 함께 가자."

마지막까지 지루한 얼굴로 몸을 돌리고 이즈모리는 앞장서서 걸어 나갔다.

돌아보니 모토코의 모습이 있었다. 모토코의 손이 움직이는가 싶더니, 결국 그녀는 작게 미소 지을 뿐 다른 출구로 향해 갔다.

아라이를 루미에게 알려 준 사람은 분명 그녀일 것이다.

루미와 사치코가 자신의 죗값을 치르고 싶어 한다는 사실을 모토코는 알고 있었다. 그러나 서로 상대를 죄인으로 만들고 싶지 않았다. 두 사람 모두 어떻게 해야 좋을지 몰랐던 것이다.

그녀들에게는 누군가가 필요했다. 그녀들의 생각을, 모두의 생각을 대신 전해 줄 누군가가.

그것이 자신이었을까, 자신이라서 다행이었을까……. 아니, 그 대답을 내놓기에는 아직 이르다고 아라이는 생각했다. 자신의 일은 지금부터이다.

몬나 사치코의 사정청취는 아라이의 통역을 기초로 문제없이 이뤄졌다. 아라이가 루미에게 보낸 편지에는 일부러 이야기하지 않은 내용이 있었다.

사치코의 범행 동기에 대해서였다.

〈노미 가즈히코가 여동생을 알게 된 경로는 저입니다.〉

취조관의 질문에 사치코는 어떤 망설임도 없이 그렇게 대답했다.

아라이는 자신의 상상이 맞았음을 알았다. 사건으로부터 17년이 지났다. 가즈히코와 루미를 만나게 한 '무언가'. 그것은 사치코밖에 없다. 사치코와 가즈히코의 '관계'는 17년 전부터 지금까지 이어지고 있었다.

〈우리 가족이 이사를 해도 가즈히코는 어떻게 해서든 알아내어 관계를 요구해 왔습니다. 저는 그 강요를 거절하지 못했습니다. 나중에 그 사실을 안 데루코가 제게 왜 그랬냐며 추궁을 했습니다. 가즈히코의 요구를 받아 주지 않으면 우리 가족 일을 전부 밝힐 것이라는 협박을 받았다고 저는 대답했습니다. 그러나 데루코에 관해서만 알려지지 않는다면 이제 와서 무서워할 일도 없었는데…….〉

사치코는 잠시 손을 멈추고 골똘히 생각했다. 긴 침묵이 지나고 이윽고 그녀는 얼굴을 들었다.

〈왜인지, 저도 잘 모르겠습니다.〉

그렇게 말하며 옅게 웃었다.

〈그러나 이것만큼은 말할 수 있습니다. 아버지의 출소를 기다리면서 어머니와 둘이 여러 지역을 돌아다녔을 때도, 아버지가 출소해서 세 사람이 살기 시작할 때도 우리는 누구와도 연관되지 않은 채 조용히 살아가고 있었습니다. 그런 생활 속에서 하물며 그것이 불합리한 관계여도 누군가와 연을 맺고 싶고, 누군가에게 관심을 받고 싶다, 이런 생각이 마음속 어딘가에 있었을지도 모릅니다…….〉

아라이는 상상했다. 원래 큰 소리로 자신을 주장한 적 없는 사람들이 더욱 숨죽이고 서로 어깨를 맞대며 살아가는 모습을. 그 모습은 30여 년 전 자신의 가족의 모습과, 그리고 지금 형네 가족의 모습과 겹쳐졌다.

하지만 그 한편으로 그녀의 '여동생'은 화려한 인생을 걸어가고 있었다.

〈네. 저와 데루코는 가끔씩 만났습니다.〉

여동생을 이야기할 때 사치코는 밝은 표정으로 바뀌었다.

〈부모님은 데즈카 집안에 민폐를 끼친다고 가능한 연락을 자제했지만 동생은 항상 우리를 만나고 싶어 했어요. 저는 동생의 이야기를 듣는 것이 즐거웠습니다. 학교 일. 지인들의 이야기. NPO 활동. 저는 동생을 통해서 '세상'을 알았습니다. 그런데 여동생과 만나는 모습을 '그 남자'가 보고 말았어요…….〉

사치코는 아름다운 얼굴을 찡그렸다.

〈가즈히코는 고귀한 데즈카 루미가 어떤 사람인지를 알게 되었습니다. 그리고 동생을 협박하기 시작했지요.〉

〈여동생은 그 남자의 요구에 응할 생각이 처음부터 없었어요. 자신의 일, 자신의 가족을 세상에 발표하겠다면 해도 상관없다. 그 일로 모든 것을 잃어도 상관없다. 그렇게까지 말했습니다. 하지만.〉

〈저는 그럴 수는 없었습니다. 그것만큼은 무슨 수를 써서라도 막아야 한다고 생각했습니다. 원래 가즈히코가 여동생의 존재를 알아 버린 것은 제 탓이니까요.〉

〈네, '이번은 내 차례다'라고 생각한 것은 사실이에요. 17년 전 여동생이 저를 구해 줬듯이 이번에는 제가 여동생을 구할 차례라고.〉

그렇게 말하고 나서 작게 고개를 옆으로 흔들었다.

〈하지만 그것만이 아니었습니다. 가즈히코와 이렇게 관계를 이어 가는 것은 역시 아니다. 저는 다시 한 번 시작해야겠다고 생각했어요. 여동생이 저 대신에 해 준 것. 그것은 사실 제 손으로 했어야 했다. 그 시점부터 다시 시작해야 한다고……〉

마지막으로 사치코는 아라이를 바라보며 어쩐지 후련한 표정으로 고했다.

〈저는 이 손으로 노미 가즈히코와의 일을 끝내야 했어요.〉

데즈카 루미, 즉 몬나 데루코가 재판을 받는 일은 없었다.

17년 전 사건은 이미 끝났다. 재판을 받는다고 해도 당시 열 살이었던 루미는 형법은 물론 소년법으로도 형사 처벌을 받을 수 없다. 범인 은닉죄도 그녀가 사치코의 '가족'이라는 것을 고려하여 죄를 묻지 않기로 결정되었다.

그렇다고 해도 이 사실은 아무래도 매스컴에 알려질 것이다. 그러면 루미는 어떤 스캔들에 휘말리게 될 것인가. 아니, 그보다 모든 이야기를 알게 된 한가이가 어떻게 받아들일까. 그것이 가장 신경이 쓰였는데…….

"지난번에는 감사했습니다."

한가이 의원에게서 그날 이후 얼마 지나지 않아 전화가 있었다. 참석해 준 것에 대한 고마움을 표현한 후 한가이는 아무것도 아니라는 듯 덧붙였다.

"아내는 제가 지키겠습니다."

그 말만으로 충분했다. 앞으로 사회에서 어떠한 비판을 받아도 분명 두 사람이 잘 헤쳐 나갈 것이 틀림없었다.

사치코는 '살인'죄 혐의로 구속되었다. 가타가이를 시작으로 소이치로가 선택한 우수한 실력의 변호사단이 사건을 맡았다고는 해도, 40조가 없는 지금 그녀의 죄가 청인에 비해 경감되는 일은 없을 것이다. 국민참여재판에서 어떠한 판결이 날지. 아라이는 마지막까지 지켜볼 생각이었다.

사치코 재판의 법정 통역. 적어도 이것 하나만은 수용될 것이다. 법원은 자신이 어떠한 사람인지 알지 못한다.

공평하지 못하다고 생각할 것인가. 그렇지 않다고 아라이는 생각했다.

그들의 언어를 그들의 생각을 정확하게 통역할 수 있는 사람이 있어야, 그래야 법 아래에서 평등이 실현될 수 있다. 그들의 침묵의 목소리가 모두에게 들릴 수 있도록 전달하는 것. 그것이야말로 자신이 해야 하는 일이다.

집 안에 불이 켜져 있는 것이 밖에서 보였다. 설마 하는 마음으로 현관문을 열었다.

집에 들어서자 부엌에서 미유키의 뒷모습이 보였다.

"왔어?"

여전히 등을 돌린 채 미유키가 말했다.

"……다녀왔어."

건넬 수 있는 무수한 말이 있었을 텐데 나온 말은 그뿐이었다.

"편지 읽었어."

쌀쌀맞은 말투로 그녀가 말했다.

"그래?"

"한 가지 물어볼게." 미유키가 편지 내용을 되짚었다. "전 부인과 아이를 만들지 않았던 이유는 알았어. 만약에 말이야."

아라이의 얼굴을 바라보며 말했다.

"만약, 나와 결혼해도 똑같아?"

아라이는 작게 고개를 흔들었다.

"지금은 아니야."

미유키의 얼굴에 웃음이 번졌다.

"하지만 당신은 괜찮아?" 아라이는 물었다. "아주 작은 확률이라고 해도 내 아이는 귀가 안 들리는 아이로 태어날 가능성이……."

"당신 아이가 아니야. 우리 아이야."

말을 잃은 채 가만히 미유키를 바라보고 있자 미유키는 다시 웃었다.

"그렇게 된다고 해도 문제될 게 있어? 당신에게 통역해 달라고 부탁하지 않을 거야. 우리가, 나랑 미와가 당신들 언어를 배우면 돼."

초인종을 울리자 잠시 뒤 문이 열렸다.

〈기다렸네. 잘 왔어.〉

처음 방문한 마스오카의 집은 지자체에서 운영하는 주택 중 한 곳이었다. 3평 남짓한 방이 두 개에 4평 정도 되는 거실 겸 주방.

놀랄 정도로 예전 자신이 살던 집과 비슷했다. 아니, 아라이가 살던 집은 조금 더 큰 지자체에서 운영하던 연립주택 중 한 곳으로 이곳의 반도 되지 않았다.

〈걱정하지 말게, 아직 실력은 죽지 않았네.〉

감격스러운 마음에 서성거리고 있는 모습을 불안해한다고 오해했는지 마스오카는 그렇게 말하며 자신감을 드러냈다.

〈자, 저기 앉게.〉

거실 베란다 앞, 햇빛이 들어오는 한쪽에 마스오카가 둔 둥근 보조의자가 놓여 있었다.

어린 시절 이렇게 형과 나란히 앉아서 아버지에게 이발을 받았었다.

아라이는 초등학교 고학년이 되면서 점점 아버지에게 이발을 받기가 싫어졌다. 물론 아버지의 실력은 좋았지만 부모라는 이유로 아이의 취향을 개의치 않고 자신이 좋아하는 대로 잘랐다. 형과 완전히 똑같은 도련님 스타일.

아버지의 병을 알기 반년 정도 전의 일이었을까.

〈이제 아빠가 잘라 주지 않아도 돼. 이발소에 갈 거야.〉

이발소 아들인 주제에 이발소에 가는 놈이 어디 있느냐! 그렇게 성을 낼 것이라고 생각했지만 아버지는 쓸쓸한 표정으로 아무런 말도 하지 않았다.

마스오카가 도구를 들고 돌아왔다. 천천히 가위를 움직이기 시작했다.

평소 '수다쟁이' 노인이 머리를 자르고 있는 순간은 '아무 말도 하지 않는' 것이 이상했다. 이발에 손이 묶여 있어서 말을 할 수가 없었다. 그렇게 생각하자 어느새 웃음이 나왔다.

머리를 자르는 가위질 소리만 들렸다. 그 기분 좋은 고요함이 온몸을 파고들었다. 이럴 때면 언제나 부엌에서 그 '목소리'가 들린다.

아— 오— 오—.

아마 다른 사람은 알아듣지 못할 목소리이다. 하지만 자신만큼은 알 수 있다. 엄마가 자신을 부르고 있다.

나— 오— 토—.

귀찮다고 생각하면서 일어선다.

부엌으로 향하자 엄마가 이쪽을 보며 서 있다.

아라이는 손을 움직인다.

〈왜, 엄마.〉

엄마는 빙그레 웃으면서 손을 움직인다. 마치 살아 있는 생물처럼 움직이는 그 손이 아라이는 어린 시절 아주 좋았다.

—내일 어머니 만나러 가자.

미유키와, 그래, 미와도 같이 데리고. 며느리와 손녀가 갑자기 나타나면 엄마는 놀랄까. 아니, 놀라게 해 주면 된다.

17년 전에 몬나 데루코에게 받았던 질문. 어느 쪽인가.

나는 네 적도, 그렇다고 편도 아니다.

너희들을 이해하고 너희들과 같은 말을 하는 사람.

들리지 않는 부모에게서 태어난 들리는 아이.

아라이 나오토는 코다이다.

〈끝〉

작가의 말

"왜 농인에 관한 이야기를 쓰려고 생각하셨나요?"

이 책을 읽은 사람은 반드시라고 해도 좋을 정도로 이 질문을 한다. 분명 이상해 보일 것이다. 내 주변에 농인이 있는 것도, 그렇다고 수화를 배운 적이 있는 것도 아니다. 그런 내가 이 작품을 쓰게 된 경위에 대해서 살짝 이야기해 볼까 한다.

나는 경추 손상이라는 중증장애가 있는 아내와 벌써 20년 가까이 함께 생활하고 있다. 그런 이유로 장애를 가진 다양한 사람들과의 교류 기회가 있었고 그들과 만나는 동안 '장애를 가진 사람을 주인공으로 소설을 쓸 수 없을까?'라는 마음이 생겼다.

장애를 가진 사람을 주인공으로 하는 소설이나 영화, 드라마는 과거에도 많이 있었는데 모두 '장애인은 불쌍하다', '그렇지만 열심히 노력하고 있다'라는 시점에서 그려지고 있다고 생각했다. 나는 '어떠한 장애를 갖고 있다'라는 점이 분명 특별한 것이라고 해도 장애가 마이너스적인 요소도, 반대로 칭찬할 만한 요소도 아니라, 장애를 갖지 않은 사람이라도 공감할 수 있는 종류의 갈등으로 그릴 수 없는지 생각했다.

그렇게 다양한 장애를 가진 사람들에 대해서 조사하던 중 '농인'이라는 존재, 그리고 '일본수화'와 만났다.(농인 여러분이 자신을 '장애인'이라고 생각하지 않는다는 사실을 지금은 알고 있다.)

그 존재에 대해서 알려 준 사람이 국립 장애인 리허빌리테이션 센터 원장이자 수화 통역학과의 교관으로 NHK 수화 뉴스 캐스터이기도 한 기무라 하루미 씨였다.

이렇게 말은 하지만 기무라 씨와는 만난 적이 없다. 기무라 씨의 저작이나 현대사상편집부에서 출간한 『농문화』라는 책을 통해 알았다.

"수화에는 '일본수화'와 '일본어대응수화' 두 가지가 있다."

"선천성 실청자의 대부분은 자랑스럽게 자신들을 '농인'이라고 칭한다."

이것은 나에게 상당히 신선한 충격이었다. 그와 동시에 큰 감명을 받았다. 그 감명은 세간에는 아직 그렇게 인지되지 않은 사실을 소설을 통해서 보다 많은 사람에게 알리고 싶다는 생각에 이르게 했다.

농인이나 수화를 둘러싼 상황이 나날이 변화하고 있다는 것 역시 사실이다. 본 작품에서 나오는 수화를 체크해 달라고 부탁한 전 일본농아연맹에 소속된 분에게 "현재 법률로 수화가 '언어'로서 정식 인정받고 있다. 가까운 미래에는 단순한 '수화'가 아니라 '수화언어'로 불리게 될 것이다."라는 말을 들었다. "그래서 우리들은 수화에 종류가 있다고는 생각하지 않는다. 일본어에 종류가 없는 것처럼."이라고도.

수화의 차이를 주장하는 것이 이 책의 목적은 아니다. 언어를 포함해서 농인 권리를 확립하는 게 가장 중요하다고 생각한 것은 나 역시 마찬가지이다. 본 작품이 많은 사람들에게서 '들리지 않는 사람'과 '수화'를 이해하는 '입구'가 된다면 저자로서 기쁠 것이다. 많은 부분을 알려 주신 전 일본농아연맹 여러분들에게 깊은 감사의 인사를 드린다. 또 작품 안에서 등장하는 사에지마 모토코라는 인물은 연배나 외견 모두 만들어 낸 인물이지만, 농인에 관한 발언 등은 기무라 하루미 씨에게 강한 영향을 받았다. 이 자리를 빌려서 기무라 씨에게는 이번 작품을 쓸 계기를 주신 것에 마음속 깊이 감사하다고 말씀드리고 싶다.

또 하나, 이 시기에 책을 내는 사람으로서 역시 재해에 대해서 말하지 않을 수 없다. 지진이 일어난 것은 마쓰모토 세이초 상 최종 후보에 올랐다는 연락을 받은 며칠 뒤의 일이었다. 들떠 있던 기분은 순식간에 사라졌고 현실을 어떻게 마주해야 할지 모른 채 심각한 기분으로 하루하루를 보내게 되었다.

그즈음 신문에 「장애인 잊지 말자」(아사히신문 2011년 3월 21일)라는 기사가 게재되었다. 그다지 크게 다룬 기사는 아니었지만 시각이나 청각에 장애를 가진 사람들이 지진 당시나 그 후의 혼란 속에서 장애를 갖지 않은 사람 이상의 어려움을 겪고 있다는 사실을 전하는 내용이었다. 지진으로 인해 많은 사람이 공동 생활을 하는 피난소에서는 자폐증이나 발달장애인에 대한 특별 케어를 하길 바란다는 내용의 기사도 실렸다.

이러한 기사를 쓴 기자에게는 멋진 기자 정신이 있다고 생각했다. 아무것도 할 수 없다고 그저 고민만 할 뿐, 해야 할 일로부터 도망치는 자신이 부끄러웠다.

장애를 가진 사람들만이 아니라 세상에 무언가를 호소하고 싶은 것이 있어도 큰 목소리를 낼 수 없는 사람들이 많다. 그런 사람들의 목소리를 소설이라는 형태로 보다 많은 사람들에게 전할 수 있었으면 한다.

2011년 6월

마루야마 마사키

문고판 작가의 말

이 소설을 단행본으로 출간한 지 4년이 지났다. 집필 당시에는 청각장애를 가진 지인도 없었고 수화를 써 본 적도 없던 내가 출간을 계기로 많은 청각장애인이나 수화 통역사, 중도실청자, 난청자와 인연을 맺었고 수화도 인사 정도의 회화는 할 수 있게 되었다. 이렇게 변화된 시점에서 다시 읽어 보면 잘도 이런 이야기를 썼구나 싶어 온몸에서 땀이 난다. 무식할 때 용감하다는 말은 이런 때 사용하는 것이다.

그렇다고는 하지만 소설에 대해서 당사자에게 직접적인 비판이나 항의를 받은 일은 한 번도 없었다. '픽션이니까'라는 관대한 마음으로 받아 주신 듯하다. 그래도 오래된 풍문에 속하는 에피소드도 있고 읽는 사람에 따라서는 오해를 살 만한 부분도 있다. 문고판 출간에 앞서 그 부분을 대폭 손을 댈까 생각도 했지만 결국 명백한 오류 외에는 수정을 하지 않고 그대로 출간하기로 했다. 거기에는 이유가 있다.

간행 당시 대부분 '관계자'밖에 읽지 않았던 이 책이 발간 이후 거의 4년이 지난 2015년 초부터 '독서미터'라는 독서 이력 관리 사이트에서 왜인지 갑자기 평판을 받기 시작하여, 다수의 저명한 작가의 신간 도서에 섞여 '읽고 싶은 책 랭킹 단행본' 카테고리에서 베스트 10위 안에 들어간 적도 있었다. 나의 소설을 선택해 주신 분들과 서평을 투고해 주신 분들에게는 감사의 말도 하지 못했다. 무엇보다 기뻤던 일은 처음으로 당사자 외의 사람에게 이 작품이 가 닿고 있구나 하는 실감이었다. 많은 일반 독자가 데프, 일본수화, 코다라는 단어를 처음 알았다는 놀라움과 감명을 이야기하고 있었다. 정도의 구별 없이 '들리지 않는 사람들'에 대한 관심과 공감을 표현해 주고 있었다. 역시 원래의 형태로 더 많은 독자에게 다가가자는 마음이 점점 굳어졌다.

청각장애인과 수화를 둘러싼 환경은 지난 4년이라는 시간 동안 많이 변해 왔다. 전국 자치단체에서 수화를 언어로서 자리매김하기 위하여 보급한 '수화 언어조례'가 제정되기 시작했고, 분명 '수화언어법'의 성립도 먼 이야기는 아닐 것이다. 청각장애인이나 수화를 사용하는 만화나 영화가 좋은 평가를 받은 일도 있었고 2015년에 시행됐던 지방선거에서는 청각에 불편함이 있는 후보자가 입후보에 오르기도 했다. 틀림없이 좋은 방향으로 나아가고 있다고 생각한다.

단행본 후기에 썼던 전 일본농아연맹 분과 나눈 대화에는 사실 뒷이야기가 더 있다. 이 책이 농인과 수화를 이해하는 입구가 되었으면 좋겠다는 말을 했던 나에게 그분은 〈그럼 출구도 찾아 주세요.〉라고 말씀하셨다. 그 말은 나에게 주어진 숙제로서 지금까지도 머릿속 한 구석에 계속 자리하고 있다.

2015년 5월

마루야마 마사키

옮긴이의 말

우리 편? 아니면 적?

주인공 아라이는 어린 시절부터 이 질문에 계속 사로잡혀 있었다. 자신은 어느 쪽에 있는 사람인지, 농인인지 청인인지. 끊임없이 물었지만 도저히 답을 내릴 수 없었다. 자신을 괴롭히는 질문에서 벗어나고자 그는 점차 농인 사회를 멀리하기 시작한다. 이윽고 그는 그가 원하는 대로 완전히 농인 사회와 멀어졌다. 그러나 구직난에 부딪힌 아라이는 결국에 비장의 카드로 수화를 꺼내들었고 다시 농인 사회로 돌아왔다. 그렇게 돌아온 그에게 다시 한 번 그 질문이 날아든다. 한 어린 소녀가 그에게 물었다. 〈우리 편? 아니면 적?〉 이 질문은 사건의 가장 깊은 곳까지 그를 인도한다. 그리고 소녀의 눈동자. 아라이의

속을 꿰뚫기라도 할 것 같은 소녀의 눈동자가 그의 손에서 사건을 놓지 못하게 했다. 자의를 가장한 타의에 의해 그는 그렇게 사건을 파헤치기 시작한다.

적?

가족과 자신이 다르다는 사실이 아라이를 괴롭혔다. 들리지 않는 그들 속에서 들리는 그가 느끼는 이질감은 점차 소외감으로 변질되었다. 결국 그는 성장하면서 점차 농인 사회에서 벗어나기 시작했고 결혼을 할 즈음에는 이미 자신의 주변에 가족 외에 농인은 한 명도 존재하지 않게 되었다. 그렇게 그는 농인의 반대편에 섰다. 아마 아라이는 자신이 가족과 다르다는 사실, 그래서 그들이 자신을 멀리하는 듯한 기분으로부터 도망쳐서 자신과 같이 들리는 사람들 틈 속으로 숨어 버렸던 것은 아니었을까? 동질감을 느끼기 위해, 자신과 같은 편을 찾기 위해 그는 반대편으로 도망친 것은 아니었을까?

우리 편?

그럼에도 불구하고 구직난에 부딪혔을 때 아라이가 생각해 낸 무기는 수화였다. 자신이 가장 오랫동안 해 왔던 것, 누구보다 뛰어난 실력을 자랑하는 것, 수화통역. 어떻게 보면 그는 30년 넘는 수화 통역 경력을 보유한 통역 마스터이다. 아라이 역시 그 사실을 아주 잘 알고 있기 때문에 마지막에 꺼내든 것이다. 역시나 그는 수화 통역사로서 평판을 널리 알렸다. 그는 연령과 농인 교육 수료 수준에 따라 수화를 선택하고 단어를 고르며 그들과 원활하게 소통하기 위하여 노력했다. 그의 노력이 인정을 받았는지 그는 NPO의 전담 통역사가 되었고 그들은 그의 커뮤니케이션 능력을 높이 평가했다. 과연 단순히 그의 노력만이 인정을 받았던 것일까? 아니면 NPO 일원들은 그가 사실 농인이라 그들과 빠르게, 깊숙이 소통할 수 있었다고 생각한 것은 아닐까?

그는 이질감을 피해, 동질감을 찾아 농인 사회의 반대편으로 갔다. 그러나 그는 반대편에 서 있으면서 여전히 농인 사회를 바라보고 있었다. 처음 '코다'라는 말을 접했을 때 설렘. 농인 특유의 습관을 통해 느낀 편안함. 농인을 대하는 청인의 태도로 인한 분노. 농문화를 이해하고 있는 사람에 대한 호감. 어쩌면 그는 계속 농인의 사회로 돌아오고 싶었는지도 모른다. 그는 이질감을 느껴서 떠났지만 사실은 반대편이 아닌 농문화 속에서 동질감을 찾고 싶었다. 단순히 들리고, 들리지 않고의 차이에서 벗어나 그들과 소통하는 자신이 되기를 바랐던 것이다. 아라이는 점차 '들리는' 자신이 그들의 말을 청인에게 들려주고 또 청인의 말을 '들리지 않는' 그들에게 들려주는 것을 통해 그들에게서 동질감을 느꼈다. 그러면서 자신이 그들과 같은 농인이라는 사실을 깨닫고 안도했다.

사실 이 '데프 보이스'는 단순히 청각장애를 앓고 있는 사람의 목소리만을 뜻하지는 않는다. 작가의 말에서도 언급되었듯이 데프 보이스는 사회적으로 소외된 사람 모두의 목소리에 해당한다. 장애를 앓고 있는 사람뿐 아니라 난치병 환자라든가, 외국인 노동자라든가, 혹은 성적 소수자 등 당당히 자신의 목소리를 내지 못하는 모든 사람의 목소리를 대신한다. 그렇다고 해서 이 소설은 '우리의 이야기를 들어 봐라'라는 식의 전달은 아니다. 그들 근처 어딘가에 있는 사람의 목소리를 통해 그들의 이야기를 전한다. 감정에 호소하지도 그렇다고 훈계를 하지도 않는다. 담담히 그들의 이야기를 풀어 나갈 뿐이다. 이 점이 이 소설을 처음부터 끝까지 읽게 하는 힘이다. 담담하지만 읽고 있는 사이 자연스레 그들의 목소리가 듣고 싶어진다. 그들의 이야기가 궁금해지고 그들의 목소리에 귀 기울이게 된다. 적어도 국내판 『데프 보이스』의 공식 독자 1호인 나는 그러했다. 이 소설을 접하기 전까지 나에게 수화나 청각 장애는 아주 낯선 분야였다. 특히나 '코다'라는 단어는 처음 본 단어였다. 작가는 그들의 문화와 언어, 용어를 아주 훌륭히 작품 속에 녹여 냈다.

장애를 겪고 있는 사람이나 그들의 이야기를 다룬 소설이나 영화, 드라마는 많다. 우리나라에서는 소설 『도가니』, 영화로는 「말아톤」, 「7번방의 선물」이 가장 큰 이슈를 낳았던 작품이다. 앞서 말한 작품들과 이 소설의 다른 점은 굵직한 위기가 없다는 점이다. 사실 역자인 나는 주인공이 심각한 위기에 빠지는 이야기를 그다지 선호하지는 않는다. 왜냐하면 주인공의 위기에 나도 모르게 빠져들어 나조차도 괴로운 기분에 휩싸여 버리기 때문이다. 그러나 『데프 보이스』는 읽는 내내 절망감을 느끼지 않아도 돼서 좋았다. 오히려 주인공과 함께 사건을 추리해 나가는 기분으로 읽게 되어 다음 내용을, 또 그들의 이야기를 궁금하게 만들었다.

후기에서 저자는 이 소설이 들리지 않는 사람이나 수화를 이해하기 위한 입구가 되었으면 좋겠다는 말을 했다. 그 말처럼 이 소설에는 그들의 삶을 궁금하게 만드는 무언가가 있다. 아마 나를 비롯해서 이 책을 접한 '일반 독자'에게 훌륭한 입구가 되지 않을까 조심스레 생각해 본다.

최은지

데프 보이스, 그 한없이 반짝이는 세계

이길보라

(영화감독, 작가)

"보— 아—"

엄마는 나를 이렇게 불렀다.

어섯 살 때쯤이었을까. 안개가 짙게 깔린 그런 날이었다. 차는 고속도로 휴게소에 잠시 멈췄고, 나는 엄마를 따라 내렸다. 안경을 두고 내린 탓에 앞이 잘 보이지 않았다. 낯선 뒷모습들이 가득했다. 그 사이로 낯익은 어깨 하나가 보였다. 나는 달려가 그 뒷모습을 얼른 안았다. 그런데 무언가 이상했다. 고개를 드니 낯선 얼굴이 나를 보고 있었다. 아……. 나는 아무 말도 하지 못하고 팔을 풀었다. 눈앞이 하얘졌다. 엄마를 잃어버린 것이었다. 주위를 돌아보니 온통 낯선 이들

뿐이었다.

'아, 엄만 줄 알고…….'

나는 꺼져 가는 목소리로 말했다. 그리고 한참을 그곳에 서 있었다. 사방이 뿌옜고, 아무것도 보이지 않았다. 내가 할 수 있는 건 엄마가 나를 발견하기를 기다리는 것뿐이었다. 막막함 속에 한참을 서 있었다. 그때의 나는 정확하게 알고 있었던 것 같다. 아무리 불러도 엄마는 내 목소리를 들을 수 없다는 것을. 그렇기에 울음을 참고 내가 엄마를 먼저 찾아내야 한다는 것을. 그때였다. 보아, 하고 나를 부르는 소리를 들은 것은. 세상에서 오로지 나만 구분할 수 있는 그 목소리, 그 이름. 보— 아—, 보라. 엄마의 데프 보이스.

나는 코다이다

이 소설의 주인공인 아라이도 마찬가지였다. 루미도 그랬다. 그들은 잘 알고 있었다. 아무리 불러도 부모는 들을 수 없다는 걸. 그러니 그 누구보다 더 빨리 어른이 되어야 한다는 걸 말이다.

나는, 아라이는, 루미는 코다이다. 입말 대신 얼굴 표정을 움직여 손으로 말하는 언어, 수화 언어를 배우며 자란 코다. 나는 입말 대신 손으로 옹알이를 했다. 엄마는 수어로 말을 가르쳤고, 나는 엄마의 눈을 바라보며 부모의 언어를 익혔다. 엄마는 나에게 동화책을 읽어주었고, 그건 세상에서 가장 흥미로운 이야기였다.

"어흥! 곶감 하나 주면 안 잡아먹지!"

무시무시한 눈빛으로 앞발을 들어 내 앞으로 다가오는 엄마는 세상에서 가장 무서운 호랑이였다가 가장 불쌍한 콩쥐였다가 얄미운 팥쥐가 되었다. 나는 부모로부터 수어를 배웠고, 그것은 나의 모어이자 첫 번째 세계가 되었다. 그러나 어린이집에서 음성언어를 떠듬떠듬 배우면서부터 입으로 말하는 사람들은 손으로 말하는 사람들을 '장애' 혹은 '다름'이라고 말한다는 것을 알게 되었다. "저희 부모님은 청각장애인이시라 말씀하시면 제가 통역할게요." 하고 입을 열면 음성언어를 사용하는 사람들은 우리를 불편해했다. 그 사이에는 알 수 없는, 그러나 뚜렷한 경계 같은 것이 있었다. 어떤 이는 나와 엄마를 번갈아 보고는 주머니를 뒤져 500원을 쥐여 줬고, 또 어떤 사람은 당황해하며 그 자리를 피했다. "열심히 부모님에게 효도하며 살아야 한다." 같은 훈수는 귀가 아플 정도로 들어야 했다. 나는 종종 헷갈렸다. 그들을 '우리'라고 불러야 할지, 엄마와 아빠 같은 농인을 '우리'라고 불러야 할지 말이다. 나는 신체적으로 청인이었지만 동시에 부모의 문화인 농문화를 배경으로 자란 아이였다. 길에서 친구들과 입말로 수다를 떨다가도 수어를 사용하는 사람이 지나가면 나도 모르게 반가워하며 말을 걸었다. 나는 청인이면서 동시에 농인이었다. 그런 나를 '코다'라고 부른다는 것을 알게 된 건 한참 자라고 난 후의 일이었다.

기묘한 안도감

아라이는 루미를 처음 만난 순간 '기묘한 안도감'을 느꼈다. 그건 나도 마찬가지였다. 일본의 농문화를 배경으로 한 이 소설을 처음 읽었을 때, 알 수 없는 안도감이 밀려왔다.

성인이 된 아라이가 농사회를 다시 만나게 되었을 때, 자신과 같은 사람을 '코다'라고 부른다는 것을 알게 되었을 때, 루미가 나와 같은 코다라는 것을 알았을 때. 아라이와 루미가 겪는 모든 일들이 바로 내 이야기였다. 내가 사용하는 음성언어와 수화언어를 오롯이 이해하는 다른 코다를 만났을 때의 그 순간을 잊을 수가 없다. 아, 나만 그랬던 게 아니구나……. 어렸을 때부터 부모와 함께 은행에 가서 빚이 얼마인지를 물어보고, 부동산에 가서 전세가 얼마고 보증금이 얼만지 통역해야 했던 것은 나만이 아니구나. 부모를 욕하는 사람들 앞에서 그것을 통역하지 않기 위해 이를 악물어야 했던 건 나뿐만이 아니었구나, 하는 기묘한 안도감.

나는 농문화와 청문화, 입으로 말하는 사람들과 손으로 말하는 사람들의 세상을 넘나드는 존재가 코다라는 것을 알게 된 후, 그것에 관한 영화를 만들고 책을 썼다. 그리고 이제는 조금, 코다를 알 것 같다고 생각하던 순간 이 책의 원고를 받았다. 아라이의 눈을 통해 본 일본 농사회와 코다에 관한 이야기는 놀라움 그 자체였다. 나는 몇 번이고 혹시 저자가 코다는 아닐까, 아니라면 농인일 수도 있다고 생각하며 몇 번이고 검색 창을 열었다. 농문화와 코다에 대한 정확한 이해를 바탕으로 쓰인 책이 한국에 몇이나 될까, 하고 부러움과 질투를 느끼기도 했다.

나의 코다 정체성을 처음 깨달았을 때, 가장 먼저 들었던 생각은 '조금만 더 일찍 알았으면 좋았을걸.'이었다. 내가 마주쳐야만 했던 감정과 순간이 나만의 것이 아니라, 아라이의 것이며 루미의 것이라는 걸 조금 더 일찍 알았더라면 내 삶은 얼마나 더 풍성해졌을까. 혹은 나는 조금 덜 이를 악물고 살아도 되지 않았을까, 하고 먹먹해지곤 했다.

나는 한 번도 아라이를 만난 적이 없다. 그러나 아라이가 아버지의 폐암 말기 판정을 통역해야 했을 때, 농인 가족 사이에서 홀로 빗소리를 듣고 일어났을 때, '아저씨는 우리 편, 아니면 적?'이라는 질문을 받았을 때, 몸속 깊숙이 숨겨 놓았던 감정들이 제자리를 찾아오는 것을 느꼈다. 나는 아라이 나오토였고, 아라이 나오토는 내가 되었다. 나는 잘 알고 있다. 당신을 부르는 이름이 아라이가 아니라 '아— 오— 오—'라는 것을. 마치 내 이름이 보라가 아니라 '보— 아 —'인 것처럼. 청인은 절대 알지 못할 그 아름다운 목소리, '데프 보이스'를 알고 있는 사람들. 그 한없이 반짝이는 세계로 당신을 초대한다.

참고문헌

1. 농인 관련

- 『상습범 장애인(累犯障害者)』 야마모토 조지, 신초분쇼
- 『우리들의 언어를 빼앗지 마라! 농아의 인권선언(ぼくたちの言語を奪わないで!~ろう児の人権宣言~)』 전국 농아를 가진 부모 모임편, 아카시쇼텐
- 『들리지 않는 부모를 가진 들리는 아이들: 농문화와 청인 문화 사이에서 살아가는 사람들(聞こえない親をもつ聞こえる子どもたち ろう文化と聴文化の間にい生きる人々)』 폴 프레스톤, 겐다이쇼칸
- 『일본수화와 농문화:농인은 스트레인저(日本手話とろう文化 ろう者はストレンジャー)』 기무라 하루미, 세카쓰쇼인
- 『농인세계:속편 일본수화와 농문화(ろう者の世界 続.日本手話とろう文化)』 기무라 하루미, 세카쓰쇼인
- 『코다의 세계—수화문화와 목소리의 문화(コーダの世界—手話の文化と声の文化)』

시부야 도모코, 이가쿠쇼인

- 『소수언어로서의 수화(少数言語としての手話)』 사이토 구루미, 도쿄다이가쿠슛판카이
- 『농문화(ろう文化)』 현대사상편집부편, 세도샤

※ 작품 내 '바이링구얼 파'의 주장은 '농아 자녀를 둔 전국 부모 모임'이 행한 '인권 구제 신청' 중 Q&A를 참고하여 표현을 바꿔 일부 인용
http://www.hat.hi-ho.ne.jp/at_home/human_rights/rights2.html

※ 'Deaf=농인'이라는 사고방식에 대해서는 『농문화』 중 'D프로' 및 기무라 하루미 씨의 논고를 참고하여 표현을 바꿔 일부 인용

2. 수화 통역 관련

- 사회복지법인 청력장애인 정보 문화 센터 및 홈페이지

※ 제22회 수화 통역 기능 인정 시험 실기시험(청취 통역 시험) 문제 지문 인용 (본 작품 9~10쪽)

- 『청각장애인과 형사수속:공정한 수화 통역과 형사변호를 위해(聴覚障害者と刑事手続 公正な手話通訳と刑事弁護のために)』 마쓰모토 마사유키/이시하라 시게키, 교세이
- 『수화 통역사 완전 가이드(手話通訳者まるごとガイド)』 일본수화 통역사 협회 감수, 미네르바쇼보
- 『수화와 법률 · 재판 핸드북(手話と法律..裁判ハンドブック)』 전국수화 통역 문제 연구회 미야기 현 지부 기획 다몬 히로시 감수, 세카쓰쇼인
- 『신 수화 통역이 보이는 책(新.手話通訳がわかる本)』 이시노 후지사부로 감수 전국 수화 통역 문제 연구회 편집, 주오호키슛판
- 『농인, 수화, 수화 통역(ろう者·手話·手話通訳)』 마쓰모토 마사유키, 분리카쿠

3. 경찰 관련

- 『범죄수사대백과(犯罪捜査大百科)』 하세가와 기미유키, 에이진샤
- 『현직경찰 '비자금' 내부 고발(現職警官『裏金』内部告発)』 센바 도시로, 고단샤
- 『일본경찰과 비자금 끝이 없는 부패(日本警察と裏金 底なしの腐敗)』 홋카이도 신문 취재부, 고단샤분코
- 『경찰간부를 체포하라! 비자금 만들기(警察幹部を逮捕せよ! 泥沼の裏金作り)』 오타니 아키히로/미야자키 마나부/다카다 마사유키/사토 하시메, 준포샤

4. 그 외

사회복지법인 청력 장애자 정보 문화센터 홈페이지 http://www.jyoubun-center.or.jp

도쿄 수화 통역 파견 센터 홈페이지 http://www.tokyo-shuwacenter.or.jp

고로칸 홈페이지 http://blue.ribbon.to/~korokan

수화 동아리 활성화 추진 대책 자료실 홈페이지의 메일 매거진 「말해 볼까, 수화에 대해서」(2001년12월 5일 발행) http://tokudama.sakura.ne.jp/kataro/bm0047.html

※ 오카야마 묵비사건*에 대해

마쓰히라산 쇼혼지 홈페이지 · 법화 http://www.shohonji.biz-web.jp/menu.html

※ 본 작품 99~101쪽의 '자래영'에 대해서는 표현을 달리하여 일부 인용

영화 「들리지 않는 땅(In the Land of the Deaf)」, 니콜라 필리베르 감독

* 2001년 오카야마 지역에서 일어난 청각장애자의 절도사건

옮긴이 | 최은지

대학에서 일본어를 공부하고 다양한 분야를 거쳐 오랜 꿈인 번역가가 되었다. 저자의 목소리를 독자에게 온전히 전하고자 오늘도 노력하고 있다. 글밥아카데미를 수료하였으며 현재 외서 기획과 번역가로서 활발히 활동 중이다. 역서로 『부자는 왜 필사적으로 교양을 배우는가』, 『데프 보이스』, 『상대의 마음을 움직이는 힘』, 『행복을 연기하지 말아요』 등이 있다.

해설 | 이길보라

농인 부모로부터 태어난 것이 이야기꾼의 선천적인 자질이라고 믿고, 글을 쓰고 다큐멘터리 영화를 찍는다. 18살에 다니던 고등학교를 그만두고 동남아시아를 홀로 여행하며 겪은 이야기를 책 『길은 학교다』와 『로드스쿨러』로 펴냈다. 영화 「로드스쿨러」와 청각장애 부모의 반짝이는 세상을 딸이자 감독의 시선으로 다룬 영화 「반짝이는 박수 소리」를 찍고 동명의 책 『반짝이는 박수 소리』를 펴냈다. 베트남전 당시 한국군에 의한 민간인 학살에 대한 서로 다른 기억을 다룬 영화 「기억의 전쟁」은 부산국제영화제 와이드앵글경쟁부문에서 심사위원 특별언급을 받았다.

데프 보이스

1판 1쇄 펴냄 2017년 3월 3일
1판 3쇄 펴냄 2019년 4월 1일

지은이 | 마루야마 마사키
옮긴이 | 최은지
발행인 | 박근섭
편집인 | 김준혁
책임편집 | 장은진
펴낸곳 | 황금가지

출판등록 | 2009. 10. 8 (제2009-000273호)
주소 | 06027 서울 강남구 도산대로 1길 62 강남출판문화센터 5층
전화 | **영업부** 515-2000 **편집부** 3446-8774 **팩시밀리** 515-2007
홈페이지 | www.goldenbough.co.kr

ISBN 979-11-5888-246-4 03830

㈜민음인은 민음사 출판 그룹의 자회사입니다.
황금가지는 ㈜민음인의 픽션 전문 출간 브랜드입니다.